序

在文學上，我嘗試過許多形式。詩歌、小說、話劇、散文、電影和電視劇本。面對生活，我選擇的題材也是多方面的。在這本中短篇小說選集中，有三篇描寫了人與動物相關的故事，最終也還是透過我們隱隱約約看到的獸性，寫了人和人的觀念，並對人性進行了剖析。〈血路〉寫的是抗戰初期的故事，我提出並試圖解答使我長期感到困惑的問題：人的人性是怎樣丟失了的？人有無免於墮落為獸的能力？所有醜惡的事實都證明：人性的喪失往往是人性的某些弱點（如懦弱、貪婪……等等）造成的。有人是恣肆地墮落而瘋狂，有人是別無選擇而屈從，有人是在極度困境中的迷失。僅僅為了保持人的自尊自重，也要付出高昂的代價！〈沉船〉是一則沉重的寓言，在紛亂的當今世界，我們的意志隨時都面臨著突發事件的考驗。〈啊！古老的航道〉曾在美國華盛頓一本英文刊物 *WORLD AND I* 上發表。我在這個故事裡打開了中國歷史上惡性循環的一個環，它令人不寒而慄之處，正在於它可怕的真實看起來又是極端的荒誕！輕鬆喜劇的外殼包藏著的卻是沉重悲劇的內核。〈擊筑者〉是兩千多年前的故事，我為古代中國人超凡的道德力量和勇敢感到自豪。面對他們為了已經被許多當代人遺忘了的「信」字，捨身捐軀成仁取義的壯舉，我五體投地。

這些中短篇小說，是在我近年發表的許多小說中精選出來的。它們從形式、方法到內容，代表著我的小說的方方面面。我把它們當做我的精品獻給讀者，但願讀者能夠喜歡它們，並通過它們對我內心的追求有所了解。

我曾得到過海峽兩岸眾多讀者朋友的熱情支持，使我在無論多麼困難的境地，都有勇氣堅持寫下去！你們的愛讓我更加確認：我是為你們而存在的，我也愛你們，而且你們能通過我的作品感知到我真摯的愛。

白樺

一九九七年三月六日於上海

沙漠裡的狼

目次

紅麻雀

我過去的學生夏華死於獄中。既非自殺，又非他殺；既無外傷，也無內傷。死的那個夜晚正是他應該出獄的前夕，只要等到太陽在高牆外升起，他就可以下「山」了（不知道為什麼，犯人們都把監獄稱之為「山」）。他自己也知道那是他在獄中最後一個夜晚。晚上九點半查號子的時候，張管教告訴他：

「你明天可以出獄了。」

據張管教事後回憶說：他聽到這句話比聽到終審判決「七年徒刑」，還要讓他吃驚，竟會發出一聲慘叫，臉白得比獄牆還要白（獄牆在三天前剛剛刷了一層白石灰）。當時張管教沒有看他，想當然地以為他是由於大喜過望發出的一聲驚叫。

「不過……」張管教發現他的精神很不集中，理所當然地厲聲提醒他：「你聽見了沒有？」

夏華立即大聲回答：

「聽見了，張管教！」

夏華在課堂上也有過走神的時候，我只要走到他面前輕輕地咳嗽一聲，無論有多麼輕，他都會打一個冷顫，並立即面紅耳赤地站起來。

張管教好像不經意地對他說：

「今天夜晚少睡幾個小時，填張表。」

「是！填張表……」但夏華很快就小聲問了一句：「什麼表？」

「社會關係調查表。」

「請問張管教，社會關係包括……」

「還用得著問？」張管教的嗓門又大起來。「你在大學裡學的是什麼專業？」

「歷史……」

「歷史教授連什麼是社會關係也沒教你們？」

說來慚愧，我真沒教過他們什麼是社會關係。因為我自己也搞不清楚，社會關係的範圍有多大？有一面之識的人是不是也算是社會關係？我這個學生在課堂上聲音柔順、目光羞澀，但固執己見，很難以理折服，他崇尚情操和情感。我在他身上花費的精力很多。我記得有一次當我講到唐高宗時期，武則天專權，毒死自己的親生兒太子李弘，接著為鞏固大周皇帝的寶座，任用周興、來俊臣等酷吏，殘酷誅殺李唐宗親和大臣各數千家……夏華立即就站起來發問，表示懷疑：「母親怎麼會殺死自己兒子？當母親在兒子的眼睛裡看到自己沉浸在兒子的淚水中，母親能夠忍心下令毒死他嗎？我如果是武則天，連想也不會這麼想，這顯然是歷代史家編造的故事。」我振振有詞地告訴夏華：「母親是武則天的自然屬性，至高無上的皇帝是武則天的社會屬性。權力的欲望使她的自然屬性淡化到完全迷失，她和李弘的關係從母子異化為爭奪皇位的死敵。所以她必須毒死阻擋她登上皇帝寶座必經之路的李弘，這是再自然不過的事了。」但夏華很不滿意我的解釋，他請求我說說母子關係是怎樣異化為死敵的，他們各自的心理過程……我坦率地告訴他：「我說不出，因為我不是一千三百多年前的武則天，距離皇帝寶座何止十萬八千里，無法體驗，甚至也無法想像。」我只能一遍一遍地用階級和階級矛盾的原理來論證這個歷史上司空見慣的殘酷現象。但夏華無法認同，他的一切疑問都基於感情。我不得不向他說：

「不管你接受不接受，認同不認同，李弘早在公元六七五年四月被武則天鴆殺。下課！」

後來我聽說夏華觸犯刑律入獄，立刻想到：為什麼？誰也說不出所以然，我也不問，因為不應該知道的事還是不知道的好。

張管教把一張非常完備而科學的表格留給夏華，告訴他：

「別填錯了，給你筆。」

張管教交給他一支鋼筆。他用雙手接過筆。

那天深夜，張管教和所有的夜班獄警都注意到夏華在埋頭填寫那份表。第二天清晨，張管教有意在起床號響過一刻鐘才打開他的單身牢房，這才發現夏華倒斃在草墊上，那張表格的每一個空格都沒有填。張管教非常非常意外，據說監獄長也非常非常意外，全獄在押犯人也非常非常意外。當然，他的老同學們，他的老父親也都感到非常非常意外，他的老師——我更感到意外。

夏華大學畢業時的論文是他自選的題目：〈李煜論——一個歷史的誤會〉，在論文中他提出了一百個假設，如果李煜不是一個國君，他將是一位空前絕後的偉大詩人。如果李煜不是一個國君，他將是一位空前絕後的偉大畫家。如果李煜不是一個國君，他將是一位空前絕後的音樂家，結論是：君權不僅使社會歷史發展停滯，而且毀滅天才。……使得同學們都稱他為：一百個如果！

夏華為什麼會死在獲釋前夕？這是所有認識他、知道他的人都要問的一個問題。獄方派張管教來找我，告訴我：正在解剖夏華的屍體。由於夏華在好幾份交代材料裡提到過我對他的影響比較大，我才幸運地成為獄方要調查的對象之一。我能夠提供些什麼呢？我只是夏華的一個前老師，我所知道的事只限於課堂之內。在課外，我和同學們幾乎沒有接觸，凡是闖到我的住處來找我的同學，我都一律婉拒於門外：有問題請到課堂上提問。我這樣做絕非不愛護青年，正因為我非常愛護他們才這樣做。年輕人熱情、純潔、衝動，而衝動的矛頭所向又很容易因時間、環境、空氣壓力而多變。我必須特別細心……看來我還是有預見的。

我盡我所能把能夠回想起來的一點一滴都告訴了張管教，然後我很冒昧地向張管教提了一個也許是我不該提的問題：「夏華有沒有留下遺言之類的文字？」有點文化的年輕人一般都會在告別這個世界之前留封絕命書或是絕命詩。張管教斷然回答說：「沒有，只有一篇類似小說的文章，看樣子也不是那天夜晚寫成的，使用的是他私藏的鉛筆頭和廁紙，寫的是他當孩子的時候捉麻雀的故事，和他的死毫不相干，像一篇作文。」

「能不能給我看看，也許能看出點什麼來……」

「可以，但願您這位大教授能從他的這篇作文裡看出點問題來。」

張管教從皮包裡掏出一疊用報紙包著的廁紙，是那種極粗糙的廁紙，而且很黑。鉛筆留下的字跡十分模糊，我表示希望他能把這疊文稿留在我手裡，我可以仔仔細細地看，如果他方便，請他明天一早來取，也許我能告訴他一點我的看法，或是發現。我保證特別小心，絕不會損壞這些既脆又薄的紙張。他很爽快就答應了我。

在夜深人靜的書房裡，檯燈光像一把小黃傘那樣，罩著我面前的一疊廁紙，我只好使用放大鏡讀著那些歪歪扭扭、半隱半現的文字。可以看得出，那些字差不多都是在光線很暗的條件下用手摸索著寫出的。經常被意外的響動打斷，留下不少殘缺的字。有時寫得很忘情，流利而瀟灑。內容的確是一個捉麻雀的故事。

* * *

雪的白色把所有的紅色都蓋住了，那時的城鄉曾經被稱為紅海洋，油漆店裡的紅油漆和綢緞莊裡的紅綢緞經常缺貨。潮水一般的口號，毛主席語錄歌、樣板戲、各派對罵的吼叫都似乎被冷凝在寒風之中。那是史無前例的無產階級文化大革命第五年的冬天，八歲的我已經獨立自主地生活了一年多了。母親死了，父親在「山」上下不來。我居住的那座簡易樓，有三分之一的孩子像我一樣享受著飢寒交迫下的絕對自由。

上午十點鐘，我的頭還縮在被窩裡不想伸出來。九平方米的小屋就是我的宇宙，全部家具是一張貼近東牆的床和窗前的一張小方桌，我不僅把這張小桌當做飯桌，也把它當做獵場，無師自通地在桌上用一根筷子支著一個夏天防蒼蠅的罩，誘捕和我一樣飢腸轆轆的麻雀。窗上的六塊玻璃只剩下兩塊半，麻雀可以隨時隨意光臨，不擦桌子的習慣很自然地在桌上留下了幾顆飯粒，成為誘餌。我在支紗罩的筷子上拉一根細線，線頭塞在我的枕下，用不著起床就可以操縱自如，很像當時的江青，她常常躺在床上給這一派或那一派紅衛兵設圈套。我和她不同之處在於床，她的床一定既柔軟又溫暖，就像陽光下的雲絮。至於我的床，就甭提它有多差了……床雖然很差，成績還不錯，下雪天往往一個早晨就能抓到三、五隻麻雀。對於麻雀真可以說是一片白色恐怖，可牠們在被捕之前卻毫無預感，牠們都毫無例外地吱吱喳喳爭吵不休，在我的窗臺上長時間地大辯論，之後才分批跳過窗來，牠們為了桌上那幾顆涼得變了顏色的飯粒扇動著翅膀高歌起來。起先，還要向四周東張西望以後才敢啄一顆飯粒，啄了三、四顆飯粒，嘗到了甜頭就埋頭苦吃起來，我摸索著線頭，輕輕一拉，筷子就倒了，紗罩落下來，當麻雀發現自己陷入絕境的時候，已經晚了，牠們狂叫著四下衝刺（我那時非常殘酷，至今想起來還不能原諒自己）。我光著身子從被窩裡跳起來，一點都不覺得冷，隔著紗布按住麻雀，另一隻手伸進紗罩把麻雀抓出來，拿起一把又小又快的小剪刀剪斷牠的歌喉。首先取消你的發言權！然後飛快地拔掉牠身上的羽毛，剖開熱呼呼的膛，把內臟掏出來扔在窗外，洗都不用洗，用熱水瓶裡的水一燙就塞進嘴裡大嚼起來，與其說是飢餓，不如說是發洩。血腥味使我體會到當時那些為所欲為而又對其合理性毫不懷疑的人所感到的快意，他們隨時可以用帶釘子的大頭皮鞋踢開我的房門，任意打、砸、搶、抄、抓。

任何時代，不管是否國泰民安，四季都在按部就班地輪流運轉。白雪消溶，醒目的紅色漸漸又顯露出來，前後左右的各式高音喇叭又開始熱鬧起來。光顧「獵場」的麻雀一天比一天少了，有時候一連三、四天聽不到牠們的吵鬧，但我懶得把支在桌上的紗罩撤除，任其成為室內一景，在大幅紅色與白色之中存一點綠色。有一天早上，我忽然又聽見了麻雀的叫聲，我以為自己還在夢裡，不想動，但叫聲越來越清晰，越來越迫近，好像就在我的枕邊，我這才睜開眼睛。果然，牠就在我的枕邊昂首闊步地走來走去，看看我，討好地向我扇了扇翅膀，一股微風把我莫名的怒氣吹得乾乾淨淨。我好奇地猜想，牠是勇敢呢？還是善良？或是無知呢？似乎都有那麼一點，往往善良加無知就是勇敢。我向牠伸出手來，牠竟然會冒冒失失地跳進我的掌心，我不由自主地用力一抓，沒抓住，牠飛了。貼著房頂飛了兩圈，重又落下來，落在桌上，向我發出一大串叫聲，好像對我說：「我知道你是在和我開玩笑，你不會真的抓我，我這麼小，從來沒傷害過任何人，頂多吃幾顆你們吃剩下的飯粒，吃乾淨了省得你動手抹桌子。」牠叫完了就吃，好像是我的老朋友，我的手已經握住了那根細線，拉？還是不拉？我猶豫不決。眼看桌上的飯粒馬上就被牠啄完了，一種輕易得手的機會使我動了心，手指只彈動了一下，紗罩把牠罩住了。我好久都沒坐起來抓牠，聽任牠在紗罩裡撲騰、喊叫。我慢慢地穿衣服，穿好衣服出去撒尿、刷牙、洗臉、點著煤球爐子，回到屋裡，牠還在撲騰、喊叫。我把牠抓出來，右手捏住牠，左手去找小剪刀，找來找去找不到，小剪刀弄到哪兒去了？總是擺在老地方，小方桌靠窗的邊上，一摸就能摸到。掉在地上了？我蹲在地上，用左手去摸，沒摸著。整個房間才九平方米。站起來看看小麻雀，我以為牠已經嚇得半死了，誰知道牠若無事然，好像完全不知道我拿牠怎麼辦，牠可能以為我所以抓住牠是為了怕牠冷，牠的眼睛幸福地半閉著，享受著牠幻覺中的愛護。我當然可以換一種凶器殺死牠，譬如說用小刀、切菜刀、一杯水，或是乾脆用手一擰，牠的脖子就斷了。我的確這樣想過，但覺得都不如小剪刀得心應手。它那纖細的脖子用小剪刀最方便，換一樣凶器殺牠就顯得太蠢、太可笑了。殺雞焉用牛刀——這是一句古訓，何況一隻小麻雀。我執拗地找著那把小剪刀，為了找小剪刀，竟屈身鑽進積了很厚灰塵的床下，東摸西摸，意外地摸到一只小鳥籠。這只小鳥籠是竹編的，從我記事的時候起，就從來沒看見過，但我相信這是父親為我買的，那時候的我可能太幼小，還沒有記憶。這只小鳥籠的出現改變了我的主意，也改變了小麻雀的命運。為什麼不把牠先關在籠子裡呢？一隻麻雀的肉連塞牙縫也不夠，被牠的血腥味引起的食欲反而使半飽的胃更加難受。對！關起來！我不僅有殺死牠吃掉牠的權利，也有把牠關起來的權利。只不過還得每天餵牠，餵就餵吧，好在餵什麼，什麼時候餵，什麼時候不餵，全在自己的高興。我立即把麻雀塞進竹籠，這至少不需要再去找小剪刀了。這時忽然想到二樓那個比我大一歲的男孩四新曾經對我講過的話，他忠告我：「千萬別養麻雀，麻雀的氣性太大，一關進籠子牠就會不停地撞自己的頭，一直撞到死為止。」還沒來得及為此擔心，籠子裡的麻雀不僅沒有自殺的跡象，表現得很安詳，好像牠曾經在籠子裡生活過，一副樂天知命的樣子，已經站在橫桿上很細緻地梳理起自己的羽毛來了，還不斷地偏著小腦袋偷看我，像小姑娘一樣嬌羞，使得我立即得到一種比殺掉牠、吃掉牠還要強烈得多的快感。從此，我不再把小方桌當做獵場了，撤了為麻雀設置的天羅地網，把鳥籠擺在桌子中間，只要我看見籠中的麻雀，就有一種得意之感。得意之餘，想到還應該使牠有點改變，對！家裡還有小半瓶紅墨水，找出來兜底兒倒在麻雀的身上，一下把牠染得遍體血紅。這純屬一次即興創作，壓根就沒想到紅色在當時有多麼時髦、有什麼象徵意義。就像所有的孩子都會情不自禁地在新教科書單線平圖的插畫上塗抹顏色一樣，絕非出於政治或哲學的思考。可能只是覺得有色彩比沒色彩好看，多色彩比單色彩好看，同時也想顯示一下自己的才華。麻雀的羽毛染上紅色以後，乍一看，很陌生，想不到改變得這麼多！麻雀只有五分鐘的狼狽和局促不安，很快就安之若素了，照舊啄食飲水，照舊清歌曼舞，照舊用小嘴細細梳理已經變了顏色的羽毛。為了反證四新的經驗絕對錯誤，我在二樓他們家裡找到他，他正在和五樓那個叫秀的丫頭片子粘糊著哩！我告訴他：「我籠養了一隻麻雀，不僅沒有像古代烈女那樣撞死，而且活得歡天喜地，我還給牠全身染上了革命的紅色。」四新當然十分不悅，當著他的女友表示絕對不相信有這種事，言下之意是：「你小子吹牛！」我當即表示：「如若不信，請到我家裡來，一看便知。」四新高傲地說：「不用看，肯定不是麻雀。」我故弄玄虛地說：「也許是，也許不是……請吧！」說著我還用下巴頦朝那丫頭片子一揚。「她也可以去，好有個旁證。」四新不可一世地一揮手，帶著他的小跟屁蟲走進我的小屋。四新把鳥籠舉起來，煞有介事地端詳過來，端詳過去，一語不發。麻雀倒是好一陣飛鳴不已。我問四新，表面上好像是虛心求教，骨子裡的語音兒他當然能聽得出來。「怎麼樣？不是麻雀!?嗯!?是!?嗯!?……」他當然不能說不是，說破大天也不能說牠不是麻雀。但當著秀的面他又不能認輸，不想這小子用袖子擦了擦鼻子尖上的小汗珠，突然冒出一句使我火冒三丈的話來。「喂！小子！牠是你爸，關在牢裡還自鳴得意哩！瞧牠的德性！」說罷聳著小肩膀哈哈大笑起來。小丫頭片子則齜了齜牙就忍住笑玩兒起深沉來了，一本正經地碰了碰四新的胳膊。「你小子找死！」我上前去想扇他一巴掌。「你爸呢？」「我爸在農場裡，一個月還能回家一次，你爸爸在『山』上，這輩子能不能下得來都沒準兒……橫什麼？你！」我的手習慣地在桌上摸索著，想操起一件稱手的傢伙教訓教訓這小子，不想那麼容易就找到了失落了好多天的那把小剪刀。小丫頭片子一看情勢不妙，大叫了一聲：「毛主席教導我們：要文鬥，不要武鬥！」雙手把四新推出了房門。我真想把氣撒在小丫頭片子身上，在她那粉團團的小臉上放出幾滴血來。可是，「雞不跟狗鬥，男不跟女鬥」的古老原則制約了我，使得四新和秀得以安全轉移。等我回身再看那籠中的麻雀的時候，就完全不是滋味了。也真他媽的怪，看見鳥籠就想到監獄的鐵窗，看見麻雀就想到爸……特別是麻雀又叫又跳的時候，更讓人心意煩亂。真不該讓他們來！四新那張臭嘴。

第一次懂得什麼是失眠，翻來覆去想著同一個問題：這隻麻雀該怎麼處理？天一亮我就起來了，一起床就推開窗門，打開鳥籠抓出麻雀，把牠丟向窗外，紅麻雀一展翅就不見影兒了。鳥籠仍然擺在原處，敞著門的空鳥籠就不會讓我聯想到別的什麼了。半個月一晃就過去了。一天清晨，我被一群麻雀的爭吵聲驚醒，爬起來一看，在窗外鄰居的瓦屋頂上，幾十隻麻雀團團圍住那隻紅麻雀，爭先恐後地用嘴去啄這個被人染上了不同色彩的同類。啄得紅麻雀羽片紛飛，嚶嚶悲鳴。我在窗口的出現，使得那隻紅麻雀突然衝出重圍，奮力拍打著殘缺的翅膀飛向我，跌落在窗臺上，縮著脖子跳進屋鑽進鳥籠……我抓起一把長柄掃帚喝叫著把那些圍攻者趕走了。我給紅麻雀抓了一小把米，端了一杯水。紅麻雀驚魂甫定地啄了幾粒米，喝了兩口水。我把沒有關門的鳥籠提到窗臺上，希望牠吃飽喝足以後翩然飛去。但我等了很久牠也沒有飛去的意思，一直小聲嚶嚶鳴叫著乞憐地看著我。我思考再三，還是不能收養牠，那樣會使我日夜不寧。我只好狠心地把牠從籠子裡抓出來，拋向天空，牠扇了幾下翅膀，趔趔趄趄地墜落在鄰家的瓦屋頂上，蹲在屋脊上看著我。我只好離開窗口睡在床上，一覺醒來，才發現屋脊上的紅麻雀已經不見了，我這才比較安心了，以為從此之後牠就遠走高飛了。誰知道三天以後，我還在睡夢中，被一陣緊急粗暴的敲門聲驚醒，我拉開門一看，是四新和秀。四新手裡提著那隻紅麻雀，看樣子早就咽氣了，牠身上的羽毛被牠的同類啄去了一大半……出乎我意料的是：四新不僅毫無得意之色，而且滿臉悲戚，秀的眼眶裡湧滿了亮晶晶的淚……

* * *

讀完了夏華寫在廁紙上的文章，我一夜都未能成眠，那隻紅麻雀整夜都在我的臥室裡飛鳴不已。

早上，張管教準八點按響我的門鈴，一進門就問我：「看出點什麼沒有？教授！」

「……」我沒有回答，只把那疊文稿交還給他。

「屍體解剖的結果出來了沒有？」

「出來了，無異常，你看怪不怪？」

「……？」我從他臉上的表情看得出：他正在努力地猜測著我內心中每一瞬間的變化，

但我顯得很麻木……

漁人、漁鷹和魚

烏雀那樣恣肆地飛鳴，都無法使沉睡的群山很快醒來。

淡青色的晨光首先畫出山峰尖頂的輪廓，山腳下河水的波紋像深藍色的綢被單在微風中飄起的皺褶一樣。一隻細長的梭子一般的小船，船頭上蹲著一隻被牠的主人稱為「小伙子」的蒼老的漁鷹，船尾上蹲著「小伙子」的主人。他的膝頭上橫著一根和小船一般長的竹篙子，竹篙子兩端新鑲了銅箍。當小船滑過山峰與山峰之間的陰影中時，在斜射過來的晨光照射下，竹篙子的兩端像挑著兩顆金星。他說不出的得意，為此，他拿出自製的竹煙筒，呼嚕呼嚕地抽起煙來。火光照亮了他那黝黑如鐵的瘦削的老臉，臉上的皺紋像是大雕刻家用熟練的刀法隨意刻上去的，卻刻出了他驚濤駭浪的一生。小船在淺灘上滑行，船身在石子上顫抖著，只有在這時，老人才站起來，用竹篙子撐幾下。淺灘過後他便又蹲下來，把竹篙子橫在膝頭上，保持著船體的平衡。尖尖的船頭衝擊著水波，發著輕微的汩汩聲。「小伙子」蹲在船頭上的姿勢很像牠的主人，縮著脖子，偏著頭注視著只有牠才能看清的水底。這一段淺水當然不會有什麼像樣子的魚……藍色的河水漸漸由於晨光的升起而不純了，滲進了綠色，又滲進了淡紅和橘黃。最後，陽光從東方山峰的空隙之間投射進來，又在河水裡撒滿了炫目的金片、銀片。怪不得這條河的名字叫七彩河，它何止是七彩，即使在它身邊生活了七十餘年的常老黑，也每天都有新發現。不過他不會像色彩學教授那樣，能講出色彩與色彩、色彩與光影、原色與間色的關係。他講不出來，他從來也沒想到過要跟別人講這些，他不知道這有什麼好講的……常老黑出身於駕漁鷹船的世家，正如一切活在人世間的凡人一樣，悲哀與歡樂、興盛與衰落不斷在他的命運中交替出現，就像七彩河變幻不定的光影和色彩。而他自己，包括他的靈魂和肉體的自身，卻像他的小船一樣，不管是激流的衝擊，還是緩流的撫摸，甚至被風浪傾覆，翻幾個滾又漂浮在水面上，總是頭尾翹著，傲岸！矜持！到了晚年，與其說性格變得難以理解的乖戾，不如說由於過分的自信變得很固執。漫長的駕馭漁鷹船的經歷使他的固執堅如凝結了七十餘年的冰山。對於一生中成功的駕馭，他時時歷歷在目；而對於一生中失敗的駕馭，他就很健忘了。

河水越來越深了，「小伙子」伸長了脖子。常老黑突然站起來，晨風掀動著他那件黑色的舊夾襖，密密麻麻的蜈蚣腳似的布扣子從來沒扣過，白粗布襯褂的扣子只扣了三分之一，粗石板似的胸膛袒露著。頭上連一絲兒白髮也沒有，烏黑發亮的豬鬃似的頭髮直豎在黑布包頭之上。一雙粗糙的赤腳就像他的「小伙子」那雙蹼一樣黑，竹絲草鞋相形之下反而顯得像絹絲一樣柔軟。

他有過許多兒女，大部分都夭亡了，剩下一個三十多歲的兒子和兩個姑娘。為了減少麻煩，他把大女兒嫁到深山溝裡，回一趟娘家要走十天山路。小女兒是他五十九歲那年才出生的，老伴那年也有五十二了，真是個奇蹟。「寧願要秋後的花，不要罷園的瓜。」這朵秋後的花是鮮豔的，也最得常老黑的歡心。但兒女的命運都得由他來安排，給他們吃什麼他們就只能吃什麼，給他們穿什麼他們就只能穿什麼。不許出門，不許趕集，不許吃酒，不許抽煙，不許上城。尤其是交朋結友、男女私情、婚姻嫁娶，更是森嚴的禁區。他經常說：「你們的老子什麼都會給你們安排，什麼都會給你們安排得妥妥當當，你們還小！慌什麼！」兒女在他眼睛裡永遠是吃奶的嬰兒，什麼事也不讓他們幹，因為他們肯定幹不了，加上他自己也從來沒感到過有體力不足的時候。老婆子有時候用「觀今以鑒古」的辦法提醒他：「你下河駕鷹那時候，才多大！」「你跟我結親那時候，才多大！」「你走親戚喝醉酒差點摔死那時候，才多大！」「你有第一個兒子那時候，才多大！」「你背著老婆往半掩門裡鑽那時候，才多大！」起初，他還跺著腳回答，他的回答總是這麼幾句話：「你！三天不打，上房揭瓦！他們這代人能跟我們那代人相比嗎！」後來，對於老伴兒的嘮叨，他一律不予理睬，就像對待屋檐下那窩蜜蜂一樣，讓牠們去嗡嗡吧！管牠們嗡嗡些什麼！老婆子反過來對他也像對待木頭柱子一樣，管你聽不聽，我非得嗡嗡！常老黑的舒心事就是：眼看著在自己的操持下，新瓦房在七彩河邊蓋起來了；么姑娘身上又換了一件藍布衫（他的眼睛只擱得下藍顏色的衣裳，不穿藍衣裳穿什麼衣裳!?別樣顏色的布能做衣裳!?別樣顏色的布做出的衣裳能算衣裳!?他頂多還能容得下灰色，因為灰色和藍色比較接近，可以遷就……），藍布衫是他自己去扯的布，老婆子縫的；老母雞領出了一窩嚶嚶叫的小雞，雞蛋是他自己拿魚去換的；兒女看見他能躲就躲，他也從來都把恐懼當做尊敬。無論什麼事，他絕不許妻子兒女給他出主意，因為主意是想出來的，他們會想嗎？他們有什麼好想的！他認為自己一個人想出的主意對於全家來說已經是有剩有餘了，甚至他還希望有人向他求點主意、買點主意、借點主意哩！他真誠地自認為自己最愛自己的後代，恨不得時時刻刻都把他們放在眼皮底下（嫁出去了的例外），看不見可不行。哪怕一會兒看不見，你就不知道他們看了些什麼，想了些什麼，做了些什麼，遇見了些什麼，沾染了些什麼……雖然實際上辦不到，他還是在力所能及的情況下從嚴要求。出門的時候和回家的時候都要叫一聲：「大水！小荷！」他們答應了，走出來，看見了，他才放心。常老黑太強大了，太健康了，他從來沒有考慮過他一旦百年之後，兒女怎麼過活，不教他們駕船，不教他們馴養漁鷹，連打個下手幫幫忙的機會也不給他們。他只要求他們聽從他，依賴他。他以為自己是金剛不朽之身，就像七彩河，走盡曲折的道路，依然是精力旺盛地奔流著，永不枯竭，永不衰老，永不停息，在峰迴路轉之中，充滿自信地高唱著用自己前進的步伐譜寫的歌曲……甚至他給自己這隻蒼老的雄漁鷹起名叫「小伙子」也是這個意思，他認為牠永遠是個年輕力壯的小伙子。

「小伙子」沙啞地叫了一聲，聳動了一下翅膀。常老黑用篙子的兩端撥動了幾下船舷兩側的水，船頭立即沖起兩朵小小的雪白的浪花。

老年人睡眠本來就不多，加上有點心事，就更難入睡了。常老黑昨夜通宵都未曾合眼。他並不覺得缺乏睡眠，因為他總算把竹篙子的兩端包上了銅箍，雖然費了很多心思和體力。對於駕漁鷹船的把式來說，手裡這根竹篙子的作用可是非同小可。平端在手裡，它可以調節小船和人體的平衡；舞動起來，它又能代替雙槳和舵，決定著小船的速度和方向；漁鷹下了水，它給漁鷹助威；漁鷹銜住了魚，又要靠它把漁鷹挑起來；漁鷹躲懶，用它擊水驅趕牠們。竹篙子的梢頭經常被河裡的石頭碰裂，一破裂就得截去一段，越截越短，幾個月就得換一根新的。常老黑最恨使用新東西，一摸上去就使他心煩意亂，生疏，不稱手；輕了沒力量，重了又覺得手酸。總之，新東西上手常常使他失去分寸感，又要花費很多時間才能習慣，剛剛習慣之後又得換新的！新的！為什麼總是不得不使用新東西呢？數十年的懊惱，總算在昨晚上解決了：在竹篙子的兩端包上銅箍，這樣，就可以像他自己一樣，經久耐用了。這樣聰明的主意為什麼那麼多年沒想出來呢？為什麼現在一下就想到了呢？畢竟想到了！他由衷地得意起來，一翻身跳下了木床。可哪兒去找銅呢？因為想到銅而勾起一件遙遠的往事。他端著小煤油燈慢慢走出房門，透過歲月在他記憶裡布下的濃霧，看見了自己曾經有過的一小串銅錢，那還是小時候每逢大年三十為了討吉利，向長輩們要的壓歲錢。每一枚銅錢都有一個方孔，方孔的四周有四個神秘的字，據說有兩個字是皇上的稱號。那些薄薄的生銅片兒，曾經有過很權威的使用價值。他小時候經常看見人們用手數著穿成串的銅錢，嘩嘩啦啦地響著，反映出握著銅錢的主人內心裡的快樂。他追索著自己那一小串銅錢的去向……他想起來了，是從一個少女的哭聲開始想起來的。隨著揪心的嚶嚶的哭泣聲，他那被遺忘了多年的美麗的大表姐活靈活現地出現在他的眼前，粉紅色的耳垂下的珠環晃動著，閃爍著柔和的光芒。大表姐是他整個青少年時代虔誠崇拜的觀音菩薩。他搞不清這是為什麼，他只知道，一想到她，心裡就升起一種極為莊嚴肅穆的感覺，就像走進廟堂，半張著嘴仰望著金碧輝煌的神像，腳板心發麻，顫抖著邁不動步。

「小弟！」一雙嫩藕般的手臂驀地伸在常老黑面前，「這對玉鐲好不好看？」

他緊緊地痙攣地抓住大表姐的手腕，像小傻瓜似地直勾勾地仰望著她，眼神那樣可怕。大表姐以為他病了，連忙把自己的臉貼在他的額頭上。

「還好，不燒！」——這是他一生最溫馨的一段夢境。就是這位夢境裡的菩薩，在嘩啦嘩啦響的銅錢串面前絕望地哭泣著，慟哭失聲地跪在他姑爹姑媽面前苦苦哀求。他的姑爹姑媽最後還是接受了那些沉甸甸的錢串子，讓扛來錢串子的人把自己的女兒扛走了。當大表姐嚶嚶的哭泣聲漸漸消失在山那邊的時候，小表弟的哭聲卻突然在人群中高昂起來。使他終生難以理解的是：他的悲哀引起人們的不是同情和共鳴，而是一場哄堂大笑，甚至連剛剛和女兒生離的姑爹姑媽也和大家一起笑了，張著一個一個的大嘴……笑什麼呢？有什麼好笑的呢？不該哭麼？難道……？從那時起，他就暗暗仇恨這些有方孔的銅錢了，同時暗暗發誓在世上找到一種東西，能使那些錢串子相形見絀。他把在自己手心裡攢得又光又亮的一小串銅錢埋葬在河邊一棵小核桃樹下，並且狠狠地跺了幾腳。他又得意起來，因為他竟然還能清清楚楚地想起這件年深日久的事。他一生都不存錢，就憑著手裡這根竹篙子，雙腳在河上搖晃著小船，讓它左傾右側，用竹篙子撥起兩團水花，用假聲吆喝著漁鷹：

「哦嗬——哦嗬——嗬！」

他終於認識到，能夠駕馭小船、漁鷹和河流的竹篙子，就是他夢寐以求的使錢串子相形見絀的東西。雖然幾經沉浮，曾經有許多年不能在河上舞動竹篙子，但畢竟靠它養了家，餬了口，並且靠這根竹篙子，在往日那棵小核桃樹——今日的老核桃樹旁邊蓋起了新瓦屋，修起了院牆，這才是實實在在的、毫不含混的客觀存在。現在自己正以一家之主的身分，頂天立地地生活在自己的四堵牆之中。

常老黑可是個說幹就幹的人，在自己的院子裡，除了自己，其他人都只不過是他的無權出聲的影子。他扛起一把鋤頭就出了大門，在老核桃樹腳下，幾鋤頭就把童年時以為埋了很深的一串銅錢掘了出來。還好，雖然穿銅錢的繩子已經爛成了泥，每一枚銅錢的邊都爛出了許多缺口，但銅錢的大輪廓還在。回到院子裡，他把小草棚裡為了鍛打船釘修起來的小泥爐子生上火，加了一把浮炭，拉起呼呼響的風箱，架上破坩堝，淡藍色的火苗快樂地飄搖著，銅錢在坩堝裡很快就熔化了。他去了渣滓，把純銅倒在鐵砧上，旁若無人地叮叮噹噹鍛打起來，好不容易才打成兩個合適的銅圈兒，緊緊地套在竹篙上。大功告成之後，已是更殘漏盡之時了。他捧著小油燈走進自己獨自居住的那間西屋裡。「小伙子」就棲息在他的床前。一見他進屋，「小伙子」就伸了伸脖子，扇了一下大翅膀，用放著藍光的眼睛溫柔地看看主人。主人從一個蓋了一塊方磚的碗裡抓了兩顆田螺肉扔給牠，「小伙子」張開帶鉤的長嘴把田螺肉準確地接住，吞進咽喉。但兩顆田螺肉無論如何也填不滿空空如也的嗉囊，「小伙子」的喉管蠕動了幾下。牠也很清楚，臨戰前，主人是絕不會讓牠吃飽的，吃飽了的漁鷹哪來的戰鬥力呢？哪來的勇氣潛入水底去捕捉以命相拼的刀魚呢？飢餓可以轉化為勇敢，飢餓可以轉化為馴服的力量。有幾十年駕馭經驗的常老黑更清楚：給你一點田螺肉，正是為了使你更加飢餓，田螺肉的腥味會加劇你對吞噬活魚的強烈欲望；向魚群衝刺就是你簡單的生理的必需！常老黑本來有八隻和「小伙子」同輩的漁鷹，六隻雄的，兩隻雌的。五隻雄漁鷹——強盜、拐子、老板、堂倌、賭鬼和雌漁鷹老姑娘，都是經過了多次拼搏後積勞成疾，日漸瘦弱而死。老姑娘死後，常老黑給牠開了膛，割開脖頸才發現是由於那種頭上生刺——常老黑把牠們稱為「皮匠錐子」的黃色無鱗魚劃破喉管，不能進食疼痛而死的。剩下一隻叫做騷婆娘的雌漁鷹還算有始有終，生前耗盡了自己的體溫，把十隻蛋孵出了五隻小漁鷹，孵出小漁鷹以後，牠就精疲力竭地無疾而終了，像睡著了似地伏在窩裡。五隻小漁鷹已經超過了半歲，長得都很像個樣子了。但常老黑不信任牠們，就像不信任自己的兒女一樣。「牠們還小哩！牠們會幹什麼！只會吃！我不放心，讓牠們的嘴再長硬些吧！」他只信任自己和「小伙子」。「小伙子」的確值得他信任，一天可以捉三十斤鮮魚，足夠了！所以五隻小漁鷹一直被關在廊下鐵絲籠子裡，一隻小漁鷹每天只能吃六顆田螺肉，整天都處於半飢餓狀態，見人就張著又大又深的嘴。

常老黑今兒出征特別早，左肩扛著「小伙子」，右肩扛著新包了銅頭的竹篙子，興致勃勃地走向院門。當他伸手去拉門栓的時候，發現院門的腰杠豎在門邊，門栓被拉開了。奇怪！難道昨晚上忘了加腰杠？忘了插門栓？不可能呀！掘了銅錢回來，明明是加了杠、上了栓呀！而且還用油燈照著看過、摸過。這些事，他數十年如一日，從來沒有出過差錯。——這一驚非同小可，他拉開門衝了出去，他聽見門外路邊竹叢裡有響聲。他端起竹篙子，像古代武士端起長矛一樣向竹叢刺去。竹叢裡像有一條活潑潑的大魚似的，一擺尾就飛快地游到竹叢深處了。就在這一瞬之間，常老黑看見是一個女人，一個熟悉的女人，小寡婦阿桃！這個小騷貨！是她！常老黑這時充分地意識到自己眼光的銳利，雖然只在一瞬之間，那水蛇似的腰一扭，裸露著的胳膊一擺，還有那一股子說不明白的氣味，都逃不脫常老黑的眼睛和鼻子。她到我家來幹什麼呢？找我兒子大水？她敢！大水也沒吃豹子膽！他才三十歲，會瞞著老子幹這種風流事？他會有他老子一小就有了的心機和本事？不可能！絕不可能！八成是來找我的老伴兒？老伴兒會跟她結交？再說她也不會找老婆子閑嗑牙。許是來找我的女兒小荷，小荷逗人喜歡，女人家愛在一起吱吱咕咕，談描花呀、繡朵呀，東家長呀、西家短呀！怕我發火，偷著來，偷著去！是的，就是那麼回事。——想到這兒，常老黑的心才算定下來。就在這時候，他感覺到背後有一個人像影子似地一晃就溜進了院門。他憑自己靈敏的聽覺就能很有把握地知道，這是他的小荷。剛剛定下來的心又跳了起來。小荷怎麼從外面溜回來，而不是從裡面走出去呢？今兒早上是怎麼了？唯獨今兒早上沒叫他們，怪事就一個接一個往外冒。他把竹簍子靠在院牆上，氣沖沖地奔回院子，先走到南屋兒子的房門外，很遠就聽見兒子如雷的鼾聲，他暗暗慶幸自己沒有冒冒失失地捶門。接著他又輕輕走到東屋女兒的窗前，他的耳朵是很聽使喚的，他聽見女兒很輕很輕的均勻的、沉睡中的呼吸。他貼著窗玻璃，隱隱約約看見女兒蓋著被子的身子，安詳而寧靜……——假裝的？她不敢！這一點常老黑很有把握，他的心才算又定了下來，為自己的視覺、聽覺、嗅覺和思維的健全感到非常滿意。但剛才自己的所見、所聞又是怎麼回事呢？是我的幻覺嗎？見鬼！我老了!?不！我是不會老的！他心裡油然而生的一絲悲哀使他很煩惱。儘管結論是互相矛盾的，他也只好先懷著滿肚子的狐疑走出大門。當他解開河邊的船纜，跳上小船，小河上黎明前的涼風又使他精神抖擻起來，他暫時把剛才碰到的兩起夢魘般的怪事掛在記憶的某個角落裡了。他用竹篙子輕輕點了一下鋪著鵝卵石的河底，小船像箭似地順流而下。習慣性的、搏鬥的渴望像河上的風一樣扇動著他……

陽光已經有些刺眼了，河水反而越來越藍，因為河水越來越深。河底裡又長又密的水草，在水中緩緩地擺動著，像千萬條綠色水蛇的尾巴。「小伙子」沙啞的叫聲頻繁起來，這是牠在向主人發出進入戰區的信號。常老黑從船尾走到船頭，一把抓住「小伙子」的脖頸，從褲帶上扯下一根常備的穀草，紮在「小伙子」長脖頸靠近嗉囊的地方，隨手把牠扔進河水。他用竹篙子拍打著河水，用雙腳晃動著船身，尖聲叫著：

「哦嗬——哦嗬——嗬！」

恐懼加上飢餓轉化為英勇。「小伙子」拍拍翅膀，甩了甩頭上的水，在水面上游了一個S形的線就潛入水底了。牠的翅膀夾著，儘量減少自身的阻力，有節奏地快速擺動著一雙黑蹼，優美地在水中追逐著一條一尺半長的白魚。白魚像一把落進水裡的薄薄的銀刀，在水中靈活地滑翔著，戲謔地緩緩地搖著尾巴。牠太輕視「小伙子」的敏捷了，有意放慢速度等待著牠的追逐者。「小伙子」尾隨在白魚的身後，距離越來越逼近，一公尺，八十公分，七十公分，六十公分，「小伙子」一挺脖頸，猛蹬幾下牠那烏黑的雙蹼，把距離突然縮短到了三十公分，白魚這才意識到迫近的威脅，頓時嚴肅起來，翻了翻白眼，迅速以最高的頻率擺動著尾巴，划動著短鰭。但已經來不及了，牠立即來了個向上躍起的動作。牠以為正在全速疾進的「小伙子」無法驀然改變方向，尤其是向上。但「小伙子」從白魚翻白眼的動作裡就看出了牠的企圖，「小伙子」把尾巴向下一壓，收回雙蹼，再向下一蹬，一下就把自己的身子浮了上來。

一張嘴，正好咬住白魚的尾巴，白魚驚慌地掙扎著扭動著身子，怎奈「小伙子」帶鉤的長嘴像鐵鉗一樣使牠無法脫身。白魚絕望地軟癱了下來，只有兩腮還在鼓動。「小伙子」乘此機會張開嘴，伸了一下脖子，白魚的半個身子被裝進喉管。「小伙子」浮出水面，高高地舉著銀色的魚頭繞船一周，白魚的眼睛呆痴了。常老黑伸出竹篙，把「小伙子」搭上船來，用手抓著「小伙子」的脖頸一擠，那條嚇得半死的白魚落進盛著水的船艙裡。白魚以為得救了，立即在船艙裡衝撞了幾下。當牠發現自己只不過是從一張狹小的嘴裡跳到一個寬闊的「嘴」裡而已時，牠老實了。「小伙子」聳著濕淋淋的肩，喉管艱難地蠕動著，想把落在口腔裡的幾片魚鱗吞進嗉囊；同時，偏著頭看著在船艙裡跳躍著的、自己捕獲到而不能自己享用的捕獲物。牠必須忍受這種痛苦，雖然牠多年都難以忍受。無論牠有多麼充沛的精力，無論牠有多麼機智，無論牠有多麼勇敢！在水裡、在魚的面前，雄姿英發，所向披靡；牠卻不能也不敢掙開主人給牠紮在脖頸上的那根穀草。穀草是那樣細、那樣脆，那樣一文不值。常老黑用手在「小伙子」顫抖著的身上抹了一把，算是對牠今天初戰告捷的獎賞。常老黑回到船尾，用胳肢窩斜夾著竹篙，竹篙的一頭插在水裡，起著舵的作用。他從腰裡解下一個小巧的細腰葫蘆，拔開塞子，「吱」地一聲抿了一口酒，緊接著張開嘴「哈」了一聲，然後其味無窮地吧嗒了幾下嘴，眼睛立即就泛紅光了。他重新繫好酒葫蘆，慢條斯理地拿起竹煙筒，按了一鍋煙，有滋有味地呼嚕起來，眯著一隻眼睛應接不暇地欣賞著夾江的奇峰怪石。世上在哪兒能找到這樣濃郁的清香呢！兩岸都是剛剛開放的蘭花。世上在哪兒能找到這樣耀眼的繁花呢！花朵不是滿樹，而是滿山。一條玉蘭花帶就有幾十里路長。杜鵑花開得像火燒山林那樣讓人觸目驚心。誰也沒有常老黑這樣的福氣，這條七彩河和兩岸的群山，就像他自己的私家花園裡的假山假水一樣，歸他獨自享用。他不知道世界有多大，世界再大對於無知者是沒有什麼意義的！是的，這裡很偏僻很閉塞，不正因為這裡偏僻閉塞才使他擁有這裡的一切嗎！也正因為偏僻閉塞才使他顯得萬能、富足、智慧和具有無尚的權威。偏僻和閉塞的最大優越性就是使人的自我感覺非常良好。

此時，河山寂靜，只有一隻啄木鳥像和尚敲木魚一樣，有節奏地啄著空洞的樹幹，群山不厭其煩地為牠不折不扣地回應著……常老黑從這單調的啄木聲聯想到自己的妻子，而且一下就想到她那如花似玉的年華。那時的山茶姐正像現在河右岸那朵躲在茅草叢中的紅山茶一樣，默默地開放著，誰也沒注意。年輕的常老黑在七彩河邊發現了她。一個大雷雨的白天，為了避雨，他一根竹篙挑了十隻漁鷹，在山腰間找到了一個看甘蔗田的草棚子。山茶姐正縮在草棚裡抱著膝頭欣賞著自己的光腳丫兒。十一個不速之客的來臨，嚇得她像一隻麂子一樣，一下從草棚裡竄到雨地裡。常老黑也不客氣，坐在唯一的一張小板凳上，來一個公然的喧賓奪主。在熱灰裡扒出山茶姐燒熟的兩塊木薯，一口氣吱吱咕咕吃個淨光。山茶姐淋得渾身透濕，才不得不又擠進自己的棚子。滿臉怒容的山茶姐特別美，常老黑對著女主人只是笑。因為山茶姐正在像他那些漁鷹一樣，渾身不停地滴水，不停地顫抖。

「喂！」好像是呼喚一個自己的使喚丫頭那樣。「給根甘蔗啃啃。」

山茶姐鼓著腮幫子，半晌才用氣音說了一個字：

「不！」

「不？我可是要自己動手了！」

「敢！」

「敢？別說是你的甘蔗，就是你！」他那樣近地看著她。「我也敢啃！」

她用估量和懷疑的目光看著他：他在嚇唬人。

「還要從頭啃，一節一節地啃，越啃越甜！」

可能是常老黑說得太形象了，山茶姐一下就噴出笑來，一笑就不能遏止，笑得十隻漁鷹不知所措，面面相覷。

「你以為我不敢？」

山茶姐笑得更歡了。

「你可別大意！」

山茶姐笑得滿臉都是眼淚。

「這兒可只有你自個兒，我們有十一個……」

山茶姐笑得前伏後仰。

「你就是叫破了喉嚨，鬼也聽不見，你聽聽！」他指著雷鳴電閃的天空說，「老天爺發多大的脾氣！」

山茶姐笑得用手捶地。

常老黑「呼」地一聲站起來，像漁鷹抓魚那樣，出其不意地把濕淋淋的山茶姐抱在濕淋淋的懷裡。他真的「啃了」她，不管她願意不願意。

風雨停息了，雷聲漸漸遠了，漁鷹的羽毛也乾了，太陽從雲彩縫裡鑽出來了，山茶姐不笑了……一隻啄木鳥像和尚敲木魚一樣，有節奏地啄著空洞的樹幹，群山不厭其煩地為牠不折不扣地回應著……

山茶姐的眼睛裡滑出了兩行淚水，常老黑反而哈哈大笑起來。結親以後的頭幾年，山茶姐不言不語，常老黑認為沉默就是順從。等到第一個孩子下地，不知道為什麼，她就變得終日嘮叨個沒完了。常老黑對老婆的哲學是：三天不打，上房揭瓦。當打罵也無濟於事的時候，他就只當她是一盤水磨，反正磨不磨粉它都要咕咕嚕嚕響個不停，讓她咕嚕去。

「唉！」常老黑放下竹煙筒，嘆息著說，「山茶姐呀！你的變化該有多大啊！一眨眼，你就從一朵山茶花骨朵變成一棵迎著風嗡嗡響的枯茅草桿了！我可是一點也沒變，我的牙照樣還能啃甘蔗……」「小伙子」叫了一聲，常老黑的眼睛才從遙遠的往昔轉回到今天的水面。這麼快，他們被小船送到了一個過去很少來過的地方，他的心悸動了一下，這麼黑的水，該有多深呢？兩岸的青石崖頭像牆壁一樣陡。小船自動在原地旋轉起來，旋渦！有經驗的人都知道這是強大的水下旋渦，雖然水面上一點波紋也沒有。太陽快要當頂了，船艙裡還是那條白魚，小嘴一張一合地深呼吸。常老黑站起來，用竹篙撥正了船頭，晃動著雙腳，吆喝著命令「小伙子」下水，「小伙子」戰慄著伏身在船板上，回頭看著主人。怎麼？害怕了！「小伙子」！你什麼時候有過這種不體面的樣子呀！常老黑把竹篙子從「小伙子」兩腿中間穿進去，一挑就把牠挑進水裡了。「小伙子」仰著頭圍著小船轉，就是不肯潛進水底，常老黑舞動著竹篙，尖聲喊著：

「哦嗬——哦嗬——嗬！」

懸崖峭壁也跟著喧嘩起來，好像在助威。「小伙子」還是不肯潛水。常老黑火了，用竹篙子在「小伙子」左右前後的水面上敲打著，濺起大朵大朵的水花。可憐的「小伙子」，閃躲著主人的竹篙子，竹篙子離牠的頭越來越近，實在是無法躲了，牠只好潛入水底。「小伙子」很快像一塊黑石頭沉入墨水池裡一樣，不見了。小船旋轉著，無論常老黑的眼睛睜多麼大，都找不到「小伙子」的蹤影，水太深了。他習慣地在心裡默默地數著數，當他數到一百下的時候，他的心緊縮起來，他有一點後悔。他從來都認為後悔是軟弱的表現，現在卻有了一點後悔，連他自己也糊塗了。他甚至暗暗許下了諾言：『「小伙子」，只要你活著浮起來，我就隨你，你願意在哪裡下就在哪裡下，不願下就不下。」話雖然說出來了，他又懷疑這個諾言能否付諸實行，因為他從來都沒對漁鷹有過這種寬容。

驀地一聲水響，「小伙子」浮到水面上來了，牠首先甩了甩頭上的水，張著嘴大口喘氣。常老黑連忙用竹篙把牠挑上船頭。「小伙子」在船頭打了幾個趔趄，幾乎摔倒在前甲板上，用一雙像是已經折斷了的翅膀支撐著才算站穩。常老黑立即把小船撐到岸邊，在一棵大榕樹下繫了船，把「小伙子」抱到一塊乾沙上，拾了幾根乾樹枝，燒起一堆篝火。「小伙子」偎在常老黑的身邊，像得了瘧疾的小孩似地，全身搖晃著打寒顫。他們朝夕相處了二十多年，在得利的情況下，他們之間相互的暗示完全可以代替必要的對話；而現在，失利了，他們之間就失去了默契和共同的無聲的語言。「小伙子」在水下的遭遇只能憑想像去猜測了。常老黑睥睨著「小伙子」，無意中發現牠的蹼上掛著一根水草。他想：也許是「小伙子」在水下被水草纏住了，經過了長時間絕望的掙扎才脫險？該死的蛇一樣的水草，那麼多！生長在那麼深的水下。常老黑正要伸手幫牠扯去那根水草，「小伙子」用自己的長嘴輕輕把水草從蹼趾上啄了下來，漫不經心地把草甩了很遠……也許是「小伙子」害怕竹篙子，又不願去捉魚，故意在水下遨游，儘量拖長時間，搞得精疲力竭，好引起主人的憐憫!?

「雜種！」常老黑咒罵著說，「這麼多年，你也該對我有點數了！我什麼時候可憐過誰？我從來也沒叫誰可憐過我，我也不會可憐誰！挨餓的年月，連泥巴都想吞進肚裡，挺過來了。不能駕漁鷹船那些日子，我壓根都不敢往河邊走動，怕自己會撲到水裡！誰可憐過我！我可憐過誰！」常老黑大聲吼叫著，「小伙子」搖著尾巴，常老黑才發現牠的尾巴上折斷了一根羽毛。莫非「小伙子」在水下遇到了水獺？只有渾身光溜溜的水獺才能夠傷害「小伙子」，無論多麼深的水，對水獺的縱跳和浮游好像連一點阻力也沒有。「『小伙子』太孤單了，難道說我不孤單嗎？這麼累，沒有幫手，兒子年幼無知，姑娘就更不用提了，唉！」他馬上意識到這種想法是可恥的，頓時對自己產生了極大的厭惡和不滿，狠狠地捶著自己的腦袋：「老黑！你老了嗎！沒出息的雜種！你不是幹得很好嗎！哪兒累了？手？腳？眼睛？耳朵？嘴？都不累，一點都不累！你不是正在大喊大叫嗎！雜種！」群山發出嗡嗡的回響，他又得意起來：「『小伙子』！吃點什麼吧！吃點魚，一條魚也行呀！你吃頭，我吃中段，再給你留條尾巴，歇了晌午咱們再抓牠百兒八十斤！河裡有的是魚，咱們身上有的是力氣！」他說著從屁股後頭吊著的皮鞘裡抽出一把鋒利的匕首，先挑斷「小伙子」脖頸上的穀草，再從船艙裡抓出那條還活蹦亂跳、抗拒被無辜殺害的白魚，切下的魚頭扔給「小伙子」，切下的魚尾，扔回船艙。「小伙子」一口就吞了翻著白眼的魚頭，魚頭在「小伙子」的喉管裡鼓了一個包。牠用力吞著、吞著，一會兒就把一隻完整的魚頭吞進嗉囊。常老黑可沒有「小伙子」那麼簡便，先要把魚中段兒放在河水裡，用匕首刮去鱗片，再剖開膛，取出肚腸，扔給「小伙子」，算是「小伙子」飯後的點心。常老黑把魚中段洗了又洗，再用匕首修了一根長竹籤，把魚中段穿在竹籤上，放在文火上慢慢地烘烤著。不一會兒，銀色的魚皮吱吱叫著冒出油來。他很有技巧地轉動著竹籤，不讓魚皮上的油滴進火裡，冒著泡的魚油循環地流著、煎著雪白的魚肉，噴出一股濃烈的魚香。常老黑高興得不住地蹬著自己的雙腳，不住地吸著氣。他抓了一輩子魚，吃了一輩子魚，卻從沒感到過膩。每一次都像第一次嘗到稀世佳肴一樣。當銀色的魚皮有一點點兒發黃的時候，他從腰裡摸出一個小玻璃瓶，往熱魚皮上撒了薄薄一層精鹽，好了！這是所有魚的烹調術中最簡便、最高明、最美味的一種，但它的先決條件就是新鮮的活魚，而且又必須是在捕魚的河邊、藍天下。常老黑抓起滾燙的魚中段兒，大口大口地咬著，乾乾淨淨的魚刺從右嘴角裡冒出來，一眨眼功夫就吃完了，他的外衣前襟上掛了一串亮晶晶的魚刺。不管他自己承不承認，他真的有點困倦了，頭剛剛枕上樹根，就發出了驚天動地的鼾聲……「小伙子」架著一雙翅膀走到主人身邊，用長嘴小心翼翼地把主人前襟上的魚刺銜得一根也不剩……

常老黑的覺很沉，但很短，幾分鐘就醒了，幾分鐘就又精神抖擻起來。他哼哼著在地上連連伸展著四肢，猛然睜開的眼睛還承受不了白雲反射出的強光。他用手肘遮住眼睛，先看看「小伙子」，「小伙子」正在像他那樣，連連伸展著牠那雙長長的翅膀，全身的羽毛又蓬鬆起來，發著烏黑的光澤，一副供人駕馭的勇士的樣子，常老黑高興了！他沒有立即起身，雖然他還沒有意識到：他已經沒有往日那麼麻利了。他先眯著眼睛，慢慢調整了瞳仁對壯麗天空的焦距和適應度。他看見，透明的雲朵像潔白的絲綿沉浸在靜止的蔚藍色的水裡。河對岸的灌木叢中傳來那種有著火把一樣冠毛的水鳥的叫聲，像初生嬰兒嬌嫩的啼哭。他想起自己頭生子出生的情景。也是一個像這樣晴朗的午後，他一聽見嬰兒的哭聲就衝進妻子的產房，冒著那個以風流而聞名遐邇的接生婆的亂抓亂打，把剛剛剪斷臍帶的嬰兒擱在又髒又黑的胳膊上：

「噢喲！是個小老頭兒嗎！」他太意外了，兒子粉紅色的額頭上竟會有幾道皺紋。他奪門而出，一口氣把號哭著的嬰兒抱到河邊，像扔漁鷹似地把兒子扔進淺藍色的河水，他也跟著和衣跳進水裡，抱起兒子，嬰兒忽然不哭了，渾身顫慄著，像離了水的魚似地，小嘴不停地一張一合，扭動著頭，緊握著小小的拳頭，皮膚漸漸由紅變紫。他這才覺得有點不大對勁兒。他抱著嬰兒從河裡走上岸來，一身濕衣服緊貼在身上，水從頭髮梢流到腳後跟。他急急地說：

「真不中用！真不中用！一出世就是個軟胚子！」好像他自己一生下來就是個不避水火、不忌生冷、不畏寒暑的哪吒，而且還記得他自己一出娘胎的樣子。

當他把冰冷僵硬的嬰兒交還給接生婆的時候，接生婆那張兩鬢都貼了美人膏藥的臉歪斜了，奇醜無比——特別是他曾經把她當做美女親近過，尤其感到可怕。接生婆把死了的嬰兒遞給年輕的產婦，產婦突然——在一瞬間就從一隻溫柔的小母鴿變成了一隻凶狠的老母狼，她跳起來一頭撞在丈夫的懷裡。常老黑當然不會示弱，他從來沒有示過弱，輕輕一推就把妻子推回到床上，大吼著：

「他不是我的！他不是我的！連隻水老鴰也不如！」

他的妻子一口氣沒回過來就昏厥了，風流接生婆嚇得又是掐人中，又是灌薑湯，好一陣忙亂。常老黑卻像沒事人似地一甩手走了，駕著漁鷹船下了七彩河。很走運，小半天就抓了五十多斤魚，比兒子差不多重十倍。他一高興就把剛剛發生的、曾經使他有點惶惑和不愉快的一切都淡忘了。從此以後，妻子生兒育女的時候，他都在河上。對於那些初出生的嬰兒，他一律不予理睬。他早就下定了結論：都是軟胚子！什麼都不能指望他們！

「軟胚子！」他一個魚躍站起來，在「小伙子」的脖頸上重新紮了穀草，把「小伙子」扔進河水，解開纜繩，跳上船，一篙子就把小船撐到河心。「小伙子」心慌意亂地啞聲叫著，浮游在水面上。常老黑一面用篙子穩住在險惡的旋渦上擺動的小船，一面狠狠地敲擊著「小伙子」身邊的水，幾次都幾乎擊中牠的身子。「小伙子」無可奈何地鑽進水底，只一分鐘就又浮了出來。常老黑氣沖沖地用竹篙子戳了一下「小伙子」的背，「小伙子」從船舷左側鑽進去，一轉眼，又從船舷右側漂浮出來……常老黑怒不可遏地挺著竹篙向「小伙子」猛力衝去，「小伙子」完全看得出主人已經瘋狂了，牠一側身急忙潛入水下。常老黑連數也不數了，讓小船在水面上自由旋轉，只在心裡不住地念叨著：「看你能在水下躲多久！」

很久，「小伙子」才在小船的左舷邊浮出水面，翅膀支撐在水面上，張著空空如也的嘴啞聲哀鳴著，藍色的眼睛乞憐地看著主人。常老黑雙手舉起竹篙以全身的力量向「小伙子」猛地一擊，「小伙子」又迅速潛入水底。常老黑手裡的竹篙打了個空，濺了一個很高的水花。「你怎麼敢？你怎麼敢張著大嘴從水裡浮上來！我把你嬌慣壞了！魚頭把你的嗉子塞飽了！是的，你抓過不計其數的魚，可都是在我的竹篙子底下抓到的！你應當記住這一點，你要是忘了這一點，忘了我手裡的竹篙子，我手裡的竹篙子可不會忘了你，你要吃苦頭的！忘恩負義的東西！哪一回我不吆喝，你會有精神去抓魚呀！哪一回我不在你脖子上紮根穀草，你會接二連三地去抓那麼多魚呀！要是由著你，你早就變懶了！你早就胖得不能潛水了！你早就沒有上進心了！你早就沒羞沒臊了！你早就死了！你是我的竹篙子教訓出來的好漢！你離了我手裡的竹篙子就一文不值。」說到這兒，他連忙補一句：「竹篙子離了我，它也照樣一文不值，它就是一根爛竹棍！」

首先漂上來的是一堆斷了的水草，停了很久，「小伙子」才隨著一團氣泡漂上來，雖然牠仍然張著大嘴，卻很神氣地拍打著翅膀，大模大樣地向主人游來。

「你還很得意啊！孬種！」常老黑大叫著：「哦嗬——哦嗬——嗬！」同時舞動著竹篙，用竹篙的兩端濺起一團團的水花。但「小伙子」像沒看見、沒聽見一樣，扇動著翅膀，啞聲叫著，一副天真無邪的高興樣兒。常老黑氣得兩眼冒金星，把竹篙子向後一縮，迅速向「小伙子」高昂著的頭戳去，只一下，只是輕輕的一下，「小伙子」就躺在水面上了，每一根羽毛都像是溶解在水裡，任憑水波沖撞。一縷紅色的血在藍色的水中向四周擴大，像一束被水波打散的紅色的絲線……常老黑渾身的血像是凝固了，他木然地站在船頭。小船在水面上緩緩旋轉，他在船頭上向逆船頭的方向緩緩旋轉著身子，因為他身不由己地不願意把目光從「小伙子」身上移開。「小伙子」的屍體隨波逐流漂向下游，漸漸變小了。

常老黑睜著空洞的眼睛，緩緩轉動著雙腳，驚駭地目送著那個小黑點，任它由大變小……當小黑點快要消失在水波的反光中的時候，他醒悟了，震驚了，立即用竹篙撥著船舷兩側的水，追上去。這時，他忽然奇蹟般地發現「小伙子」高昂著頭在水面浮游，甚至還聽見牠那沙啞的叫聲。常老黑蹲在船尾，定睛看著精神抖擻、鬥志昂揚的「小伙子」，把竹篙平放在水面上拍打著，大聲吆喝：

「哦嗬——哦嗬——嗬！」

一眨眼，「小伙子」又像一塊黑色的破布漂浮在水面上。常老黑突然發現自己從額頭到腳跟像水洗了一樣，他意識到這是冷汗！——恐慌了？害怕了？怕什麼？他還理不清自己此時的思路。但他第一次感到了真正的恐慌，第一次感到了真正的害怕。恐慌什麼？害怕什麼？他還來不及去尋找答案。但答案是清楚的：失去了「小伙子」，包著銅頭的、可以經久耐用的竹篙子也就失去了神奇的威力；靈活的小船也就失去了追逐的方向和速度；無論他怎麼晃動船身，都喚不起他拼搏的激情；無論他怎麼吆喝，他都得不到驅使漁鷹為自己的意志去效命的快感。他隱隱約約地意識到，或許自己的靈敏、果敢和用之不竭的力量依然如故，但這些又有什麼用呢？反過來都會變成使人瘋狂的煩躁……「難道我除了耍竹篙子就一無所能了麼？」——太可怕了！駕馭者的生命就是有所駕馭！常老黑撲到水裡，緊張地抱起「小伙子」搖晃著，「小伙子」的頭再也抬不起來了，像一根煮熟了的絲瓜。他用粗糙的手指扳開「小伙子」緊閉著的眼皮，「小伙子」的眼珠還是那樣藍，但已經失去了生命的光澤。常老黑希望能從「小伙子」的眼睛裡得到點什麼，但什麼也沒有，既沒有抱怨，也沒有慚愧；沒有恨，也沒有愛；沒有希望，也沒有留戀；只有玻璃片的冷漠……這就是死麼？牠真的死了麼？死就是這樣麼？過去他曾多次看見過生命的死亡，他都沒在意，甚至沒想到那些就是死亡本身，一點真切感也沒有。今天，他已經衰老了！只有衰老而又不願承認已經衰老的人，才能恐懼而真切地認識到死亡，因為不管他承認不承認，死亡和生命相阻隔的、堅而厚的牆壁已經很薄了，他的骨頭，而不是皮肉，已經可以感覺到從牆縫裡透過來的陰冷的風。

常老黑把「小伙子」放在船尾上，他把自己浸在水裡，推著小船向岸邊游去。他不知道是冷還是熱，他的腳機械地踩著水，他只有一個模糊的念頭：向岸邊，向綠草如茵的岸邊；向岸邊，向陽光燦爛的岸邊，到了那裡，也許一切都可以復原。升起一堆篝火，「小伙子」烤乾了羽毛，又虎視眈眈地面向河水，啞聲叫著發出戰鬥的信號。小船靠岸了，船頭撞在岸邊發出了一下空洞的響聲，像棺材落進土穴。常老黑艱難地爬上岸，雙手摳著船頭，倒退著叉開腿，用光腳的後跟蹬著泥土，一分一分地拖著小船，不知道為什麼，他不願意把船留在水裡，他不放心，好像河水裡隱藏著死亡，好像小船也有個害怕死亡的生命。他沒有選擇一個斜坡，在峭岸邊拉船是那樣吃力。開始，他大聲咒罵，罵粗糙的峭岸，罵緊緊吸住船底不放的河水，罵嘩笑著飛過頭頂的大嘴鸛……後來，他罵不動了，只能大聲哼哼……漸漸由大聲哼哼變成了小聲呻吟。小船終於離開了河水，平擱在岸邊，常老黑摔倒在地上，精疲力竭，全身成「大」字仰臥在草地上喘息不止。停了很久，他忽然聽見河水發出一陣沸騰的聲音。他跳起來，抓起竹篙子拄著走到河邊。他看見藍色的河水翻著粉紅色的浪花，接著一條和成年人差不多的大魚浮上來。他認識這種魚，通常稱牠為桿魚，窄長的身子，只有骨架而沒有細刺。長而尖的嘴裡長著密密的牙齒，牙齒很細，但很尖利，是一種很殘忍的以同類為食的惡魚。常老黑跳進河水，用竹篙子去試探這條惡魚的力量，桿魚像一段空腹的樹樁，牠身上的鰭和腹內的鰾都已經失效了。竹篙子一戳，牠就在水裡翻一個身，銀白的魚肚露出水面，這證明牠完完全全死了。常老黑放心大膽地游向桿魚，用手伸進牠那大張著的嘴裡，拉著牠游回岸邊，再一次用盡自己的力量，把桿魚拖上岸來，擺在小船的左側。這時，他才發現，桿魚的一對眼窩是一對血紅的空洞，不斷地滴著血水。很顯然，牠的眼珠是不久前才被摘掉的，牠曾經經歷過多麼大的痛苦啊！可以在水下看到一切物體和色彩的眼睛，藉以捕食、藉以航行、藉以進攻、藉以表達情感的眼睛突然被摘去了，這和視力慢慢減弱到雙目失明完全不同。後者完全可以在無邊的長夜裡苟延殘喘地活下去；前者——像這條桿魚，一個水下的霸主，突然成為一個有眼無珠的怪物。有眼無珠，那可是太可怕了！連一條小泥鰍就敢用牠那尖尖的軟嘴去戳桿魚的痛處，連一隻臭螺螄都敢在桿魚的背上占山為王。為了尋找一星一點可以咀嚼的食物，不得不吞進大量的泥沙。牠當然不願意這樣活著拖死，牠寧肯立即死去，牠絕不信奉人類「好死不如賴活著」的哲學。桿魚死了！睜著一對血紅的可怕的眼眶。

牠的眼珠呢？啊！常老黑頓時恍然大悟，這不是「小伙子」……這不是「小伙子」幹的嗎！幹得真漂亮，真有心計！真有才幹！只有這麼幹！對待這樣一個龐大的武裝到牙齒的敵人，不摘掉牠的一對眼珠絕不能致牠於死命！「小伙子」真棒！「小伙子」呢？常老黑的眼睛四下去尋找他麾下的英雄，「小伙子」像桿魚一樣，僵臥在草坡上。驀然，常老黑呻吟了一聲，悔恨像一百把尖刀插進了他的心窩。他把「小伙子」抱在懷裡，用手扳開「小伙子」的嘴。他看見「小伙子」的咽喉深處有兩顆黑白分明的魚眼睛，魚眼睛在暗處譏笑地看著常老黑。常老黑嘆息著說：

「『小伙子』！你怎麼不把這兩顆賊眼睛吞下去呢？還讓它們活在你的嘴裡！」馬上他覺察到自己的方寸已經亂了，明明是自己在「小伙子」的脖頸上紮了一根穀草，使牠只能捕捉而不能吞食，他卻忘得乾乾淨淨。他立即用刀挑斷了穀草，但已經晚了，這根很有力量的喉管再也不會蠕動了，它再也無法把任何東西咽進嗉囊了。常老黑像一塊石碑似地摔倒在草地上，掙扎著用手摸索著「小伙子」濕淋淋的羽毛，把牠移放在桿魚的左側，自己恰好平躺在「小伙子」的左側，他再把竹簍子放在自己的左側。他無可奈何地注視著藍天……

他哪裡知道，他哪裡知道「小伙子」第一次下水的時候就發現了這條大桿魚呢！大桿魚像一座青石小山那樣橫伏在水草裡，一身銀光閃亮的甲冑，威風凜凜地從兩腮裡往外噴水。一開始，「小伙子」被驚呆住了，立即放慢了速度，慢慢、慢慢向桿魚接近。桿魚雖然龐大，牠畢竟是魚；「小伙子」雖然瘦小，牠畢竟是漁鷹。魚類是牠的天敵和傳統的被征服者。漁鷹征服魚類首先是生存的必需，其次才是興趣、喜好和征服欲。桿魚也發現了「小伙子」，但桿魚巍然不動，連尾巴也不擺一擺，只用嘲弄的眼睛仰望著其貌不揚的漁鷹，好像在說：怎麼，你想來試試？「小伙子」圍著巨大的桿魚轉了兩圈，就像一個靈敏的偵察兵面對一座固若金湯的堡壘一樣，完全無從下手。桿魚把眼珠轉向身後，沉著地等待著……「小伙子」在桿魚的身後猛地撲向桿魚的頭頂，試探地把嘴一下插進桿魚一張一合著的右腮，桿魚不動聲色地緊緊地合上了堅硬的腮殼，「小伙子」拼命地用雙蹼蹬著桿魚的脊背，用力拔自己的嘴，但無論怎麼用力都無法把嘴拔出來。桿魚的目光裡閃爍著笑意，緩緩地向前游動，帶著「小伙子」像帶著一把爛草。「小伙子」思考了一下（牠當然會思考），採取了以進為退的戰術，突然改變了力量的方向，把嘴向桿魚的腮內猛插，一下就插疼了桿魚腮內接近腦髓的軟骨。桿魚不得不立即把腮殼鬆開，「小伙子」拔出嘴來就向水面逃走。桿魚一抬頭，險些咬住了「小伙子」的尾巴。桿魚並沒追趕，牠認為對這樣的襲擊者根本用不著一本正經地迎戰和追擊，追擊反而提高了對方的身價。桿魚緩緩地沉入水底，把自己的沉重身軀擱在柔軟的水草上，張著嘴等待著從自己面前游過的送死的幼魚群……

常老黑嘆息著，捶打著自己疼痛得麻木了的腦袋。

「為什麼？為什麼我要在竹篙子的兩頭包上銅箍呢！老東西！為什麼……」

「小伙子」再一次被迫下水以後，採取了閃電式的衝擊，以最快的速度，像第二次世界大戰中的日本空軍神風隊員那樣，直線衝向桿魚的頭部。牠試圖在魚頭上那兩個通氣的地方敲破桿魚的腦殼。真的得手了！當牠用嘴敲響桿魚的頭頂的時候，桿魚才發覺「小伙子」已經臨頭，大桿魚的腦殼是敲不破的，反而激怒了牠，牠的眼珠飛快地轉動起來，猛然來了一個大翻身，向「小伙子」張開了大嘴。「小伙子」見勢不妙，虛晃一槍滑到桿魚的身後。桿魚輕輕擺了一下尾巴，把「小伙子」打得翻了一個跟頭。「小伙子」掙扎著浮上水面。桿魚擺正了自己的身子，把眼珠翻向上，仇視著天空……

常老黑把手移到「小伙子」的身上，溫柔地撫摸著，既後悔又憐憫地說：

「你怎麼會這麼嬌嫩呢？『小伙子』！……」

「小伙子」第三次下水已是破釜沉舟了，牠首先看到的是那對可惡的眼珠。這條大笨魚要是沒有這對靈活的眼珠該有多好！但眼珠——就是這對險惡的眼珠給了「小伙子」一個決定性的啟示：只有攻擊眼珠，只有攻擊眼珠才有可能致桿魚於死命！「小伙子」一扇翅膀，直奔桿魚大張著的嘴，好像要自投虎口，桿魚輕輕吐了一口水，以漫不經心的外貌掩飾著嚴陣以待的內心，眼珠在慢慢地轉動，放射著陰沉的寒光。「小伙子」猛一轉身，插向桿魚的右側，想用雙蹼蹬住桿魚的上顎，然後再去啄牠的右眼，但桿魚的上顎光滑得無處可抓，桿魚的右眼已經看見了顯得特別巨大的帶鉤的鷹嘴。桿魚警覺起來，輕輕一擺頭就把「小伙子」甩掉了，大張著嘴猛吸了一口。「小伙子」覺得好像有一股激流迎面湧來似的，把牠推向身後那張血盆大口，「小伙子」以全身的力量掙脫了這股緊緊拉牠後退的吸力。「小伙子」很想立即浮上水面，告訴主人，牠無法俘獲這個龐大的敵人。但是，牠知道，這樣的語言主人是不懂的。主人只懂得漁鷹銜著銀色的魚頭或魚尾所表達的意思，只懂得漁鷹吐出嘴裡的魚之後立即潛入水底所表達的意思。「小伙子」在水下繞了一個圈子，又撲向桿魚，桿魚已經知道對這個其貌不揚的小東西不能等閑視之了。牠游動起來迎著「小伙子」衝去，「小伙子」急忙轉身奔逃。桿魚擺動起全身「划水」，很輕捷地就追上了「小伙子」。「小伙子」的雙蹼蹬不動了，尾巴尖兒被桿魚的嘴一口咬住。「小伙子」絕望了，懵了！但僅僅只有一秒鐘牠就清醒了，急中生智，回轉身來，用雙蹼抓住桿魚的頭蓋骨，被咬住的尾巴正好是一個支點，沉著而不失時機地把嘴伸向桿魚的右眼，用力把帶鉤的尖嘴插進桿魚的右眼窩。使牠驚喜過望的是：那樣強大的一個敵人的眼珠卻是那麼容易摘取，好像只是隨意擺在眼眶裡的一只小球兒。桿魚的感覺卻完全不同，挖眼的疼痛超過開膛、超過挖出所有的內臟，桿魚的嘴立即就鬆開了。牠不得不鬆開，「小伙子」得救了！牠不僅得救，而且偶然的小小的成功激起了牠更大的戰鬥熱情。雖然牠已經很累了，而且特別需要空氣，需要浮出水面，張著嘴盡情地呼吸一陣子，最好把那隻剩下來的白魚尾巴吃掉，然後再回來和桿魚決一死戰。但牠不敢，牠既怕水面上的主人的竹簍子，又怕牠的死敵憑藉僅存的一隻眼睛逃跑。失去一隻眼睛的桿魚，全身失去了平衡，牠瘋狂地擺動著龐大的身子，盲目地亂咬，咬斷了很多水草，在水底製造了一個又一個旋渦。「小伙子」依附在桿魚的右側，隨著牠游動。「小伙子」想重新找到一個支點，牠也懂得力學，雖然牠說不出，但牠會把力學原理用於搏鬥。桿魚那隻瞎了的眼窩流著血，牠正好貪婪地喝著那股甘美的血水，牠又有力量了，而且殘酷起來。牠用一隻帶鉤的蹼一下摳進桿魚的瞎眼窩，桿魚疼痛得連連翻滾起來。無論桿魚怎麼滾，「小伙子」牢牢地抓住牠，只要抓緊，任牠跳躍、搖擺，任牠翻滾、扭動；對於「小伙子」，全都無所謂了，關鍵是如何摘掉它的第二顆眼珠。桿魚明明知道牠的死敵就騎在自己的頭上，牠大張著嘴死命地不停地咬，牠咬到嘴裡來的全是被牠攪渾了的水。如果這時有一塊石頭被牠咬住，也會被牠咬得粉碎。「小伙子」盡力把自己的長脖頸往魚頭的左側伸，但那根神聖的穀草妨礙了牠的伸展。牠只好展開雙翅，用雙翅支撐著把身子轉向魚頭的左側，終於成功了，桿魚的左眼看見了煞神，眼珠立即飛快地轉動起來。但「小伙子」並沒有馬上下手，只是不懷好意地看著牠，把長嘴的鉤幾乎伸到牠的眼角膜上。桿魚剩下的那只唯一的眼珠不轉了，乞憐地看著「小伙子」，而牠看見的正是「小伙子」的輕蔑的目光，毫不留情的目光，毫無通融餘地的目光。「小伙子」只需要輕輕動彈一下就可以摘掉牠的左眼，但「小伙子」要停頓一下，要享受一下一個龐大的敵人被騎在自己身下的快感，要欣賞一下一個曾經那樣驕橫自大的強者滅亡前的可憐相。桿魚知道無論怎麼動作都逃不脫迫在眉睫的厄運，牠不動了，小心翼翼地擺動著尾巴，牠期待什麼呢？奇蹟？滅亡？應該說都有，而且還有一種茫然的不安。「小伙子」下手了，長嘴一伸就摘下了桿魚的左眼珠，然後鬆開桿魚，急速地升到水面上來了。牠當然很神氣，牠當然要拍打著翅膀，牠當然要啞聲喊叫，牠當然是一副天真無邪的高興樣兒……「小伙子」呀！「小伙子」！（這當然不是牠主子的話）你為什麼不同時把那條和成人差不多大的桿魚舉出水面獻給你的主子呢？卻只銜了一對魚的眼珠！而且是含在嘴裡！唉！

常老黑掙扎著側過頭來，看著桿魚身上一片一片碟子那麼大的銀鱗，空洞的變黑了的眼窩。這是他駕漁鷹船以來捕捉到的最大的一條魚，應該驕傲，應該高興，應該非常得意。但他驕傲不起來，反而覺得自己很卑微；也高興不起來，沉重的悲哀像群山在自己面前將倒未倒那樣，威脅著自己的血肉之軀；心裡連一絲一毫得意的情緒也沒有，反而充滿了空虛的失意……為什麼呢？小船不是還在麼？竹篙子不是還在麼？自己不是還在麼？不是還可以東山再起嗎？他梳理不清自己的思緒，不是梳理不清，而是不能由他去梳理了，像一團被水沖到遠方的亂絲，他已經抓不到了。是太累了嗎？他曾經有過很勞累的經歷和體驗，但從來沒有像現在這樣，自己的軀體像一堆被水溶坍了的泥巴，而靈魂就像夜間墳地上的一團飄忽不定的磷火……死！！難道這就是死嗎？像，很像是！雖然自己的死對自己是絕對陌生的，但他已經意識到這就是死……有什麼值得遺憾的事嗎？有！是什麼？是……他知道了，是那條白魚的尾巴，沒有把那條白魚的尾巴給「小伙子」吃掉，一條很新鮮的白魚尾巴，割下來以後還在顫動……我自己的腿現在還會顫動嗎？

平躺在岸邊的有小船、漁鷹、桿魚、竹篙和常老黑。常老黑躺在已經死了的小船、漁鷹、桿魚和竹篙中間，和它們一樣，對自己的地位完全無能為力了……太陽光漸漸弱了，他冷得發抖，衣裳在滴水，水珠輕聲滴在草地上。他好像又清醒了一點，也許就是人們常說的回光返照吧！他想起了自己的小荷，小荷是他最喜歡的孩子。那是一個夜晚，剛剛入夜不久，月亮隔著一層薄薄的灰色的雲彩向大地撒下濛濛的青光，很像是黎明已經到來。常老黑明知道還是深夜，但他睡不著，他寧願駕著小船和漁鷹到河上去。他照例在院子裡大聲吆喝著：

「大水！小荷！天快亮了，老子要下河了！」

小荷支起她的小窗，她並不看老天，只看她老爹。她看見常老黑興致勃勃地握著竹篙子，她就嬌滴滴地說：

「爹爹！哪裡是天快亮了喲，天都大亮了！去吧！爹爹！」

大水揉著眼睛走出來，不看他老爹，只看老天。他隱隱看見隔著雲層的月亮的影子，低聲咕噥著說：

「早哩！明明是月亮！」

「放狗屁！」常老黑給了他一竹篙子，親熱地扯扯小荷伸在窗外的大辮子就走了。「小荷盡說實話。」

今天再咀嚼這些甜蜜而愉快的往事的時候，他嘗到了一種相反的滋味。小荷的討好其實就是哄哄我，和順著毛摸老叫驢的脊梁不就是一個意思嗎？可惡！我在妳眼裡就是一頭老叫驢！對付我的辦法就是「順毛摸」！

大水也不是個好東西！當我的面還不敢說瞎話，可總是戧著我，就像河水總戧著船頭一樣，純潔無邪，透明得像玻璃，而且無角無棱，又柔軟得像綾羅綢緞；但他很執拗、很有效地戧著我，到頭來我還不覺得就是他在戧我。想到這裡，常老黑眼前像某些時髦電影裡的閃回鏡頭一樣，掛在記憶中某個角落裡的那些一鱗半爪的圖像，又閃現了：早上門外竹叢中阿桃扭動著的水蛇腰；似乎是小荷溜進院門的腳步聲——就是她！沒錯！可她為什麼竟敢……竟敢裝睡著，大水還鼾聲如雷！他們能夠夜不歸家，溜進溜出，還有什麼事不敢幹呢？什麼都敢！真不能再深想……常老黑渾身發冷。他又想起有時候剛跨出院門，大水和小荷的歡聲笑語就像油鍋裡落了水星似地爆發起來；有時候剛跨進院門，大水和小荷的歡聲笑語就像被快刀切了似地猝然中斷，但他們的喘息和臉上的紅暈是無法掩蓋得住的。他們哪來那麼多高興呢？他們的高興不就是來自他們的膽大妄為嗎！他們什麼都敢！原來如此！那……我呢？我不是白活了!?——這句無聲的思索對於他自己無異於一聲在頭頂上炸開的雷鳴。他知道這才是致命的一擊，接著他失去了知覺。

很久，很久，他又蘇醒了，他不甘心就此撒手西去。

常老黑傾聽著濕衣服滴水的聲音，他產生了一個錯覺，正在滴著的不是衣服上的水，而是自己血管裡的血，頭在眩暈……

碧藍碧藍的河水，鬱鬱蔥蔥的青山，流雲像古人的一條衣帶，飄飄然纏繞著重疊的山峰，一對雪白的鶴站立在青山藍水之間，連牠們那頂上的一點鮮紅都是清晰的。難道這畫一樣的景致就要和我一起死去？不！我不能合上眼睛！不能！再累我也要撐著。他用手摸了一根草桿兒，掐了兩段，像放牛孩子怕睡著以後跑了牛要挨打那樣，用草桿兒把眼皮撐起來。對了！這樣，天底下這些山、水、花、鳥，就不會跟著我一起下到黑漆漆的地獄裡去了……草桿兒撐得眼皮還有些酸哩！是的，我不能閉眼睛，我要是閉了眼睛，老婆孩子就活不成了。這時他眼前出現了老太婆，一個永遠在柴煙和蒸氣中嘮叨著的女人，駝背，花白的頭髮蓬了一頭，一張麻袋片圍在腰裡。她的嘴還在不停地動，但沒有聲音，常老黑豎著耳朵也聽不見她在嘮叨什麼。聽不見，一個音也聽不見。是我的耳朵不靈了？還是她的嘴不靈了？當然是她的嘴不靈了！一旦我不在了，她的嘴就是發出聲來又有什麼用呢？她向誰嘮叨呢？我都說不出話來，她就更難得出聲了。多可憐的女人！我死之後她就是這副樣子，一張老嘴還像以往那樣不停地噴白沫，就是發不出聲來。

草桿兒撐著的眼皮有點疼了！他定睛看著天空，白雲都變成了緋紅色的晚霞，那麼好看！為什麼以往就沒有留意過哩？像第一次見到山茶姐的臉那樣好看，不！比當年山茶姐的臉還要好看，更像小荷的臉蛋兒。想起小荷他就更淒涼了。他看見他死以後的小荷，臉上的紅暈消失了，蓬頭垢面，沒人給她扯藍布衫，沒人用慈愛的手去扯她的辮子了。她穿得像集上那個瘋女人一樣，一條條的露著肉，總是微笑著的臉變得總是哭喪著臉。誰還會娶她呢！八里崗那個嘴角流著涎水放豬的傻子也不會娶她。誰都可以勾引她，誰都可以欺侮她，誰也不會養活她。常老黑恨得牙根癢！花骨朵似的姑娘任人凌辱！常老黑預見到小荷倒斃在七彩河邊的樣子，像一堆爛草，任憑波浪的沖打，那些朽了的衣裳被水撕得更碎了。年輕輕的姑娘，赤身露體飄在水裡，他想用幾根帶葉子的樹枝蓋一蓋女兒的身子，但他的手是麻木的，抬不起來。魚！小白魚秧子！竟然那樣兇狠地用牠們那小小的尖嘴去啄食小荷的嫩肉。常老黑心疼得哭泣起來，抓了一輩子魚，那樣大的桿魚都抓住了，到頭來，人一死，小白魚秧子都敢來撕自己女兒的皮肉。他不忍再看了，他想閉上眼睛，但閉不上，草桿兒撐住了眼皮。

天空，紅彤彤的天空，緋紅色的晚霞又變了，像陽光下的金子放射的光亮。常老黑沒見過真金子，他只見過金箔。這時的天空可比金箔好看，比金箔亮一萬倍。他極其困難地轉動著眼珠。他看見山峰也是金子的，樹幹、樹葉、花朵都是金子的，七彩河裡的金水在奔流，金子的波浪，無論多麼巧的金匠都鍛打不出這些玲瓏剔透的物件來。連小草桿兒、小草葉和那米粒一樣大的小花朵，都是薄薄的透明的金子，竟是一個黃金的世界！可我還得用草桿兒撐著眼皮，不這樣，我的眼睛就要閉了，一閉眼，這黃金的世界就毀了！我的兒子！三十歲的小兒子，什麼都不會，連趕集糴米都不會，只能討飯，兒子只有這條路好走！他預見到大水在沿街乞討，拄著個打狗棍。打狗棍原來就是他用來駕馭漁鷹的竹篙子，被截成了兩半！這個敗家子！怎麼可以把竹篙子弄斷呢！同樣的東西，到了下一代手裡什麼都變了。曾經那樣威風凜凜地在河上撥動小船、指揮漁鷹的竹篙子，竟被他的預言說中了：成了一根又髒又醜的打狗棍，讓狗的髒牙去咬那曾是精光發亮的銅箍。披著麻包片兒的大水，皮包著骨頭，連一隻一尺長的癩皮狗都害怕，嚇得嘴皮子哆嗦，兩腿發軟。尤其是當他看見別人端著飯碗的時候，他捧著那個餵小漁鷹的瓦缽子，涎水從嘴角流到肚皮上。丟人呀！丟你老子的人！

——他幾乎喊出聲來。

不能閉眼！不能閉眼！常老黑借助草桿兒的力量——他從來也沒想到，他還會借助於最沒力量的草桿兒的力量！力量極為微弱的草桿兒使他得以繼續和黃金的世界同在，使世界不致於沉淪！黃金的天空、黃金的晚霞、黃金的山巒、黃金的流水漸漸又都變成了灰暗的青銅色了。常老黑發抖了，他曾經無數次譏笑過從水裡浮上來凍餓疲累得發抖的漁鷹，現在輪到自己了。一隻翹尾巴小山雀站在近旁一根草桿兒的梢兒上叫著，牠在譏笑常老黑。有什麼法子呢！常老黑的確是在發抖，而且他也沒有力量把小山雀趕走，雖然只要舉舉手就能把小山雀嚇得魂飛魄散。他從小山雀想到自己的五隻小漁鷹，五隻可憐蟲！啄破蛋殼見到天日之後從來沒見過河流和湖泊，牠們見到最大的水就是碗裡的水。也沒看見過可以稱之為魚的魚，牠們看見的魚是那些用簸箕在淺水裡撮來餵小漁鷹的沙狗子，只有半寸長、只會鑽沙子，那算什麼魚！老漁鷹連看也不看。他想：窮困潦倒的大水完全可能把五隻小漁鷹趕到七彩河裡，讓牠們去抓魚。小漁鷹會淹死嗎？這樣想太過分了。常老黑預見到五隻小漁鷹初次下水的情景，無論你怎麼吆喝，無論竹篙子把水打得多麼響，牠們只會傻頭傻腦地在水面上轉，打急了，也會像家鴨那樣撅著屁股把頭伸進淺水裡，摸一隻螺螄，或者啄一條「沙狗子」，能把人氣昏過去。一條大桿魚挑釁地衝出水面，嚇得五隻小漁鷹像聽見火槍響的野鴨子，大喊大叫往岸上爬，寧肯在岸上吃蚯蚓，再也不敢下水了……常老黑為身後萬物的無能為力而痛苦萬分！他極為懊惱，生前那樣勞累，那樣有心計，為未來做了那麼多事，結果如何呢？未來仍然是悲慘的。他所能來得及做到的就是：在青草岸邊把自己與「小伙子」的身體擺得和小船、竹篙以及桿魚一樣直，一樣體面。但究竟這種整齊劃一的隊形能保持多久呢？他感到很寒心。他希望老天能再重新給他一輩子，那樣或許能為未來安排得更妥貼些。老天會給嗎？……

常老黑突然看見了自己剛剛蓋好的新瓦房，壽字瓦檐，雕花隔扇，雪白粉牆……以後誰來檢漏？誰來上漆？誰來抹粉？誰來平整院子裡的泥地？誰來剪果木的枝？誰來治白螞蟻？誰來堵老鼠洞？誰來……頃刻之間，一座新瓦房連同院落變成坍塌在地上的一堆瓦礫，蒿草叢生，野狐出沒……

瀕臨死亡的常老黑像初生的嬰兒那樣，每一顆細胞都充滿了貪婪的渴望。嬰兒貪婪的渴望是純潔而動人的，並且將會從逐漸擴大的光明得到滿足，從逐漸豐富的色彩得到滿足，從逐漸繁多的食物和逐漸意識到的強烈的愛得到滿足。而一個貪婪的垂死者卻恰恰相反，對於久遠的未來，他是雙目失明的瞎子，他是兩耳聵聵的聾子，他是唇呆舌木的啞子。但他卻貪婪地渴望著擁有未來，哪怕是未來為他的影子留一個立錐之地，哪怕是未來為他的吆喝留一段延長的回聲。他極為嚴肅地為幻覺中的未來的沉淪而憂心忡忡。因而，他那貪婪的渴望是醜陋可笑的，只能延續他在生死邊境上掙扎的痛苦。是的，人類歷史上有不少哲人可以預見到未來，但他們都不渴望擁有未來，哪怕是一分一秒，越是淡泊，越是認識到未來不屬於自己的人，他的預見才越準確。因為只有這個明智的認識本身才是預見的堅實可靠的基礎。有一分擁有未來的渴望就會多一分愚蠢。當然，誰會責備常老黑呢！他只不過是一個窮鄉僻壤的捕魚人，甚至還不能算是捕魚人，因為魚並不是他捕捉到的，而是他驅使那些脖頸上紮了根穀草的漁鷹去捕捉的。他自己不會撒網，不會拋魚叉，也不會用手在石頭縫裡去摸。他本來就是個不見經傳的人，一個粗人，一個知識有限的人，一個大約只有方圓幾十里聞名的人。知道他的人提起他來，也只不過說一句：「常老黑！一個駕漁鷹船的漁把式！」這個稱呼的全銜可以說很顯赫，因為它的含意包括了他的身分、智慧、能量和經濟進項……等等；這個稱呼的全銜也可以說很輕蔑，因為說穿了，它的含意也只不過僅限於捕魚的行家這個範疇，尤其是在「漁把式」前面冠以「駕漁鷹船的」這幾個字，他的全部分量也就一目了然都包括在內了。說到底，還是那句話：七彩河太偏僻了！偏僻的地方往往會生出很大的樹來，生出很大的老虎來，也會生出很大的人物來。無論多麼大的大樹、大老虎、大人物，歸根結底，它們和他們都是偏僻地方的大樹，偏僻地方的大老虎，偏僻地方的大人物……所幸的是：當今之世，偏僻的地方越來越少了。

常老黑看見眼前的世界漸漸在暗淡，他聽見身邊的七彩河漸漸在斷流。曾經是那樣多彩多姿的山峰、河流、森林，以及細密芬芳的小草，忽然飛速地轉動著攪成一團五顏六色的模糊的光的旋流，繼而又化為一塊微弱的、靜止的斑痕，良久良久之後，好像什麼人吹了一口氣，輕輕地吹了一口氣，它顫抖了一下就泯滅了，隨即墮入無邊無際的黑暗。深深的惋惜和悲哀之情像一顆槍彈猝然擊中了他的心臟，他沒有痛苦，只有一種迷惘感托著失重了的自身和廣闊的大地，浮游在永遠的沉寂之中……

可惜常老黑已經看不見聽不見了。七彩河從沒靜止過哪怕一分鐘，依然如昔，浩浩蕩蕩地從山峰的隘口奔向更遼闊的天地。天空的色彩從沒暗淡過哪怕一分鐘，夜空同樣是鮮明的，壯麗的銀河系有那麼多星辰，沒有一顆是呆板的，因為它們正在轉動並閃閃發光。岸邊草地上，有一種名叫「夜公主」的白色花朵（白天它們都收縮在粉紅色的花苞裡）在悄悄地開放，它們只向人間散播清香，不炫耀自己的潔白和嬌柔，故意躲避人們的欣賞和讚美，真像是一些貞潔、高傲、只願在夜間出現的美麗公主一樣，在夜色籠罩著的芳草叢中凝視佇立。成群的小魚游到岸邊，熱情地，反覆地親吻著臨水的嫩草，牠們弄水的聲音就像一陣陣小雨落在河面上。千百隻水鳥把自己的頭藏在翅膀裡，靜靜地浮在輕柔的漣漪上，隨水漂流，像無數團泡沫。當這些水鳥在寧靜的清夢中醒來的時候，怕已是身在百里之外了。河是靜的，而山嶺卻充滿了豐富的音響，在夜風中，山腳下的竹林像銀笛的長鳴，山腰間的闊葉林像巴松管的嗚咽，山頂上的針葉林像無數弦樂器的齊奏，而這一切又像隔著一層天鵝絨的帷幕，和諧而動聽。如果你貼近草地，你還會聽見小草因向上伸展而發出的細小的「啵啵」聲，它們在興高采烈地生長，孕育花朵。夜是有聲有色的，夜也是短暫的……當大地醒來的時候，常老黑還在大睜著眼睛沉睡，這是他七十多年以來未曾有過的例外。他從來都醒在萬物之先，他喜歡驕傲地看著睡意朦朧的太陽，從此他再也看不到了。一顆金盞花彎著腰，伏身在他的臉上，傷感地看著他那雙用草桿兒撐開的暗淡無光的眼睛。「小伙子」撲臥在草地上，伸著長長的脖子，帶鉤的嘴緊緊地閉著，一雙黑蹼直挺挺地向後蹬，好像要從水底衝出水面。大桿魚空眼窩裡的血凝結成黑色的濃泡，尾巴稍稍有點向右歪，好像還在游動。小船翹著頭，像是在往草坡上衝擊。竹篙子的兩端在最初的陽光裡閃射著金光，還顯得很有點生氣，很有點威嚴……

一群哼哼著的小豬仔兒，渾身沾著泥巴和牠們自己的糞便，頂著新鮮悅目的陽光，沿著七彩河搖著大耳朵，翹著捲成捲兒的小尾巴一邊奔跑，一邊用嘴拾著紅瑪瑙般的野草莓，在河岸邊潮濕的河灘上留下一行行小巧的足跡。八里崗的傻子跟在豬群後面，嘴裡銜著一根趕豬的竹根，雙手抱著左膝頭，用右腳蹦跳著奔來……

「咦！」竟是他——常老黑生前最瞧不起的八里崗的傻子最先看見常老黑的窘態。傻子尖叫著放下抱著的那條腿。他和他的豬仔兒圍著這個小小的死了的隊列。他數著：「一、二、三、四、五……正好！一、二、三、四、五，王八敲銅補（鼓）……咦唏！還不起床！還不起床！太陽都照到屁股上了！別以為你們抓了一條大魚就該睡懶覺，漁把式大爺！漁把式大爺！別哄我了！你的眼睛沒閉，你裝睡！漁把式大爺！」

「……」漁把式大爺一聲不響。傻子竟然伸出他那隻沾著豬糞的右腳大腳趾去撓常老黑的耳朵。撓一下就跑開，他怕常老黑醒過來用竹篙子敲他的腦殼。撓了好幾下都沒把常老黑弄醒，他不怕了，蹲下來用手摸摸桿魚，再摸摸漁鷹：「你也睡著了，你也睡著了，可別咬我的手雞（指）頭……」他一邊用袖子擦著嘴角的涎水一邊說：「手雞（指）頭要吃飯，腳雞（趾）頭要跑路……」他又轉向常老黑，像青蛙似地慢慢地向常老黑跳去。他想把常老黑伸得筆直的手拉起來，但他拉不動，常老黑的四肢已經僵硬了。傻子發現常老黑的眼睛是用小草桿撐開的，他輕輕地把草桿兒拿掉，常老黑的眼睛也就閉上了。「你還在裝！你……你再要裝……我可是要往你嘴裡料料（尿尿）了！」他一躍而起，說幹就要幹，這時，他突然聽到一聲喊叫，身不由己地打了一個寒噤，尿立即就憋回去了。他哭喪著臉抬頭一看：常老婆子來了！傻子提起褲腰朝一隻豬仔屁股上狠揍了一竹根，一群豬仔都尖叫著瘋狂地逃走了。傻子快樂地跟著跑起來，一直跑得褲子落在腳脖子上，絆倒在草地上……

常老黑的未亡人一看就全明白了，她的頭也昂起來了，腰也挺起來了，兩手叉腰，不是嘮叨，而是大喊大叫了！

「老頭子！你總算吆喝不動了，你總算把竹篙子放下了！你活著的時候，什麼時候把我當過活人待呀！——年輕時候不算！——我連一隻水老鴰都不如，水老鴰叫一聲你還會看一眼！我嘮叨一千句你也不抬頭呀！你那顆黑心眼兒裡都想了些什麼？你給我回個話，你給我說個子午卯酉，說清楚！我是不是你的結髮正房妻？大水、小荷是不是你的親骨血？說！我是人還是蜜蜂？我是人還是水磨？」老頭子直挺著脖子，堅決不回答。「老頭子！我跟你說，你聽著，聽清楚！我是個能說能笑、能吃能喝、能跑能跳的大活人！活人！活人！哈哈……」老婆子仰天大笑，笑得那麼舒心，那麼痛快，那麼清脆，驚得河上的水鳥飛了滿天，驚得傻子站在遠處紮不起褲腰帶……她笑著、笑著，聲音變了，變成了淒厲的哭泣。她一屁股坐在常老黑耳邊，眼淚鼻涕一把撒，像唱歌似地大哭起來：「我的天呀！我的地呀！我的爹呀！我的娘呀！我的……老頭子啊！我的死對頭呀！我的心肝肺呀！我的黑煞星呀！我的同床共枕人呀！我的閻王爺呀！我的老壽星呀！我的眼中釘呀！我的心頭肉呀……」

傻子聽得入了神，手一鬆，褲子又滑落到腳脖子上。

老婆子笑了個夠，哭了個夠，爬起來把桿魚扛到小船上，拿起眼中釘和心頭肉的竹簍子，把船推下七彩河，岸上只丟下常老黑和「小伙子」，這一對難兄難弟還保持著隊形。她撐著吃水很深的小船回家了，雖然是逆水行舟，她撐得很有力，避開河水的主流，航向很直，航速很快，船身也很平穩……

八里崗的傻子總算紮上了褲帶，蹣跚地走近常老黑，坐在地上，莊嚴肅穆地注視著常老黑變得白了一些的老臉，不住地說：

「希（死）了！希（死）了！希（死）了……」

老婆子把桿魚運回家的時候，大水和小荷趕集還沒回來——常老黑生前從來不知道他們還會趕集。老婆子卸了桿魚，第二次才把小船放回來收屍。老婆子對傻子說：

「傻子！幫幫忙！」

「呃！」傻子伏身在草地上，鑽進常老黑的身下，腰桿子一挺就把常老黑扛起來了，扛到河邊，像扔糧食口袋似地把常老黑扔到船上。老婆子心疼了，給了傻子一竹篙子，傻子喊叫著不住地揉著自己的腦袋，很委屈地說：

「他不疼，我疼……」

「你知道他不疼？」

「我雞（知）道……他希（死）了……」

老婆子嘆了一口氣，提起硬挺挺的「小伙子」，也扔在船上。

「牠也不疼，我疼……」

老婆子從懷裡掏出一個水蘿蔔丟在傻子腳下，撐起小船走了，在船上還不停地嘮叨著……

傻子啃著水蘿蔔，把紅皮吐給小豬仔兒，他和小豬仔兒都在有滋有味地大聲咀嚼著，頭也不疼了。無論對山、水、樹、花，還是水蘿蔔，他都覺得很滿意，滿意極了，滿意得和小豬仔兒一起直哼哼……

常老黑的喪事辦得很體面、很熱鬧。他的喪事是和兒子、女兒的喜事一起辦的。老婆子說：這叫三喜臨門。因為常老黑已經年過古稀了，當然也是大喜事。三件喜事一起辦，毫無衝突，而且是相輔相成。常老黑如果不死，三件喜事一件也不能辦，這就叫因禍得福。新兒媳婦正是那個曾經讓常老黑起過疑的小寡婦阿桃。正因為阿桃是個二婚頭，才樣樣都會做，曾經夭折了的幸福使她對生活的欲望更熾熱、更執著，更珍惜很不容易才重新得到的一切。她希望第二次做媳婦，從第一天起就要像個樣子，要認認真真地生活，要體體面面地生活，就像嚼橄欖果一樣，每一口都要咂出滋味兒來。她自告奮勇下廚房，把一條大桿魚當一頭肥豬來派用場，辦了一大桌魚宴，煎、炸、鹵、燴、蒸、煮、燒、熘，椒鹽、糖醋、麻辣、爆炒，花樣繁多。又美味，又省錢。酒席上人人嘖嘖稱讚。杯盞交錯，划拳行令，人聲鼎沸。木匠師傅做棺材的時候按照未亡人的要求，一改鄉俗，特別把棺材蓋改成平的，正好像一張長方形的大餐桌。必須說明：常大奶奶並沒出過國，也沒吃過西餐，她所以打破了非方即圓的傳統，純屬巧合。而且一舉兩得，喜宴就擺在棺材蓋上。人從本質上講是極為樂觀的動物，是力求面向生而背離死的動物。此時，誰能想到，這張「大餐桌」桌面底下就躺著一個死人哩！一個曾經活著的人，一個曾經是一家之主的人，而且屍骨未寒。燒酒起著優質能源的作用，而每一個喧嘩的高潮都是阿桃上菜引起的。只要她端著菜盤子一進堂屋門，客人們就開始不約而同地把目光射向她那挽起的白皙、滾圓的胳膊，調門很自然地都提高了八度。再說，鬧新娘子這是天經地義的莊嚴舉動，新婚三天無大小，所以包括那些高齡而且德高望重的長輩也可以有點過火行為。喝得半醉的木匠師傅在阿桃每一次上菜經過他身邊的時候，都按捺不住有一種強烈的願望，想摸一摸阿桃手指節上那些可愛的小窩。木匠是很有準頭兒的，但這會兒他就很沒準頭兒了，目標在左邊，他的手卻伸到了右邊。阿桃可沒喝醉，她能眼觀六路，耳聽八方，不卑不亢，裝聾作啞，笑容滿面，必要時一閃身，嬌滴滴地叫著說：

「油！」話剛出口，不多不少，一小滴滾燙的湯水落在木匠師傅穿草鞋的赤腳上，木匠師傅那變得很長了的眼睛頓時圓睜起來，喊了一聲抱起自己的腳趾頭，拼命用嘴吹，但沒有一口氣能吹在腳趾頭上。

「多包涵！多包涵！」阿桃輕聲道著歉，鞠著躬繞席一周。一雙雙泛著紅光的醉眼把她送出堂屋，才漸漸恢復分組划拳行令的競賽，糾纏不清的爭執，毫無廉恥的耍賴，鬼才知道誰勝誰負。越到後來，罰酒的方式越野蠻：提著耳朵灌，撬開牙關灌，蒙上眼睛灌，抬起手腳灌。一個老泥瓦匠被灌得跪在地上磕頭求饒，不求饒還好說，一求饒就更不留情了，真是牆倒才會眾人推，所有的人都惡狠狠地對他進行圍攻，酒杯排成了隊。還是阿桃賢惠，挺身而出：

「我來幫泥巴公公喝一盅，可要得？」

「要得！」群情激動，一個個醉眼圓睜，盯著阿桃紅彤彤的小嘴，一連三大杯，面不發紅，氣不發喘，才算把那位矮了半截的長輩救起來。

另一個新娘子就不一樣了，她怕吵鬧。好在有新嫂嫂在第一線，她躲在自己房裡獨自長時間地照鏡子。只恨沒有一架穿衣鏡，照見了頭臉，照不見身上，照見了身上，照不見腳下。她總想對自己有一個總體印象，因為她知道走到人前的是她的總體，而不是一張臉，一個上身或是一雙腳。那些喝喜酒的客人是很貪心的，對新娘子從不留情，總是從頭看到腳，又從腳看到頭，連一根頭髮絲兒都不放過，耳朵根兒都得洗乾淨，才能對付得了那些灌了一肚子「貓尿」的客人。小荷頭天晚上請阿桃嫂嫂鉸了自己的大辮子，用燒熱的火鉗捲起了短髮的邊，很有點像城裡人的電燙。這些事都是明火執仗幹的，大聲說，大聲笑，大聲敲著燒紅了的火鉗，因為她們家那個拿竹篙子的人已經躺在棺材裡了，而且是她們動手裝進去的，連同他生前最寵愛的「小伙子」。他們親眼看見木匠釘上釘子，還都是些八吋長的釘子。小荷的嫁衣是自己早就做好了的，平時在爹爹下河以後，有得是時間。她是比著自己的身材、曲線做的，連自己也說不出它叫什麼樣子，是自己隨心所欲想出來的，自己覺得好看，因為它合身，穿著舒服。上衣的顏色像野罌粟那樣紅，裙子就像芒果那樣綠中帶點兒黃。居然膽大包天，公然穿了一雙後跟有一吋半高的皮底布鞋。這都是她今天的新郎，昨天的相好，一個鎮上小學的老師黃俊預先比著她的腳畫好樣子，(多輕狂！) 托人在城裡買回來的。今天能堂而皇之地、腳踏實地地穿上，當然也應該歸功於那些八吋長的大釘子。穿上新鞋她覺得前胸很自然就挺起來了，(是有點不夠含蓄！) 頭也很自然就昂起來了，(還了得！) 衣裳也很自然就顯出腰身來了。(不害臊！) 她歡喜得無聲地拍著小手，在屋裡轉過來、轉過去地顧影自憐……

黃俊卻沒有她那麼自在，正坐在熏人頭痛的酒氣和那些喝得面紅耳赤的客人中間，他們唾沫四濺地說著黃俊還聽不懂的粗話。客人們纏著他要他喝酒，要按著頭灌他，都被他的大舅子——今天的另一個新郎大水解救了。大水酒量很大，(誰知道他在哪兒、在什麼時候學會的！) 真是如魚得水，不僅喝自己份內的，妹夫該喝的他都包乾兒了。他什麼粗話都聽得懂，跟著客人咧著大嘴笑，互相摟著唱戲……

老婆子今天連嘮叨的工夫也沒有了，穿得乾乾淨淨坐在灶前，老老實實地幫阿桃燒火，灶膛裡的火光把她的臉烤得發燒。她心裡有一種說不出的滋味，很想哭，很想痛痛快快地摟著大水和阿桃，摟著小荷和黃俊大哭一場，然後，眼睛一閉就死掉，到了另一個世界上，在老頭子面前翹著鼻子對他說：

「我比你多活了幾天！老東西！還比你死得乾脆！」

同一天晚上，這個家裡有兩個洞房。夜已經很深了，據一個惡習未改去聽房的農民趙老二說，兩個洞房各不相同，而且都不一般。大水和阿桃在洞房裡有這樣一段對話：

「你是喝醉了吧！專揀好日子醉……」

「沒醉！」

「沒醉，你連鞋也不脫！」

「嘻！今兒起，有人給脫！」

「啪！」——皮肉的聲音。接著就是兩聲鞋落地的響聲。

「輕點打！」

「你們家那個拿竹篙子的聽不見了……」

「有聽房的！」

「叫他聽好了！」

「聽好了，說出去多難為情呀！」

「喲！現在你反倒難為情了！多正經！」

「小聲點……」

「我非要大喊大叫，這個家門朝哪兒，鎖怎麼開，堂屋幾步寬，房屋幾步長，一年前頭我都摸清了，這是我的家，你是我的人！還叫我偷偷摸摸，憋著不敢出大氣，光著腳摸進摸出！不敢喊，不敢叫，不敢哭，不敢笑，像個賊似的。傻瓜！喜酒一喝，我就是常家的長兒媳婦了，常大水的老婆，小荷的嫂子，常家門上半個家主婆。就是退一萬步，喜酒喝不成，也是！你說是不是？」

「是的，是的，可誰家新娘子有這麼大嗓門呀！」

「新娘子又不是個戲子，捏著嗓子吱吱吱，成親又不是同臺做戲，做給人家看，唱給人家聽！那你去賣票嘛！」

「你的嘴真厲害！」

「才知道！你胳膊上的牙印兒平了？」

「哪能呀！才幾天兒……」

「算你有記性！」

「下一步該讓我媽抱孫子了吧？」

「那還不容易！現成！」

「哪年？」

「今年八月！」

「什麼？……今年八月？」

「還嫌晚……」

「我是說……太早了，不夠月，別人怎麼看？」

「別人怎麼看？孩子是我們自己的，我才不管別人怎麼看，愛怎麼看就怎麼看，只要自己看著順眼就行了！」

「你呀！」

「還我呢？還不都是你！」

「唉！別掐嘛！」

阿桃笑了，大水也笑了，笑了，笑成了一團。

趙老二溜到小荷窗外的時候，小荷房裡的燈已經熄了，他聽到的對話很少：

「喂！」黃俊驚驚乍乍地小聲說，「妳都睡著了？」

「怎麼睡不著？在自己家裡，又不是在你那個狗窩裡！」

「我睡不著，妳看，天快亮了吧？」

「早哩！」小荷撒嬌地咕噥著說，「明明那是月亮！」她既不看老天，也不看丈夫的臉色。

不出十天，大水家媳婦阿桃扛著公公留下的那根竹篙子，一大早挑著五隻小漁鷹下了七彩河，大水坐在船頭上，有些不踏實地說：

「你到底會不會？別翻了船，把我們一家三口餵了魚！」

「沒吃過豬肉，還沒看見過豬走！」說著一竹篙子就把小船撥到了河心。

這時候，七彩河的水在大水眼裡就像綠瑩瑩的酒，雨後的青山在乳白色的霧帳裡半隱半現。大水忽然覺得小船左右劇烈搖擺起來，阿桃舞著竹篙子，用雙腳晃動著小船，吆喝著——連腔調都有點像常老黑，只是聲音沒有那麼大，氣沒有那麼長。

「哦嗬——哦嗬——嗬！」

「你瘋了！」大水雙手抓著船板，驚慌地喊叫起來。

「哦嗬——哦嗬——嗬！」阿桃好像沒聽見，很有節奏地晃動著，四肢配合得非常和諧。

五隻脖頸上紮了穀草的小漁鷹一隻接一隻，爭先恐後地跳到河水裡，先是有些不知所措、呆頭呆腦，接著很快又有些驚喜過望。河水原來有這麼大的浮力！多清的水啊！牠們把頭伸進水裡，撩起水來洗涮著一身的塵土，撲打著翅膀快活地叫起來。阿桃用竹篙子的兩端濺擊著河水，小漁鷹們乍驚乍疑地面面相覷了一會兒，就參差不齊地先後潛入水底了。不一會兒，最勇敢的一隻小漁鷹銜了一條三吋長的小鯽魚，獻寶似地用嘴舉著走向大水，大水把牠捧上船來，擠出牠喉管裡的魚，再把牠拋進河水。第二隻和第三隻小漁鷹合作抬了一條一尺多長的鱖魚上來，一隻銜頭，一隻銜尾。大水高興地鼓起掌來。阿桃用竹篙子把牠們搭上船，向大水瞟了一眼……五隻小漁鷹把七彩河鬧得個波浪翻滾，半天時光，捕了小半艙魚。休息的時候，五隻小漁鷹蹲在船頭上，大水兩口子擠在狹窄的船尾裡（哪兒窄往哪兒擠），大水抱著他爹留下的水煙筒，呼嚕呼嚕地抽著，他問阿桃：

「喂！你說說，這些小仔子，連臉盆大一片水也沒見過，下了河就能鳧水，能鳧水就敢抓魚，你說怪不怪？」

「有什麼怪！牠們想吃魚！」

啊！——大水恍然大悟。可不是，就像一出娘胎的娃娃就會哭、就會找奶頭一樣。大水又呼嚕呼嚕抽了一會兒煙筒，很近很近地看著阿桃的臉。阿桃說：

「怎麼？不認得了？」

「真有點不認得了，你，一個年輕輕的女人，一上手就會駕漁鷹船，可真了不起。」

「有什麼了不起，跟牠們一樣。」說著用下巴頦指著船頭上的小漁鷹。「人比牠們只高那麼一篾片兒，會用穀草在牠們脖子上拴個扣兒。」

「跟你過日子，真長學問。」大水在阿桃鼻子底下豎起大拇指。

「可不！」阿桃晃了晃插了滿頭鮮花的腦袋。

可惜常老黑已經看不見聽不見了。老婆子一個人在家裡真的上房揭起瓦來了——坐在屋脊上檢漏。八里崗放豬的傻子在房下給她當義務小工，嘴角流著涎水給她往房上傳瓦，一摞瓦平平穩穩飛上房頂，又穩穩當當落在老婆子手裡。

「大奶奶！」傻子仰著臉很認真地說，「你可得小心點，別摔希（死）了，摔希（死）了，老母豬的又（肉）不香！」

老婆子抬手給了他一小塊碎瓦片，算是對他的回答。

可惜常老黑已經看不見聽不見了。黃俊騎著自行車，後座上帶著小荷，小兩口兒去趕集。小荷緊緊地抱著黃俊的腰，還把臉溫柔地貼在男人的背上。（太有點那個了！）這在農村公路上可的的確確有點戳眼。正好被公路邊水田裡插秧的十二個婦女看見，立即湊在一起吱吱咕咕地議論起來，就像一群天文學家發現了一顆突然闖入太陽系的陌生的星球一樣，說話成多角交叉，神情緊張，表情嚴峻。俗話說：三個女人一臺戲。十二個女人正好四臺戲，那股熱鬧勁就別提了。偷聽過洞房的趙老二拖著個開溝的鐵鍁走過來問：

「喂！你們唱的什麼戲呀？」

一個婦女沒好氣地回答說：

「我們唱的什麼戲！你不會看，戲在那兒！在那兒！」十二個女人的胳膊都指著同一個目標——公路上飛馳而去的黃俊和小荷。

「那有什麼！」趙老二脖子一仰。「大驚小怪！」

「大驚小怪？」十二個婦女義憤填膺地扯著嗓子叫起來。

趙老二把自己的光腦袋伸到十二個婦女的腦袋中間，故作神秘地用手捂著半邊嘴說：

「他們倆……晚上還睡在一張床上哩！」

「哎唷——！」十二個女人一齊尖聲怪叫，二十四隻拳頭像擂鼓一樣捶著趙老二的背。

太陽頭天晚上落山，第二天早上又高高升騰在空中。即使是陰天，太陽也還會在雲層之上噴射著熾熱的光芒——據坐過飛機的人證實，這是千真萬確的。

七彩河一路不斷接受著新鮮的泉水，精力旺盛地奔流著，永不枯竭、永不衰老、永不停息，在峰迴路轉之中，充滿自信地高唱著用自己前進的步伐譜寫的歌曲……

真可惜……

沙漠裡的狼

當一輛沙漠專用卡車，在塔克拉瑪干大沙漠的腹地被發現的時候，已經被沙子覆蓋了一大半，露在外面的只有駕駛室。車窗玻璃粉碎，駕駛室裡有一些零碎的白骨和衣服的破片，座墊上的血跡已經變成了黑色。一支沒有子彈的半自動步槍，以及散落在座墊上和座墊下的子彈殼（一共一百枚，不多也不少），一本叫做《尼采文選》的小冊子。一臺微型卡式錄音機。石油勘探隊的汽車運輸隊證實，這輛卡車就是一個月前掉隊的二五六七號卡車，駕駛這輛卡車的是三十一歲的分隊長，復員軍人鄺達，體魄健壯，技術熟練，機智勇敢，多思善辯，性格開朗，喜愛閱讀。但他和這輛車為什麼落到這個地步？經過很久的研究，都不知其詳。後來，偶爾打開他遺留下來的錄音機，一聽，正是鄺達自己的聲音。是鄺達在事件過程中的自述。他是在被困十二個小時以後才開始錄音的，斷斷續續，但完全可以從錄音裡聽清事件的經過。他所以要錄下他自己的話，並不是一開始他就有了不祥的預感。恰恰相反，他是由於得意才錄下來的，錄下了當時他所看到、聽到和想到的情景，等到事情過去之後，好讓隊裡的夥伴兒們聽聽稀罕的。

＊　＊　＊

哥們兒！我在駕駛室裡已經困了十二個小時了！

真過癮！一個有三十多萬英里行車紀錄的司機，曾多次往返於川藏和青藏公路，可以算得上爬過世界屋脊的人了。在地形地貌經常變化莫測的沙漠中，數十次橫穿過塔克拉瑪干腹地！經過嚴格訓練的復員軍人，一條三十一歲的精壯漢子，石油勘探隊汽車運輸隊的分隊長，手裡正握著一桿半自動步槍，一百發子彈。沒有戰爭，居然會被困在駕駛室裡！多麼可笑！多麼不可理喻呀！卻又是不可否認的事實。圍困著我的，只不過是二十四隻蹲坐著、虎視眈眈的餓狼。牠們伸著滴血的舌頭，以我為圓心排成一個非常規範的半圓形。我不得不承認，牠們真的是非常通曉幾何學的原理。我相信，你們每一個人都會說：走呀！哥們兒！你開起車一走不就萬事大吉了嗎？你駕駛的是法蘭西製造的、載重三十噸的沙漠專用車呀！每一個輪胎就有一米寬，能把牠們統統碾死！唉！問題是我的車已經開不動了。你們可能還會說：

打！打呀！你不是有一桿半自動步槍嗎！還有一百發子彈，為什麼不打呀！可問題壞就壞在「打」字上了！說起來真讓人懊惱，讓人沮喪，讓人痛苦不堪！為此，我在方向盤上幾乎撞碎了腦袋。

你們都知道，昨天上午隨車隊從庫爾勒出發的時候，萬里無雲，陽光和沙漠反射的陽光把我們夾在中間，車隊就像一行螞蟻在烤爐裡前進一樣，我的車上只裝了四十大桶汽油，這條路我走過不下一百次，完全可以使用「輕車熟路」這句成語。不想，油路出現阻塞，只好停車修理。你們的車一輛一輛從我車旁駛過，幾乎都要問我一句：哥們兒！要不要幫忙？我回答說：沒事兒，小毛病，老毛病。你們對我的技術當然無話可說，吹一聲口哨就「拜拜」了。果然一修就好，一好就走，但當我發動引擎的時候，車隊最後的一輛車已經看不見影兒了。看不見就看不見吧，打一會兒單也沒問題，於是，我打開音響，正是我喜歡的那卷錄音帶，貝多芬的「命運交響曲」，我在行路的時候總是反覆聽它。咱們這些常在沙漠上行路的人都知道，沙漠上的公路實際上是不存在的，每一陣風都會重新堆起一千座沙丘，同時又可以鏟平一千座沙丘。我只能靠感覺在沙漠上行駛，事實證明，我的感覺雖然沒有音樂家那樣靈敏，卻比較準確。遺憾的是：無數次的成功漸漸削弱了我在感覺上的靈敏度。這一次，這一次就出現了誤差。我腦子裡的磁性反應也許只偏離了一毫米，走著走著，就越來越偏了。

又是一句成語：差之毫釐，失之千里。速度越快，偏差越大。一個汽車司機，在兩個小時以後才發現誤入歧途，不由自主地有些慌亂。我當然知道：在沙漠裡迷路最穩妥的辦法是原路返回，絕不能自作聰明，自尋路徑，因為身後的車轍還沒消失，還有跡可循。於是，我倒車掉頭。剛剛走了五公里，引擎猝然熄火。沒油了！沒油了怕什麼，我的車廂裡裝載著四十大桶柴油哩！我提著小桶正要打開車門去加油的時候，忽然看見一群餓狼像一陣旋風似的，「呼」地一聲就撲了過來。每一隻狼的尾巴都像是一面擺動著的灰旗，我立即關了車門，餓狼一擁而上，引擎蓋上趴了一二三四五——六隻，葉子板上四隻，正面和側面的車窗上都貼著狼爪和血紅的舌頭。我情不自禁地笑了，啊！你們的膽兒不小哇！我立即意識到：我的槍法又有了用武之地了！記得我在服兵役一年之後，實彈射擊時，如果打了個八環而不是十環，就要難過好幾天，像是犯了好大錯誤似的，如今在大沙漠裡跑來跑去，連一隻鳥也難得看見，即使是看見了，捨得打嗎!?不用問，咱們每一個人的答案都一樣：不！我記得，前不久，咱們的車隊向二五六八鑽井進發的途中，一眼看到三個奇蹟：一是一小片潮濕的沙地，二是濕地邊矗立著三根枯瘦的葦草，三是一隻金背綠腹的小翠鳥。全隊都停了車，走出駕駛室，圍著那塊濕地，就像在沙漠上忽然看到一位美女似的，個個眼睛裡含著自作多情的微笑，很久都不願離開。那小鳥並不害怕我們，朝我們跳著叫著，好一會兒才飛起來，在我們頭頂上盤旋了一圈，又落在那塊濕地上，看來，這是塔克拉瑪干很少見的濕地了，所以牠捨不得離開。一直到我們繼續浩浩蕩蕩前進的時候，牠還在那塊濕地上。本來塔克拉瑪干就是一個名副其實的死亡之海，只要看見一個生物都會油然在心裡生出一股親情來，怎麼也不會想到槍呀！我說的生物當然也包括狼。我們所以帶槍，是為了防備人的，咱們防備的是那些潛入塔克拉瑪干的逃犯。聽說逃犯們就像餓狼一樣，不僅會搶劫，還會殺人，他們殺人已經不是泄憤和報復了，他們是因為飢渴，殺人吃肉、喝血。現在，來的不是像餓狼似的逃犯，而是像逃犯似的餓狼！不管逃犯也好，餓狼也好，都和我無冤無仇，眼前的場景，使我想起咱們圍著濕地欣賞那隻小鳥和三根葦草的動人情景。我打心眼兒裡不願把牠們消滅，道理很簡單，塔克拉瑪干的生物不僅太少，而且活得都很艱難！我十分冷靜地環顧著狼群，如果說牠們很瘦，這不足以說明牠們現在的實際，用「皮包骨」三個字來描寫牠們才比較恰當。其中有一隻老狼的牙齒只剩了一半，很可能是餓急了啃石頭的結果，牠也許已經把那些斷牙和嚼碎的石粉一起吞進了腹內。我隔著玻璃溫柔地撫摸著牠們，（狼嚎聲）牠們卻呲著牙發出極難聽的嚎叫，用牠們的爪牙去啃玻璃和鋼板。如果不是玻璃太光滑，牠們完全可以把玻璃碴兒嚼嚼爛再咽下去。我很想告訴牠們：我不怕你們，我手裡握著槍。我知道你們急切的目的是吃掉我。但我仍然很理解你們，你們太飢渴了！我想，如果你們都吃得腦滿腸肥，你們即使不那麼彬彬有禮，也絕不至於這樣窮凶極惡、咬牙切齒吧！甚至我很同情，乃至很憐憫你們。當正面玻璃上有一隻狼爬到駕駛室頂上的時候，我才看見太陽將要低下它那威嚴的頭顱，去親吻一座沙丘了，傍晚的沙原是非常之美的！風完全停歇了下來，風真是大手筆，風在沙原上篆刻出的層層金色波浪，像音樂的旋律那樣流暢，氣勢恢宏，而且變化無窮。由於沙坡受光面的不同，顏色的深淺和光影的明暗至少能分出十幾個層次，每一條線條都很柔和而優美，往往會讓人忘掉風暴、沙崩、晝熱、夜寒、乾旱、荒涼，以及它總體和終極的殘忍。太陽突然向下猛地滑落了一下，使我大吃一驚，很快天就要黑了，天黑以後肯定要起大風。一起風，我身後車輪的齒痕就會被風粗暴地抹平。對不起了，我不得不採取我不想採取的辦法，來請你們給我讓路了！我慢慢地把車窗揭開一個窄縫，我把槍管從那條窄縫裡伸出去。槍筒正抵著一隻老狼的喉管，我沒有馬上開槍。我希望牠們能認識這是什麼，認識槍的威力，然後牠們就害怕了，就和平地撤退了。很快，我就意識到我看錯了對象，牠們不是人，即使是人，飢渴到像牠們這樣，也不會在乎槍是什麼了！槍的性能，槍的威脅，槍是火藥和機械的完美結合，以及槍桿子出政權的歷史作用……全無意義!?人一定也會像這隻老狼一樣把槍管含在口裡。用舌頭舔，用牙齒啃，恨不能把它當成食物吞進去，我只好把咬住槍口的那隻老狼撥開，朝空處開了一槍！槍聲在空曠的沙漠上空顯得非常響。果然，狼群全都逃離了我的汽車。開始是驚嚇莫名，分散狂奔。很快，狼群又集聚在一起了。牠們的集結地在離汽車只有一百米左右的沙丘背後，我只能看見幾雙狼耳朵和幾根狼尾巴尖兒。啊！我長吁了一口氣。看來極端的手段在極端尖銳而又無法緩和的對立下，是非常必要的！當我再一次提起桶開門要去加油的時候，突然聽見狼群奔馳的聲音。一眨眼的功夫，狼群已經撲到我的眼前。我急忙重又跳上車，很重地關上了車門。……我再開一槍，狼群再一次爭先恐後地退到沙丘背後，我再一次想趁此機會開門走出駕駛室去取油。在我剛剛推開門的那一瞬間，一隻灰色的老公狼的頭突然抬了起來，立即，所有的狼都從沙丘背後一躍而出，我猜那隻露了一下頭的老公狼是牠們的王，我連忙拉上門。就在這一推一拉之後，我的額頭上冒出了黃豆大的汗珠。這時，我開始非常明確地意識到三點：一、我的自由權已經不掌握在自己的手中了。二、我面前的一群動物絕對是我的死敵，而且牠們不亞於有組織、有指揮的軍隊。三、不是你死，就是我活！多麼奇妙啊！看！每一隻狼都啣著自己的尾巴，同時原地旋轉了幾圈，再各就各位，前腿直立，把尾巴壓在屁股底下，蹲在沙地上，把頭轉向我，就紋絲不動了，非常自然地列了一個半圓形的陣勢，牠們的眼睛在暮色中，都像兩隻慘綠的小燈泡。我知道現在必須做什麼了，我搖下車窗，把槍伸出去。我數了數，一共二十四隻，個個都像弦上的箭，隱身在沙丘背後的狼到底還有多少呢？只聽見不斷有極銳利的嚎叫從沙丘背後傳出來。對不起！尼采說過：「你最大的危險在哪裡？——憐憫。」我的槍管也以半圓形從右向左轉動，插著花射擊，打死一個留一個，一口氣打死了十二個。太陽就在這個時候採取了不合作的態度，一下就突然墜落了，最後一線光明也被越來越大的風沙吹滅。我隱隱約約看見牠們中沒有一個逃跑，也沒有一聲驚叫，甚至連隊形都沒有亂。我立刻認識到，對牠們不得不刮目相看了！牠們絕不是烏合之眾。在天黑得能見度等於零的時候，我只好像哲學家那樣，進入思考了，……我想：世上的人越來越多，狼們被迫只能在塔克拉瑪干求生。塔克拉瑪干既是牠們的城寨，又是牠們的死地。沒有天敵，但也沒有食物。最難求生的死地，迫使牠們成了「狼妖」。

……我很清楚，入夜以後，牠們在暗處，我在明處。只要我一動，牠們就會一擁而上。因為牠們的眼睛無論日夜都可以看清這個世界，人則必須借助於光。現在可以借助的光只有狼們的眼睛，那一對對綠熒熒的寒光，成半圓形均勻地排列在我的眼前，哪一隻狼閉一閉眼睛我都能看得見。但我不能開槍，因為我不能保證百分之百的命中率，一百發子彈已經用了十四發，還剩八十六發。我從那些點點綠色的微光看得出，由於十二隻狼被我打死而空缺的位置，已經全部補充得整整齊齊，二十四雙眼睛，牠們怎麼會補充得這麼快呢？像一支訓練有素的軍隊，那些死屍呢？牠們將如何處置？簡直是個謎，我有一個手電筒，電池已經消耗得差不多了，還沒有眼前狼眼睛的光亮強，為什麼事先沒有帶些備用電池呢？事先……如果事先想到會遇見狼群，會遇見如此精明幹練和毫無畏懼的對手，事先要準備的當然還不僅是備用電池。人常常陷入困境的最普遍原因，就是不能未雨綢繆，臨渴掘井又沒有工具，我目前還不只是沒有工具。

……說到渴，我真的渴了。身邊只有一隻水壺，大約只剩了半公升水了。我給我自己做了規定，一次只能喝半口，因為我不知道什麼時候可以解圍，最慘的是我的工具箱裡只有半包壓縮餅乾，一共才剩下二十片，我計劃一天一片。車隊出發的時候是帶了乾糧的，全都裝在四六〇三號車上，那輛車本來走在我的前面，誰也沒想到哪輛車會掉隊，特別是沒想到我會掉隊。目前至少我還沒有辦法走出駕駛室，不能走出駕駛室就加不了油，不加油就發動不了引擎，不能發動引擎，不僅不能動，也不敢開車燈。要是能開車燈就好了，狼怕烈火和強光，但我絕對不能輕易開燈，車燈只能射出兩道光柱。狼陣是半圓形，兩側的狼受不到威脅，而且牠們可以看到我的動作。再說，如果把蓄電池裡的電耗乾了，即使能加上油也沒法發動，我仔仔細細地想了一想，才作出最後的決定：養精蓄銳，在陽光下和牠們較量，我喝了半口水，吃了一片壓縮餅乾，裹著棉大衣歪倒在座墊上，找了個舒舒服服的姿勢，閉上眼睛睡了。

……早晨醒來，朦朧中看見陽光已經離開地面有一竿多高了。我發現自己正蜷臥在駕駛室裡，我的第一個念頭是：做了一個惡夢，被狼包圍是惡夢中發生的事。對！是惡夢，生活裡當然沒有那樣的怪事！我怎麼會被狼圍困住呢？好了，這一下就好了，不必為了和狼群戰鬥，煞有介事地去絞盡腦汁了。真可笑！我會做這樣荒唐的夢！想到這兒，不由自主地笑了，接著打了一個哈欠，伸了一個懶腰，大叫了一聲：「啊——呵！」然後，就坐了起來，向前定睛一看：啊！是夢沒有醒？還是壓根兒就不是夢！迎面的半圓陣已經不是拉開距離的十二隻狼了，也不是二十四隻，而是一隻挨一隻，用同一個姿勢，伏身在沙上，目光全都對著圓心——我。不瞞你們說，已經鬆弛下來再度緊張，就不是那麼好受了，我有點失望。也好！我可以挨著個兒點發！……（一陣很均勻的槍聲「噠噠噠噠噠噠……」）我這一排子彈射出去以後，可以說槍槍命中。數了數，十六隻狼被擊斃。這回牠們真的是亂了一陣兒，活著的把死去的立即拖在牠們的半圓弧的中間，堆積起來。接著，從沙丘背後重又躍出十七隻狼來，十六隻狼迅速填補了死去夥伴的位置。那隻曾經露過一下頭的老公狼從沙丘背後公然走了出來。它的毛片兒已經滾成了氈，但牠的儀態威嚴，像一位老公爵似的，搖搖晃晃地走向那堆死狼。牠最後的一步是出人意料的虎跳，只一跳，牠的嘴就咬住了一頭死狼正在流血的喉管，這麼遠，我都能聽見牠咕咕地吸血聲。最讓我驚奇的是，其餘的狼都沒敢向那堆死狼哪怕瞄上一眼，而仍然死死地盯著我。說明我原來的猜測是對的，牠就是狼王！狼王吸血的速度很快，動作特別狠！嗚嗚叫著吸了每一隻死狼的血。這時，我才想到為什麼不打死牠呢？擒賊擒王呀！打死了狼王，這群狼也許就散了，至少會亂。怎麼？牠好像知道我的心思似的，立即把頭往下一伏，瞄了我一眼，後腿一彈，在空中劃了一個十分漂亮的弧線，落在沙丘背後去了。它的這一動作就像是一聲號令，所有活著的狼都撲向那堆死狼。立即就是一陣混亂的撕咬，我真地懂得了什麼叫做餓狼撲食。斷肢在爭搶中飛舞，個個張著大嘴，大聲吞噬著肉塊，用前爪按著死屍，拖出內臟，嗷嗷叫著相互呲著牙，狼的盛宴就像風捲殘雲一般，使我大開眼界。當我還在驚愕的時候，牠們已經在舔著自己的前爪了，剩下來的只是一些毛球和浸透了沙地的血跡，我得想想了……我開槍的結果是什麼呢？不就是在餵飽牠們嗎？同時越來越重的血腥氣也在吸引越來越多的餓狼，我想到這兒，不由得倒抽了一口冷氣。果然，牠們的半圓陣又完整無缺地補齊了。我又陷入了沉思，這會兒真可以稱為沉思，沉重的思索。餓狼完全可以自相殘殺，活殺一批同類，救活一批同類，但牠們沒有這樣做，牠們只吞噬攻擊異類和死去的同類。好像活著的狼是同類，死去的狼就不是同類了。看來這大概就是狼道主義了！至少在這一點上，狼比人更敢於面對真實，也更「仁慈」。因為人吃人的時候，從來都是直截了當的「活殺」。而且目的大不相同，人吃活人，是為了更有精力對付同類；狼吃死狼，是為了更有精力對付異類。

……（笑聲）你們看啊！真可笑！太可笑了！這些狼在硝煙彌漫的陣地上，竟會幹起那事兒來了！看來狼也有「飽暖思淫欲」的問題，吃飽了同類的肉，喝足了同類的血，一對對公狼和母狼交起尾來，而且十分賣力，十分投入，同時又不忘敵情，牠們在性交的同時，並沒放鬆對我的監視。哥們兒！現在開槍射擊不是一槍可以撂倒倆嗎？不！我還沒那麼缺德！我把槍收了回來，數了數子彈，還有七十發。七十發，可以消滅七十隻狼，不！現在的算術不能這麼演算了，因為打死了七十隻狼以後，七十具屍體至少可以餵飽五倍以上的餓狼，還可能吸引十倍的餓狼來參加圍攻我的戰鬥……我想到這，真的有點不寒而慄，我能想像得出，面前黑壓壓的狼群一重重地包圍著我的嚴峻景象。我必須重新制定我的戰略戰術，既不能坐以待斃，又不能感情用事。

……我和狼群靜靜地對峙了三天，我每天只喝半口水，吃一片壓縮餅乾。我的目的是想打死狼王，打死了狼王也許就可以瓦解牠們的陣線。我是想讓狼王肚子裡的食物完全消耗完了以後，再打死一隻狼，誘使牠再次出現，開槍打死牠。三天以後，我面前的狼都又開始飢腸轆轆了。正因為牠們三天前剛剛吃飽過一次，更覺得餓得難受，第四天清晨，牠們個個舉首向天，慘叫連聲。我出其不意，攻其不備，朝著那隻叫得最難聽的母狼開了一槍。（槍聲）擊中了！它踢騰了幾下就伸腿了。果然，狼王在沙丘背後走上來，牠剛一露頭，（槍聲）我就開槍了！糟糕！不見了！這個貌似遲鈍的精靈鬼！是被我擊中了？還是牠自己縮了回去呢？我聽見沙丘背後發出一聲狼吼。牠八成兒還活著！我竟會失了手！不僅不是十環，就根本沒挨上邊兒！三天的精心預謀，三天的耐心等待，一聲槍響，就全都告吹了！我看著眼前那些狼凶狠、野蠻、混亂地爭搶著那隻死狼，而不是那隻狼王獨自文雅地吮吸著死狼的創口，懊悔得我想打我自己的耳光。它媽的！大不了我再等你三天？不！五天！五天以後，等狼王走出來，在它正在吸血的時候再開槍。

……為了保持熱量，我很少動，也不想說什麼，我遠比那些狼要飢餓得多，牠們差不多都飽餐過一頓同類的血肉。我只是一天半口水、一片壓縮餅乾。我在看牠們撕咬生肉的時候，也曾想到，如果我自己在牠們中間，我會不會也去爭搶、撕咬那隻死狼？會！我立即回答了自己，不僅會，而且我相信狼的生肉一定很香，我也能一口氣吃掉整整兩條後腿，連同筋腱和骨頭，統統吃掉，我突然問自己：如果是人肉呢？不知道，現在，我還不知道，因為我每天還有半口水、一片壓縮餅乾，所以我不知道真的有了人肉，敢不敢吃……如果連半口水、一片壓縮餅乾都沒有了，我敢不敢生吃人肉呢？我的回答還是那句話：現在，我還不知道。

……在危機四伏、飢寒交迫的五天裡，我把偶然留在工具箱裡的那本叫做《尼采文選》的小冊子差不多都翻爛了。在我小時候，尼采被列為最有害的哲學家之列。那時，在中國，很少有人讀過尼采的哲學，因為尼采的著作只在三十年代出版過半文半白的譯本。有個同學告訴我，尼采在生命最後的十年是個瘋子，瘋子的哲學能指導正常人麼?正因為如此，我在烏魯木齊的書攤上發現這本書的時候，才不問價錢就買來了。我看過一遍，印象最深刻的一點就是：上帝死了!在西方，這結論是非常大膽的。在中國，尤其是在今日中國，太稀鬆平常了。曾幾何時，中國人見神就磕頭，現在什麼神都不認，只認錢。這次的反覆閱讀，感受完全不同。甚至他能預見到我現在的處境：「空氣稀薄而純潔，危險布滿周圍，精神中充滿了快樂的邪惡：所有這些都共存發展。」我看到這兒，情不自禁地笑了起來，我的精神裡的確充滿了快樂的邪惡!我的精神中，經常有一種想接近狼並生活其中的感覺，甚至有一種我也是狼的快感。又如：「因為我是勇敢的，我願魔鬼與我共存。勇敢驅逐了幽靈，也為自己創造了魔鬼——勇敢需要歡笑。」這既描寫了我的現狀，又在給我以啟示。特別是他在〈快樂的知識〉中的一些段落，讓我欣喜若狂，如：「什麼造就英雄氣概?——同時面對一個人最大的痛苦與最大的希望。」我不是正面對著我的最大的痛苦與最大的希望麼?「你的良心怎麼說?——『你應該成為你現在這個樣子。』」「獲得自由的象徵是什麼?——不再為自己而羞愧。」尼采甚至給了我終極的光明，奇怪的是他並未經歷過如我今日的幸運，他怎麼會有如我一般的感受?而且比我清晰。這瘋子!他使我的漫長的五天，變為快速閃過眼前的一串驚嘆號!

現在是第六天的清晨，也就是我被圍第十天的清晨。我默默地對自己說：在太陽的第一道光線穿過最低的沙谷，反射到車窗玻璃上的時候，我就向半圓弧的正中那隻狼射擊。然後把槍口瞄準那隻死狼，等待著吸血的狼王的再次出現。我拼命搓著我的兩隻凍僵了的手，夜間沙漠中的氣溫曾經降到過零度以下，我每一個黑夜都榮任「團長」而縮成一團。我把手搓得發熱，每一個手指都伸縮自如了，慢慢把車窗打開一條縫，伸出槍管。按計劃瞄準最中間那隻母狼，我記得牠在接受公狼的時候，撅起屁股，把下顎服服貼貼地平放在沙上。如果不是同時要對我執行警戒任務，牠一定會閉著眼睛享受那公狼的衝刺。但我記得牠情不自禁地哼過一聲，只一聲就忍住了。其實我最憐憫的是牠，我所以要打死牠，純粹是出於戰略戰術的考慮，牠的位置在正中間。

……第一線陽光來得那樣快！一下就噴射到車窗上，像一股細細的急流，在玻璃上濺擊出千萬道彩虹。（槍聲）我猝然摳動板機以後，那母狼只呻吟了一聲就倒下了。我打中的正是我瞄準的目標，——牠的頸動脈，鮮血應聲湧流。緊接著，狼王一躍而出，眼睛朝著我充滿了仇恨的凶光。一下就把吻堵住了那條鮮血湧流的小溪。現在正是牠最享受的那一瞬，目光已經不自主地模糊了。招傢伙！（槍聲）好！我成功了！那狼王甚至連一聲呻吟也沒有就完全氣絕身亡了。原來在死亡的面前，狼和狼王一樣軟弱。最讓我吃驚的是，牠在倒下以後就不再是王，也不是狼了！甚至也像任何一具狼屍一樣，成為狼群的食物。沙丘前和沙丘後的狼全部擁了出來，既是一場豪華的盛宴，又是一場你死我活的格鬥。我懷疑狼王的臣民們在報復、在發洩、在趁機傷害同夥。真是血肉橫飛，灰沙彌天。甲把乙拉出來，甲擠進去。丙又把丁拉出來，丙擠進去，吼聲震耳欲聾，亂成一團。事不宜遲，此時不動作，何時動作!?我的唯一生路就是往車裡加油！加油！快快加油！……

乖乖！好險啊！我剛剛雙腳落地，整整十天沒有沾過地氣了！這幫惡棍已經吃光了牠們的王！「呼」地一聲向我撲來。牠們已經不列陣了，又像第一次包圍我的時候一樣，兵臨城下！不！何止是城下！而是車下！不！何止是車下！已經都爬到了車上，(狼吼聲）我萬萬沒有想到，沒了王，牠們怎麼會還有戰鬥的目標和鬥志？看來，牠們共同愛戴的、有形的王死了，被吃光了。牠們一定還有一個共同愛戴的、無形的王。我想起尼采曾經提出過的一個問題：「在其他一切事物中你愛什麼？——希望。」狼們目前在其他一切事物中所愛的正是生存的希望——這就是牠們共同愛戴的、無形的王。(狼吼聲）另一個沒想到的問題，是沒有王的鬥士雖然沒有陣法，沒有耐心，沒有策略，卻更加無所畏懼了。對於我來說，就是更加凶狠，更加狂暴，更加急切地要吃掉我。牠們不僅封住了我的門，甚至也封住了我的眼睛、嘴巴和耳朵，因為牠們用身體擋住了我的光線，牠們用吼叫聲使我聽不見世上任何別的聲音，也發不出自己的聲音。（狼的吼叫聲壓倒一切）同時牠們迫近的猙獰使我和牠們漸漸在靠近，我必須承認，我受了牠們的感染失掉了耐性，放棄了計謀，以及摒棄了對牠們的理解。我一口氣吃完剩下的十塊壓縮餅乾，喝完剩下的水。突然像牠們那樣狂暴起來，端槍的手都在發抖。好在不需要瞄準，只要把槍伸出窗縫開槍就是了，一槍就是一個。（槍聲，狼吼聲，槍聲，狼吼聲，槍聲……）我瘋了！就像尼采生命最後的十年那樣，我能感覺到我的血已經湧滿了腦袋。一隻一隻的狼爬上我的車窗，一隻一隻中彈倒斃。有公狼，有母狼，有小狼，有老狼……只要你上來，我就開槍！我的車窗玻璃上都被鮮血染黑了。牠們真的做到了前仆後繼，一隻狼倒下去，立即被牠們自己的同伴分吃掉，另一隻狼再趴上來。我為什麼分不到一點肉和一滴血呢？因為我身邊沒有同類——多麼殘酷的存在啊！牠們死得是那樣勇敢！吃喝得又是那麼熱鬧！爭搶得是那麼潑辣！我不停地擊中狼，狼不斷地死。可牠們不是在減少，而是在增多。最餓的狼最勇敢，因為牠最有理想。別笑，哥們兒！其實，理想就是欲望的通俗的說法。不管這些前仆後繼的狼有沒有自覺認識，牠們的的確確是為了共同的欲望去慷慨赴死的，牠們就是為崇高的理想去英勇犧牲！這有什麼可笑？一點都不可笑！事實如此……

……當我突然發現子彈告罄的時候，（大笑聲和狼吼聲）我反而高興得哈哈大笑起來。現在我們平等了！只有靠自己的爪子和牙齒。我仍然把玻璃窗露了一個縫，現在不是我把槍管伸出去，因為槍已經沒有用了；而是等狼把爪子伸進來。這太容易了！很快就有一隻狼爪伸了進來，我立即搖緊車窗，把那隻狼爪緊緊地夾住，雙手抓住牠，再用嘴咬住，用牙撕開狼腿上的皮毛，拼命地吮吸著狼血。好極了！什麼怪味都沒有，甚至還有一點甜絲絲的。我不是也能做狼了嗎？我就是狼！嗚——！（他在學狼吼的聲音）只有一種滋潤的感覺，一種急切的渴望。唯一的遺憾是狼腿上的血流量太小了！我用牙一再地撕咬，猛力地吮吸著。在血流不暢的時候，我啃著狼腿上的肉和筋，可惜太瘦了！讓人不耐煩！惡狼的瘦腿，能撕下多少東西來呢？真不過癮！我恨不能把牠的頭拉進來，咬斷牠的喉嚨，大口大口地從牠的動脈中吸牠的血，喝牠的腦漿。我的貪心使得我稍一大意，牠把腿縮了回去。少量的血讓我更加飢渴，更加大膽，我乾脆把車窗開大些。沒等我做好準備，一隻狼頭就伸進來了，向我張著血盆大口。我雙手往上搖著玻璃，糟糕！牠一擺頭就要往回縮。但牠並沒有完全縮回去，牠的鼻子和上顎被車窗夾住。我以為這是好事，誰知道卻方便了牠，牠用上半部的牙齒往下一扳，玻璃碎了，就像一塊透明的冰糖。牠不顧嘴角流血，連連咬了幾口，車窗玻璃就關不住了，也就是說，我的城堡已經被敵人攻破，我被暴露在狼的爪牙之下。（很強的狼吼聲）

……我更加泰然自若了，空氣真新鮮！我又想起了尼采，他說：「人之所以偉大，是因為他是一座橋而非終點；人之所以可愛，是因為他既是一種穿越，也是一種墜落。」啊！牠的頭……前爪都伸進來了！……你……也太沒禮貌了！

……走開（他的聲音，很弱）「哀哉！時間溜向何方？我不是沉進深井了嗎？世界在睡夢中……。媽的！又是尼采……啊！」（這是人的一聲奮力的高喊，接著就是狼的幾乎震破麥克風的大吼，之後是喘粗氣、吸血和大嚼頭骨的聲音……很久很久，錄音帶才在不斷的飛沙走石聲中完結……）……

啊！古老的航道

引子

我國有許多並不邊遠的山區比邊遠的山區還要冷僻，那裡的人和在那裡發生的事讓人感到又熟悉，又陌生……

遠遠地眺望高山峻嶺，它們的顏色一年四季都沒有變化，在變化萬千的霧靄中它們總是黑色的。當你深入到蔽日的大森林之內，才能看到豐富的色彩以及樹木之間的千差萬別，叱吒風雲的松樹，老成持重的橡樹，喧嘩笑鬧的櫟樹，裊娜多姿的藤蘿……走著走著，忽然出現一小塊明媚的陽光，在你眼前鋪著一小塊驚人美麗的山谷平地。當地人把它叫做平畈是很準確的，因為那些有限的小平地每一塊都是極好的稻田，每一塊平畈的北沿緊貼山腳都有一座向陽的小村莊，一般只有十戶人家，有的村莊旁邊還有一座地主的別墅。

三十年代初的劉家畈是一個只有七戶農民的村莊，它的右側山梁上，坐北朝南有一座農民稱之為「皇宮」的地主別墅。別以為農民叫它為「皇宮」，它就是一座真的皇宮，或者有皇宮那樣的規模。完全不是，因為劉家畈的農民除了給地主家抬過轎子的年輕人進過縣城之外，很多人都是老死不出山的，他們想像中的皇宮也不過就是這座叫「霞屋」的別墅的樣子。那時的「皇宮」有一道像荷葉邊那樣蜿蜒的圍牆，圍著兩千多平方米綠草如茵的山坡，清澈見底的小荷塘，荷塘的源流是一條淙淙發響的山泉。荷塘上有一道九曲石橋，通向住宅的內院。房屋分三進，第一進是有著寬闊外廊的廳堂，兩側各有一個小小的天井院，小到只栽種著一棵桂花樹。第二進正屋是主人的家祠，供奉著無數塊代表已經死去的列祖列宗的神主牌位，東西廂各有三間住房。最後一進是一座號為「金屋」的兩層小樓，這一進最精緻，外表看來是雕梁畫棟，古色古香，內裡卻是硬木拼花地板，油漆板壁，每間臥室都有西式衛生設備。夜晚汽燈照得如同白晝一般，無怪天黑只好鑽被窩的農民把它稱為「皇宮」。劉姓地主為了萬一在官場上遭了災——那是經常會遇到的事情，好有個退隱的所在。劉家太太老爺活著的時候，特地從蘇州請來了幾個名匠，花了三年的功夫，不惜工本修了這座別墅。這是清末半官半紳的兩棲地主的一種風尚。

往日的「皇宮」早已蕩然無存了，今天只能從若斷若續的基石上看出它的輪廓來。在第三進的廢墟上重又蓋起了五間茅屋，沿著往日的內院栽了一圈當地人叫「老虎巴掌」、每片葉子都有五根刺兒的小灌木叢，形成一道綠色圍牆。年深日久，「皇宮」舊主人的去向，其說不一，一說逃往海外，一說死於戰亂。總之，無從查考了。我要講的是今天「皇宮」的主人的故事，主人公是一個普普通通的忠厚老實的農民（有些人一聽說農民就覺得興趣索然了），平平穩穩地度過了他一生中的大部分光陰。因此，故事平淡無奇。對於那些做了充分思想準備來和主人公一起浮沉於幸福和愛情的波濤之中，或者和主人公翱翔於豐功偉業的雲霧之上的讀者，我只能深表歉意。

一

今天「皇宮」的主人叫任之初。怎麼會有這麼個名字呢？話還得從他父親任福堂講起。任福堂是一個地地道道的貧農，沒念過一天書，不識一個字，但經常有機會騎著水牛打從村塾門前經過，總聽見啟蒙娃娃扯著脖子背書，最容易記的兩句就是「人之初，性本善」。他覺得這肯定屬於文雅詞兒，所以自己的兒子大毛一滿周歲，就給他起了個帶書香氣的學名：任之初。任之初從出生到老，很少有機會使用學名，二十歲前人們都叫他任大毛，二十歲晉升為任大哥，三十歲晉升為任大叔，四十歲開外就被晉升為任大爺。今天，任之初已經進入任大爺的時代十年了。

任之初在任大毛的時代看見過「皇宮」的全盛時期，他經常和一些半糙娃娃們一起，在荷葉邊圍牆外邊聽話匣子（當地對留聲機的高稱）裡的京戲和「洋人大笑」。遇上月明風清的夏夜，年輕的太太和小姐們彈著風琴唱歌，碰巧還能看見半長袖遮不住的胳膊和穿著長統襪的秀足。到了「任大哥」的時代他已經可以進入「皇宮」的圍牆了。那還得感激「老日」（當地人把日本侵略軍叫「老日」）的入侵，開初，風傳「老日」只占領鐵路線和繁華的城市，所以鄉間的抗日英雄輩出，有一根獨子兒土炮就自稱抗日游擊司令。「皇宮」的少主人劉霞生有一套筆挺的軍服，有十桿捷克式步槍和一支德國造的二十響手槍，圍牆四角又修了四座炮樓，當然更有資格稱為抗日游擊司令。於是他就雇傭了十名本村年輕佃農，組建了『中國南山抗日獨立游擊支隊」，自任司令。任大哥就是這支大軍中的十分之一。在任大哥進入「皇宮」當兵的前一個晚上，任大伯當著全家老小莊嚴肅穆地告誡了他三句話。第一句是「見官莫在前」；第二句是「做客莫在後」；第三句是「露頭的椽子先爛」。接著任大伯向任大哥進行了一番解釋和發揮：為什麼「見官莫在前」呢？因為官者管也，既要管就得有威；既要威就得用刑，因此，見官在前掉腦袋、挨板子的可能比在後的人大得多。為什麼「做客莫在後」呢？鄉裡請客不像城裡那樣一道道的菜慢慢上，而是十大碗在客人到來之前已經擺好了。再說，燴雞塊、紅燒肉、獅子頭、粉蒸排骨的下面照例都是青菜墊底；在後的人很可能只吃得到十碗相同的「底」，實在太不值得。「露頭的椽子先爛」這句話不用解釋，任大伯用長長的竹根煙袋往房檐上那根出頭的椽子一戳，爛椽子頭就掉下來了，這樣形象化教育省略了很多語言。任大伯為了表示其重要性，這時出乎全家意料地叫了一聲任大哥的學名：

「之初呀！要記住，這幾句話夠你受用一生一世的了！」任大伯自己也深為感動，他沒想到，自己能把當時生活課本裡經常讀的三句格言解釋得如此深刻。

「是！爹！」任大哥感激涕零地趴在地上向任大伯叩了一個響頭，就進「皇宮」當兵去了。

二

荷塘邊的草地變成了練兵場，司令自兼教官，他全副武裝在雜亂無章的隊伍面前講了一通操練的必要性和抗戰的偉大而光榮的意義。「雖然我們只有十個人，『楚雖三戶必亡秦』……」……但是第一堂操練就鬧得司令官哭笑不得，事情就出在任大哥身上。當十個人排成縱隊的時候，任大哥個頭最高卻非要排在最後，可一喊向後轉，任大哥又成了「出頭」「在前」的第一名，他立即驚慌失措地往後奔，排在最後。司令官問他：

「任之初！你怎麼了？」

「俺……俺不能在頭裡！」

司令官大喊一聲：

「向後——轉！」

任大哥又立即向後奔。司令官連續喊了幾聲向後轉，把任大哥跑得滿頭大汗，氣喘吁吁……司令官氣得臉都漲紅了，真想當場把他除名。但國難當頭，理應精誠團結，且兵源奇缺，只好委屈求全，把任大哥塞進隊伍的正中間，這樣一來再喊向後轉也沒事了。但一喊向左向右轉，縱隊變成橫隊，任大哥和其餘九名兵丁全都「在前」了，任大哥為了防止「出頭」，總是縮得比別人錯後一些，使得這支十人大軍始終沒有一個整齊的隊形。

步兵操典的第一頁還沒進行完，這支大軍就遇上了一場戰爭，可惜敵人不是「老日」，只是一些潰散的國民黨川軍的烏合之眾。使得這場戰爭的性質變得模糊不清，潰兵們的目的只是為了金銀細軟和大姑娘，因此把這支偉大的抗日游擊部隊降低為看家護院的家丁了。四個炮樓每個炮樓上分配兩名兵丁，司令官隨身帶一名衛士，這是非常必要的，因此，戰略總預備隊只剩了一名，任大哥自告奮勇承擔這一光榮任務。

在打響之前，任大哥用步子丈量著找到了四座炮樓之間的等距離中心——一棵楓樹下一塊擱花盆的長石板。槍一響他就鑽進石板底下巋然不動了，從頭至尾沒有抬頭。這場戰爭留給他的印象只是一片奇特的音響效果，沒有畫面。槍聲一開始就很猛烈，像一千掛千子鞭炮同時在爆炸，夾雜著手榴彈在房頂上的轟鳴，破瓦片飛濺，使玻璃窗發出刺耳的「嘩啦」聲，以後就是太太、小姐的尖叫和嚶嚶的抽泣。

「任大哥——！」東南角炮樓要求支援：「麻大哥掛花了！」

「任大哥——！」西北角要求支援：「子彈！」

「任大哥——！」西南角要求支援：「擦槍布！」

「任大哥——！造你媽！」東北角吃緊得罵開了。

「任之初！」司令官憤怒的喊聲，很近，就像在頭頂上。但任大哥堅決不予理睬，任憑你叫罵、跺腳、嘆氣，他都置若罔聞。

東南角上的槍聲、爆炸聲越來越密集，簡直都分不出點兒來。

「上來了！搶犯上來了！」

太太、小姐們的哭叫和司令官的喝罵混成一片。

「天啊！」太太的聲音，「這怎麼得了啊！」

「哎呀！」小姐的聲音，「等一下，我的鞋，鞋……」

「小箱子提著！」司令官的聲音。

「別忘了觀音老母！」太太的聲音。

「她不保佑妳，妳還管她！」司令官的怒吼聲中混雜著一個細瓷器被摔碎的巨響。

「快逃！少奶奶！西北角！」雜沓的腳步聲漸漸遠去了。

東南角傳來絕望的求饒聲：

「官長！官長！饒命，俺是……戳牛腿的佃……佃戶！啊！——」

隨後就是亂糟糟的腳步聲和四川人的叫罵：

「龜兒子！大姑娘都給老子溜了！」

「搜！」

「值錢的貨還是不少嘛！背得動就背！」

「快！快！」

門窗劈裂聲，撬地板聲，絲綢撕裂聲，銀元滾動聲，夾雜著潰兵們的互相惡罵：

「格老子你好蠻啊！」

「你還想刮老子的油，老子揍死你！」為了證明說話算話，話沒落音就聽見一個人呻吟倒地的響聲。

「著火了——！走啊！」

「著火了——！走啊！」

叫罵聲和槍聲漸漸遠了……只剩下火在風中呼嘯。當任大哥感到空氣有些燙的時候才慢慢抬起頭來，他看見整個天地間是一片火海，嚇得他扔了步槍爬起來就跑，一直跑到完全看不到一點火光，完全聽不見一點響聲的密林深處才止步。

三

自那以後，「霞屋」成為一片廢墟，「霞屋」的主人們再也沒回來過，下落不明。不管他們的下落如何，農民和土地隨時都不缺合法的主人，新主人是集上的暴發戶、賣肉的梁大肚子。一場戰火，殃及池魚，荷塘裡被炸死、烤死的魚供全村老少人等當飯吃了三天。不久，任大伯也去世了，是在一個雞鳴狗吠的黎明死去的，瞑目前才指點著任大哥在土牆和房檐之間找出一個包了三層油紙、五層包袱皮的包袱，算是他的遺產。至於這個包袱裡包了些什麼，誰也不知道，到了任大哥手裡就不知去向了。任大伯彌留的時候還斷斷續續留了幾句遺言：

「雖說……皇上在辛亥年就……就遜了位，民國不……不是又出了個洪憲皇帝袁世凱嗎！……真命天子在咱們這個國土上是斷不了根兒的，早晚……還得出世……要不信，你還能看得見……」

在任大哥過渡到任大叔的十年間，經常在夜深人靜時分到「皇宮」的殘垣斷壁間漫步。據他自己賭咒發誓說：他好多次又聽到話匣子裡的京戲、「洋人大笑」和太太、小姐彈琴唱歌的聲音。也聽到那場結束了很久的壯烈的保衛戰的音響。雖然這只是他懷舊的幻覺，經他一講不要緊，「皇宮」廢墟成了一塊誰都不敢挨近的凶地，比爛屍崗還要讓人感到陰森。無論誰看見他深夜抱著竹根煙袋走向「皇宮」，都毛骨悚然地搖頭。久而久之，人們把他看成似乎有與鬼神可以相通的「半仙」之體了。遇有疑難：如失物、婚姻、疾病……特別是政局變化，人們自然而然地都走到他的灶屋裡來。

一九四七年冬天，劉家畈下了一場多年罕見的大雪。一個雪夜，全村的男人都踹著齊膝的積雪走進任大哥的灶屋。山裡人冬天吃晚飯的時間很晚，灶膛裡火很旺，無需點燈。任大嫂在灶前燒飯，敞著懷餵著一個半歲的男孩。八歲的姑娘黑妞兒和娘並排坐著，默然地眨巴著大眼睛輪番看著全村的老少爺們兒。今天真是非同小可，村塾裡的冬烘先生靳文軒也挾著小兒子來了。灶屋裡很暖和，沒有出路的炊煙在屋子裡轉游，加上十幾桿煙袋鍋子的吞雲吐霧，熏得個個眼淚汪汪，顯得氣氛更加嚴肅緊張。人們帶來的新聞是：抗日戰爭時期在這一帶活動過一陣的新四軍又來了，現名中國人民解放軍。前幾天有幾十桿槍進了雙河集，沒久留，演講了一次，貼了不少蓋著大紅關防的「告示」，趕集的人偷著揭回了一張。現在由靳老先生給鄉親們宣讀，靳文軒用讀綱鑑的聲調搖頭晃腦地把「中國人民解放軍宣言」朗讀了一遍。並熱情地肯定這個文告文字上十分流暢，用詞準確有力，內容具有雄辯性。聯繫新四軍往日的所做所為，這個宣言裡的話是可以說到做到的，結論是：解放軍仁義之師也！趕集的人還帶回另一則新聞，集上雜貨店老板的兒子，一個青年學生在解放軍演講以後就宣稱與家庭斷絕關係，跟解放軍一起入伙吃大鍋飯去了。本村有些年輕人也有些動心，怎麼辦？問題提出之後，大家，當然也包括靳老先生在內，都直勾勾地看著一直「吧嗒吧嗒」吸煙的任大哥。二十七歲的任大哥已經蓄著兩撇很有點派頭的鬍子了，一家之主嘛，留鬍子是必須的。靜場了很久，任大哥才磕了磕煙袋鍋子，咳嗽了幾聲，開腔了。他首先認為靳老先生的看法很對，到底是飽學未中的老童生，看起來完全夠得上秀才甚至舉人的水準。未中不能怪老先生，完全是因為在同盟一統皇上以後，真命天子沒有降生，袁大頭又不爭氣，否則靳老先生完全有可能進士及第。誰也不能說，真命天子就此永不出世了。言下之意，靳老先生還有皇榜題名的一線希望。——這段話是對靳老先生居然屈尊求教的一段很得體的恭維。隨後對大家迫切等待回答的問題作了簡潔的、富有哲理性的回答：

「共產黨、解放軍能不能站得住？……」他像車軸對輻條那樣環視著大家，大家又像輻條對車軸那樣盯著他。有威望的人總喜歡自問自答，他說：「共產黨二十年前來過，沒站住；十年前又來過，沒站住；這一回……難說……」一個長時間的停頓。「他們要是能站住，給老百姓好處，只要你是良民，你怕還得不到應得的一份？他們要是站不住，國民黨回來，咱還是良民百姓。就拿俺那年抗日當兵操演隊形來做比方吧，排頭站不得，排尾也站不得，站排尾，萬一來個向後轉，你不又成了排頭了。頭尾不站站中間，即使縱隊一下子變成橫隊，大家都在前，你也得稍微往後縮一點。集上那個學生娃子出頭冒尖，往前站……哼！等著瞧吧！」話快說完的時候他就開始往煙鍋子裡揉煙末，話一說完就吹著紙煤子抽開煙了。大家都知道這位「半仙」也就只能講到這兒，雖說有些具體問題還是半明半暗、似是而非，但其原則指導性已是再明白不過了。天機並非完全不可洩漏，如果完全洩漏又有遭雷擊的危險，適可而止，老少爺們兒心領神會也就夠了。靳文軒老先生點頭嘆服，有些年輕人將信將疑，對於集上那個年輕學生打心眼裡豔羨不已，躍躍欲試……一個還穿著單褲子的十六歲的男孩子咕嚕著說：

「早年那些跟著紅軍、新四軍走了的不是都好了麼？」

「好了？」任大哥一個大轉身轉向他：「有些事不是十年二十年就能看得出因果來的……」

再也沒人問什麼了。

還沒開春，山梁上的路剛剛踩出條印兒來，村裡幾個又窮又激進的青年每人打了好幾雙麻鞋，正準備進四方山找「同志們」的時候，趕集的人帶回了使人們嘴巴張著半天合不攏的驚人新聞。那個參加了解放軍的年輕學生回來找保安隊搞策反被抓住了。國民黨的鎮長就是梁大肚子，跟那個學生娃子還沾點親，是個拐了三個彎的表姨夫。「戡亂」期間，小小的鎮長就有生殺予奪的大權。大義滅親，親手槍決了這個亂黨，並梟首示眾，人頭懸掛在集東頭靈官廟的旗桿上。這個新聞的直接效果是：任大哥的威望直線上升，二十八歲就提前進入任大叔的時代。他的灶屋裡每天晚上的煙霧更濃了，全村挨戶輪流自帶一盞有三根燈草的油燈。

四

一九四九年春天，映山紅耀花眼的時候，劉家畈解放了。區工作隊隊長一心一意想在劉家畈搞農會試點，無論怎麼說服動員都搞不起來，硬是沒人報名，直到全區有一半自然村都加入了農會，劉家畈全體貧雇農、中農才同時報名參加。區工作隊隊長感到非常奇怪，卻不知道其中的奧妙。

村裡有人故意問任大叔：

「你咋也參加了？」

「是呀！世人要是有一半都當了搶犯，俺也敢當土匪；都當了同志們，俺做啥不敢當？」

成立互助組，剿匪反霸、土改這幾個歷史環節，整個劉家畈的表現都是不前不後在中間。果然不錯，劉家畈的農民分到的土地、浮財並不比那些先進村少。在分配房屋的時候，任大叔出人意外地請求把誰都不會要、誰也不敢要的「皇宮」廢墟分給他。這在當時是很容易的，農民們求之不得，工作隊一研究就同意了，還多分給他一些現款，做為修屋補助費，這就是他成為「皇宮」新主人的歷史原因。土改之後農村熱鬧起來，建黨呀！建政呀！勞動競賽呀！掃盲呀！愛國衛生運動呀！選拔積極分子進訓練班、幹校呀！農民們打心眼裡興奮、歡快，像一股強大的暖流突然衝入陰冷的山谷，山也變了，水也變了，樹也變了，草也變了；劉家畈的生活不再是幾千年以來那種停滯、保守、冷清、淒涼、愚昧的調子了，他們連走路的節奏、說話的節奏、勞動的節奏都變輕快了。歌聲，日夜都有歌聲。過去當然也有歌聲，那是胸前掛著一雙乾癟乳房的母親哄孩子入睡的悲吟，那是將要嫁到地獄般的婆家去的姑娘在林中的哭訴。現在不同了，男男女女、老老少少都唱，雖然唱得音調不準，嗓門兒可是很大。這股強大的不可抗拒的暖流終於把人們從任大叔的灶屋裡連同熏得眼睛流淚的煙霧一起給吹出來了。任大叔在心裡暗暗地說：

「山裡人都迷了，瘋了，醉了，昏了……」

他自己一點兒都不動心，也不感到冷清，按捺著自己和家人不受影響，保持著他多年嚴格遵守的原則：縱隊不站排頭排尾，橫隊稍稍往後偎。參加互助組如此，參加初級社如此，連孩子進學校都是如此。這股暖流持續了很久，好像永遠不會停息似的。

到了一九五七年春夏之交，中國知識界在黨的號召下展開的興致勃勃的議論波及到全國各個階級和階層。連本來就在暖流中的劉家畈也感到又增加了一陣熱風，而帶來這股熱風的不是別人，恰恰是任大叔在集上小學裡教書的女兒黑妞兒。她從集上回來了，一回來沒在「皇宮」落腳就到田畈裡去了。喲！這是誰呀？是任大叔家黑妞兒嗎？不！人家都十八歲了，早就不叫黑妞兒了，學名叫任薏。任薏一點也不黑，就像春風中一樹碧桃花，把整個劉家畈都照亮了。抿著嘴，抿呀抿的都抿不住的笑容，頭上圍著透影兒的綠紗巾，山風吹得紗巾梢飛呀飛的像兩隻綠蝴蝶，自己做的帶絆兒的黑絨布鞋就像皮鞋那樣平整，又漂亮，又文雅。眼睛眯著，她自己完全知道自己在鄉親們眼裡的地位，一看便知，連那些過去把自己看成黃毛丫頭不值一顧的老輩人都眉開眼笑、肅然起敬。山裡人愛打聽新聞，任薏就用鄉親們聽著不大習慣又覺著好聽的普通話說開了。一說不要緊，嚇了山裡人一跳，搞得劉家畈十幾戶人家都驚驚詫詫、半信半疑。什麼鳴呀！放呀！給黨提意見呀！幫助黨整風呀！反對官僚主義呀！發揚民主呀！知無不言，言無不盡呀！顧慮越少說明你對黨越誠實呀……半天就搞得全村沸沸揚揚。等任大叔知道的時候，天已經傍黑了。一聽非同小可，大驚失色，晚飯以後二話沒講就把花骨朵似的女兒反鎖在她的小房子裡了。父女二人隔著門有一番激烈的爭論：

「爹！」捶門的聲音伴奏著任薏嬌嗔的喊叫，「你這是幹什麼？這是什麼時代？老封建！老頑固！」

「俺一點也不糊塗，鳴放叫人家去鳴放！你鳴個啥？你又不是百靈鳥！放個啥？放屁！向誰提意見？」

「向黨，幫助黨整風，為了我們的黨更正確，更光榮，更偉大，這是黨的號召！」

「新詞兒不少，俺不懂，也不要懂，俺只問你，黨是誰？」

「黨是無產階級先鋒隊！」

「俺看不見啥隊，只看見黨支部書記，區委書記，縣委書記，地委書記，他們都是人，是官，咱們的官夠清的了！再說，盤古開天闢地到如今，沒聽說官能聽得進不順耳的話。哪一朝哪一代有一個認真的監察御史大人有好下場？不是下天牢就是滅九族！」

「爹——！」任薏用很長的一聲尖叫表示對這種極端腐朽的觀點不能容忍。「你！你怎麼可以把新社會——社會主義社會同封建社會完全等同起來哩！怎麼拿黨和黨的幹部去跟封建皇帝、官僚比呢？讓我出去！」

「你就不怕掉腦袋？你知不知道，你是個小小的大耳朵百姓！」

「我不怕！我用不著怕！我是社會主義國家的公民。憲法規定：中華人民共和國公民有言論、出版、集會、結社、遊行、示威、宗教信仰等等自由！毛主席說：『我們的這個社會主義的民主是任何資產階級國家所不可能有的最廣大的民主！』毛主席還說：『言者無罪，聞者足戒！』『不要怕向我們共產黨人提批評建議，捨得一身剮，敢把皇帝拉下馬！』」任薏為自己竟能說出一篇大義凜然的話感動了，一串淚珠落在胸前。

「你不怕剮，俺當爹的還怕收屍哩！」

「爹！」任薏聲淚俱下地說，「黨是我們的慈母，只會給我們溫暖、開導和教育，即使她的兒女說錯了，她也知道兒女是愛她的，她會感到高興……」

「咔嚓」一聲，又加了一把鎖，這就是父親給女兒的最後回答；任薏號啕痛哭起來。

任大嬸，一個一輩子都在灶前灶後轉的女人，心疼得在鍋前落淚，小聲埋怨著丈夫：

「咋能忍心讓花骨朵似的姑娘這麼哭哩！」

任大叔冷冷地說：

「哭累了就不哭了。」

當晚，任大叔隔著綠色圍牆對絡繹不絕來找女兒的男女青年說：

「任薏回集上了！回學校裡去了！」

任薏在小屋裡，叫爹叫娘，大哭大鬧，但毫無反響。她下狠心出去以後和老封建父親斷絕一切關係。在新社會不靠爹娘照樣有溫暖；我們的空氣都是溫暖的，這種溫暖來自黨的陽光。過去老紅軍就是在黨的陽光照耀下爬雪山，過草地，完成了兩萬五千里長征，老八路就是在黨的陽光照耀下堅持了八年抗戰，我怕什麼？她真的哭累了，躺在床上漸漸睡著了，她做了一個美麗的夢。

她又回到了集上，在明亮的陽光照耀下，師生們的臉紅彤彤的，集上為了鳴放架設了長長的大字報欄，五光十色的大字報，醒目的標題：

我們的太陽不應該有黑子！

官僚主義是我們前進的絆腳石。

破壞社會主義民主就是給黨抹黑！

還有一幅幅機智辛辣的漫畫。任薏覺得自己的腳步都輕了，在大字報欄前遇見了她最要好的朋友柳暢生。當然應該在這裡見到他，這個矜持的青年教師，為了向黨提意見，他和任薏在一起讀了很多馬列主義經典著作，研究了我國民主運動的歷史和當前制度中需要改進的缺陷。這種「以天下為己任」的感情和他們之間早就萌芽了的玫瑰色的愛慕溶合在一起，顯得特別高尚和甜蜜。她挽著柳暢生慢慢走過大字報欄，誇讚著那些切中時弊的善意批評和揭發，在那些有趣而深刻的漫畫前會心微笑，走著，談著，商討著他們將要合作的大字報的內容。一種飛騰的感覺油然而生：她覺得自己和柳暢生像一對比翼雙飛的鳥一樣，雙腳離地了，盡情地上升著，上升著，飛上碧藍碧藍的天空。她和他在空中那樣真誠地相扶飛行，甚至在雲霧飛過的一瞬間，柳暢生竟吻了她一下，從來沒有過的第一次……初吻就是這樣的麼？濕潤、匆忙、模糊、神秘，她覺得羞澀，又很遺憾。初吻就是這樣麼？一瞬間的吻卻使心臟怦怦跳躍了很久很久……她更加厭惡自己的父親了！離開了父親，有溫暖的社會，還有暢生溫暖的懷抱哩！她閉上眼睛，溫暖的陽光隔著眼帘變成一片朦朧的緋紅，她讓心臟漸漸平靜下來，等待著暢生的第二個吻，她希望這第二個會比第一個更熱烈、更清晰、更長一些……沒有，沒有，還是沒有，她等了很久，眼睛睜開了。原來自己不在天上，而是躺在那間上了兩把鎖的小屋裡，只有一條狹長的晨光射進小窗，落在床上。小桌上有一碗冒著熱氣的稀飯和一塊她從小就喜歡吃的軟麵餅。任薏爬起來，看看小鏡子中的自己，一夜之間竟會瘦了這麼許多，眼睛腫得像桃兒似的，她越想越痛苦，「有翅膀卻不能沖天飛去，暢生怎麼想呢？一個人在孤軍作戰，他會以為我怯陣，說不定把我看成只會說漂亮話而沒有行動的人！多麼可怕！他會由於誤會瞧不起我，當然也就更談不上愛了……學校黨支部怎麼看？一定會認為我藉故溜了，認為我思想不開展，和黨不能同心同德，有思想顧慮。也許會想到父親——保守的老農民拉了我的後腿。同學們怎麼看呢？他們的任薏老師怎麼失蹤了呢？在轟轟烈烈的運動中怎麼沒有她呢？怎麼能少了她呢？活躍、激進、有口才又有文采……」她又喊叫起來，哭著不停地捶著門……但誰也不來應一聲，爹下地了，娘撿柴去了，弟弟上學去了，只有一群雞在窗外驚得嘓嘓亂叫……任大叔硬是把女兒禁閉了半個月。半個月後的一個早晨，有線廣播喇叭比哪一天都要響，山谷裡發著回聲，像是正在廣播著一個重要社論，起先任薏只當是在評論一個叫《文匯報》的報紙工作，她並沒有注意聽；但越聽越覺得不對，廣播員的語氣特別嚴厲，發生什麼事了？她才打開小窗仔細地聽著，她聽見：

「……資產階級右派就是……反共反人民反社會主義的資產階級反動派……這是一小撮人，民主黨派、知識分子、資本家、青年學生裡都有，共產黨、青年團也有，在這次大風浪中表現出來了……這種人不但有言論，而且有行動，他們是有罪的，『言者無罪』對他們不適用……」她感到吃驚、不理解、害怕……本來留在眼眶裡的淚水被發燙的臉烤乾了。這時，她聽見「咔嚓」一聲，父親把門打開了，手裡沒端飯，只用兩個指頭夾著一張報紙。他把報紙丟給女兒，冷冷地說：

「你以為當爹的真不疼自己的姑娘!?」

任薏沒有聲響，用發抖的手輕輕地把報紙拿起來。

五

任薏失神落魄，一腳高一腳低地趕回集上，集上果真是架設了長長的大字報欄，新大字報覆蓋著舊大字報，但已經一點美感和興奮感也沒有了。人名上畫著紅色的「×」，滿紙都是巨大的驚嘆號和問號。任薏懵了，她閉了一會兒眼睛，再走近些，她看見柳暢生的名字也打著紅色的「×」，而且也在她的這個親愛的名字，這個每天要輕輕喊上一百遍的名字前面冠以「反黨反社會主義的資產階級右派分子」的稱號。她眼前的白紙一剎那間卻變成了閃亮的黑色，而黑色的字卻變成了暗淡的白色。任薏跌跌撞撞地走進小學校的校園，那些鮮豔奪目的大理菊的花朵也都成了一個個烏黑發亮的圓球在眼前搖晃著……在草徑上，她遇見了柳暢生。她迎過去，柳暢生像一個陌生人似的，臉消瘦了，蒼白，眼窩發青。他神情恍惚，不斷左顧右盼地說：

「要劃清界限……」

「?」任薏的長睫毛痛楚地高高地揚起來。

「——和我……你很幸運……」

「我……」任薏急切地解釋說：「我是被迫……父親把我鎖在屋裡，我哭，我鬧，我叫，他都不聽……」

「不!」柳暢生用俊秀的眼睛狠狠地盯了她一眼：「你是自覺地認識到這是一場資產階級向無產階級的進攻，因為你對黨有深厚的感情……雖然沒有挺身而出保衛黨，但是你……」

「不!不是這樣……」

「我想過很久，為你，你一定要這樣說！……我自己已經什麼都完了……」

「你教我說謊！」

「我？不！不！我沒有這麼大的力量！」他把眼睛緊緊地閉了一下，只有經受過最深沉痛苦的人才會那樣淒慘地閉合自己的眼睛，很快又睜開，把目光轉向滿園滿牆、重疊繁複、無窮無盡的大字報……

任薏很清楚，在暢生苦痛的心靈裡的確還愛著她，為她編了些保護自己的必要的謊言。任薏迷惘了，面前的暢生不就是半個月前那個自信、矜持、敢想、敢說的暢生麼？不是夢中比翼飛升的暢生麼？還有那生活裡確實沒給過，在夢中又確實給過的初吻……她情不自禁地向柳暢生伸出雙手，柳暢生一扭頭就轉身走了。任薏把手縮回來，托著下巴頦兒目送著他匆匆離去的背影，一直到任薏發覺有幾滴水落在自己手背上，才意識到自己流淚了……

秋天，柳暢生被送到一個遙遠的勞改林場勞動改造去了。從此，任薏除了在課堂上照本宣科以外，不說任何多餘的話，沒有笑容，沒有歌聲。原先在她的形象和精神裡閃耀著的光彩完全熄滅了。變成為一個平庸的、沒有光澤、沒有進取、沒有追求和渴望的人。那年寒假，任大叔事先不和女兒商量，當著女兒的面收下了農業合作社會計黃有財的定親彩禮。黃有財比任薏大十五歲，個子只有任薏那麼高。任薏冷淡地斜視著他，他戴著山裡人那種蒙頭蓋臉只露著眼睛、像蒙面大盜似的青線帽，他用紅腫的眼睛貪婪地死盯著任萱，直截了當地說：

「啥時候拜堂呀？老丈人！」

任大叔為了打發他走，回答說：

「二月二，龍抬頭。你就趕忙回去吧！晌午太陽當頂一化雪就不好走了！」

「啊！」黃有財再使勁兒盯任萱一眼，才和幫他挑擔子的表弟告辭走了。

「黑妞兒！」任大叔問女兒：「爹收的對不？」

「對！」任萱麻木地點點頭。

娘打了一個寒噤，揉揉眼睛仔細地看看女兒，女兒的眼睛裡沒有快樂，也沒有悲戚，沒有光亮，也沒有眼淚。

陰曆二月二，一個陰沉的天氣。黃家竟能租到一頂小花轎，一支嗩吶、一面鑼就迎娶來了。任萱這個新派人物，小學教師，毫無抗拒地就讓人給戴上了紅蓋頭。特別為喜事請來的任萱的舅舅把外甥女兒背上了花轎，新娘子一聲也沒哭，只深深地嘆了一口氣。村裡的老年婦女都為她捏了一把汗：不哭是不吉利的。為了這件事，婦女們交頭接耳議論了好久，不過議論久了也就淡忘了。好像春天在林間泉邊開過一朵叫人疼愛的茶花，開過了，謝了，也就沒了……花瓣呢？落在泥裡看不見了……

六

中國告別了誠實被污辱的一九五七年，緊接著，一九五八年在知識分子被剝奪了科學思考、坦率發言的權利之後來到了。一九五七年開的花，一九五八年就開始結果了：基層幹部在恐懼和邀功的雙重心理支配下展開了誇大產量的競賽。宣告共產主義偉業已經在本地區取得勝利的省委書記、縣委書記成了報紙和電臺上的明星。新聞記者和詩人閉著眼睛為堆積在雲端裡的鋼鐵和糧食數字大唱讚歌。「吃飯不要錢」的指示下達了，村村都得辦放開肚皮吃飯的大食堂。共產主義的人民公社紛紛成立，其特點是一大二公，大到一個公社方圓三十餘里，公到層層領導都可以隨便平調一切物資，對於那些可以隨便平調的人來說，優越性當然是無窮的。要糧有糧，要木材有木材，要魚有魚，要肉有肉，實行了自上而下的共產。老年男人編為黃忠隊，老年女人編為佘太君隊，青年男人編為羅成隊，青年婦女編為穆桂英隊，分別集中居住。孩子們進快樂園，老弱病殘進幸福院。無限制地砍伐山林，把成材的大樹鋸成段往土高爐裡送，家家戶戶的生鐵鍋被砸碎扔進火爐裡冶煉，煉出一些無法確定名稱的黑疙瘩。

任大叔沉默了，對一切都冷眼旁觀，嚴格保持著他的中間位置。只有在每天早、中、晚三頓開飯的時候，他都提著桶準時排在第一名。

年輕人每天都向他報告各地畝產萬斤的放衛星喜訊，他既不表示激動，又不表示懷疑，不加可否地重複著同樣一句話：

「在咱們中國的地面上都還使著老祖先幾千年前的犁，犁鏵只有尺把寬……」

從吃飯不要錢那天起，他就悄悄地像秋天的螞蟻那樣開始收集一切能收藏的食物。那時候是很容易的，多打的米飯和麵餅可以曬乾；在被伐倒的栗子樹上去採栗子；堆在田裡供參觀的稻穀，參觀完了以後沒有人去收，他在夜裡一口袋一口袋地扛回來……等到一九五九年底，有些人像春夢才醒的蝴蝶，想到要儲存點食物的時候，不但什麼也收集不到，連翅膀也攏不動了。共產主義大食堂裡的稀飯已經照見了又黃又瘦的臉。家裡有儲藏的人是隱瞞不住的，臉上的氣色洩露了任大叔的秘密。不少人有意上他家去刺探真情，但怎麼也發現不了他儲存食物的地方。任大叔把所有的罈罈罐罐都搬到院子裡，敞開口……任大叔張著嘴，默默地接待一批又一批別有用心的來訪者，他就像他的罈罈罐罐那樣一無所有和「坦率」。懷孕七個月的女兒走娘家來了，這個時候走娘家！一枝鮮花似的任薏變成一張枯葉，臉上布滿了皺紋和褐色的斑塊，嘴翹著，像總在生氣和埋怨誰；脖子細得像一根野蔥。肚子已經很重了，走起路來兩隻手用力划動著。娘和兄弟攙著她走進院裡。任大叔嘆著氣說：

「這時候來走娘家……」

任蕙像中了一箭似地，一屁股坐在臺階上，她覺得像是討飯討到一個陌生人家門前那樣，一下冷汗就滲透了襯衣，眼睛像兩個空洞似地茫然地看著一個什麼也看不見的地方。

娘和兄弟用哀求的目光仰望著一家之主。

任大叔說：「把今兒晌午從食堂裡打來的三份飯都給她吃了，咱們勒勒褲帶。」

娘和兄弟一聽都傻了，那是什麼樣的三份飯呢？一大盒叫做飯的稀湯，任蕙捧在手裡呆痴地看著可以數得清的米粒兒沉在盆底，幾片青菜葉子飄浮在面上。她貪婪地猛喝了幾口，漸漸喘著氣把速度放慢下來，斷斷續續地把三個人的定量一點不剩地喝完了。她心裡很清楚，娘家儲存食物有的是，但挺著大肚子回娘家的姑娘卻吃不到一小塊硬一點、稠一點的東西，喝了這麼多還是覺得胃裡空蕩蕩的。人在傷心到了頂點的時候就是憤怒，她想立刻把飯盒摔碎在爹娘面前。當她抬起頭把惡狠狠的目光投向父親的時候，任大叔正在慈愛地俯視著她，他完全明白女兒的目光所說明的意思，他不緊不慢地說：

「當爹的要疼自己的姑娘，當姑娘的也要疼自己的爹娘和兄弟，吃完了就回去……」

任蕙這才看見綠色圍牆外面，盡是讓人心驚膽顫的、冒著飢餓之火的眼睛，任蕙眼睛裡的怒火才猝然熄滅了，用袖子擦擦嘴拍拍屁股站起來。母親看著女兒灌了一肚子稀湯，挺著肚子艱難地划動著雙手走了，想著她還要走二十里山路，母親的眼淚奪眶而出。

當天夜裡，睡在床上的任薏聽見院子裡「咚」地響了一聲。黃有財以為有賊，爬起來提著根櫟木棒子就奔到院子裡，發現地上倒著個口袋，借著星光解開口袋一看，口袋裡裝著大約有二十多斤曬乾的飯粒兒和一隻風乾的狗腿。黃有財喜出望外，就像捧著一口袋珍珠那樣把口袋捧進屋裡，捧到老婆面前，抓起飯粒兒哭泣著說：

「準是老丈人憐見我們……」

任薏坐起來，平靜地說：

「不！他哪兒有東西接濟咱們呀！連想也別那麼想；作興是菩薩？」

「菩薩？」黃有財咧著嘴笑了。「你這個洋學堂的教習，還信菩薩？」

「信……」任薏重又把身子放平，沉重的頭倒在枕頭上，輕輕嘆了一口氣……

七

任大叔四十歲一過就進入任大爺時代了。任大爺也遇到過措手不及的時候，那是一九六六年早稻育秧的春天，「四清」運動最後階段，原來的生產隊長被作為四類幹部打倒了，新的生產隊長人選還沒有誕生。在劉家畈蹲點的「四清」工作隊隊長是省委秘書長申錦，一個勤勤懇懇、忠於經典的讀書人，在個別徵求社員意見的時候，全隊社員眾口一詞要選一個從沒當過幹部、又不是黨員、歷史上當過幾天反動地主家丁的任之初。申錦起初很猶豫，將近半年的相處，劉家畈二十幾戶人家對他都摸透了，他以為他把二十幾戶人家也摸透了。那時候《毛主席語錄》本剛剛隨著「四清」工作隊下達到農村，社員們翻著語錄本對他說：

「毛主席說：誰是我們的敵人？誰是我們的朋友，這個問題是革命的首要問題。任大爺根子正！當過幾天連二尺半都沒穿過的兵算啥！」

「對！」申錦表示同意。

「毛主席說：『黨外存在著很多人材，共產黨不能把他們置之度外。』任大爺歷次運動都沒出過一點問題……」

「對！」

「毛主席說：『幹就是學習。』任大爺沒有當過幹部不會學？幹部又不是天生的。」

「對！」申錦越想越對。「毛主席教導我們說：『群眾是真正的英雄，而我們自己則往往是幼稚可笑的。』說明任之初是堪當重任的。有人說他有點『半仙』氣，可能是農民對聰明才智的另一種說法。對！對極了！我這麼定了！選任之初為劉家畈生產隊隊長！」

任大爺從來沒想到，也沒料到，自己總往後縮，怎麼會又變得突出了呢？大概是最近縮得太後了，縱隊突然向後轉，把他這個排尾變成了排頭。他讓老婆連夜跑到申錦那裡告了一個病假。任大爺從來沒有告過假，可見如果不是真病了，就是他把情況看得實在非常嚴重。

任大爺三天沒出工，對於劉家畈生產隊的「內閣危機」簡直是火上加油。全隊社員根據歷來對任大爺的了解，都不相信他是真的病了。有人說：大凡有本事的人都不會輕易出山，劉備三顧茅廬才請出個諸葛亮。去請！

申錦和二十幾位一家之主以及一個勞動日記九分以上的重要成員，紛紛到「皇宮」去看望任大爺，一方面探病，一方面勸說。

任大爺躺在床上，腦袋埋在稻糠枕頭裡，頭上還勒著條黑帶子，不斷地呻吟著。任大奶奶依在床邊嗚嗚地哭。老實巴巴的任大奶奶的哭最有說服力，說明真病了，病情還很重。床頭凳子上擺著一碗乾在碗裡的麵條，同樣具有說服力，說明連飯也吃不進了。

社員們當然不敢全信，而且也不死心，七嘴八舌地勸說他：

「任大爺！這可是全隊社員對你的信任呀！」

任大爺喃喃地說：

「孩子他娘！去把黑妞叫回來……」

「任大爺！俺們絕不指望你帶領俺們冒尖兒，俺們指望你能領著俺們平平安安地過日子……」

「孩子他娘，把小寶從學校裡叫回來……」

「任大爺，你不能只管自家呀……」

「叫孩子們回來跟俺見一面吧！」

「任大爺！俺們求求你！」

任大爺的聲音更微弱了：

「把外孫子領來……」

「任大爺！全隊沒有一個不同意你當隊長的！」

「黑妞兒，寶兒！來吧，晚了就見不到爹了……」

鳥之將死，其鳴也哀！他的話裡就出現了哀音。首先把申錦給感動了，主動對社員們說：

「社員同志們！都請回去吧！再商量，再考慮！任之初同志的病看來的確很重，讓他歇著……」

「唉——！俺也沒想到，俺的陽壽這麼短，才四十六周歲零一個月三天……」

申錦嚴厲地命令大家：

「社員同志們，都請回去吧！到場上集合開社員大會！」

社員們魚貫退出「皇宮」。

「任之初同志，安心養病吧！隊裡不能一天沒有隊長，我們一定會再一次愼重考慮。我走了……」

任大爺這才睜開眼睛，微微地點點頭，把冰冷的手伸給申錦。

申錦躡手躡足地走了。

全隊社員在打穀場上，通宵挑燈討論隊裡出現的越來越嚴重的「內閣危機」。大部分社員都還堅持等任大爺病好之後出任隊長，小部分社員根本就不相信任大爺是眞病，不斷有年輕人自動偷越綠色圍牆偵察任大爺的秘密，但帶回來的消息一次比一次讓人失望，並確信任大爺的病情眞的嚴重了。

第一個「探馬」回報是：

「任大奶奶把裝老的衣服從箱底裡翻出來，擺在任大爺的身邊了。」

第二個「探馬」回報道：

「任大奶奶把放壽材的小屋打開了，在漆過十二道的壽材裡鋪上了稻草——對，不能叫稻草，應該叫黃金條。」

第三個「探馬」回報是：

「燈滅了……任大爺像抽絲那樣大喘氣；任大奶奶像打脾寒那樣顫抖著乾號……」

三報之後，全體社員都妥協了，其他合適人選又沒有，只好討論被定為四類幹部的原任隊長能否復職了。好在申錦有理論，把原任隊長的材料重新做了分析，有些錯誤情有可原，有些貪污實際上是浪費，可以從四類幹部降為三類幹部。但三類幹部仍然屬於犯了嚴重錯誤，作為人民內部矛盾處理，重新復職還是不夠條件。好在申錦既有原則性，又有靈活性，把原任隊長的材料又做了一次分析，認為問題最嚴重的是他和富農分子的關係不清，拉拉扯扯，吃吃喝喝，但這個富農分子沒有破壞活動，隊長是有責任對四類分子進行教育的，不來往怎麼進行教育呢？吃吃喝喝是錯誤，立場錯誤。但本著黨的批判從嚴、處理從寬的一貫方針，可以作二類幹部處理，責成黨支部今後對他加強教育。先恢復隊長的工作，再上報大隊和公社批准認可——省委秘書長都這麼說了，批准認可只是一道補辦的手續而已。唯一的遺憾是「四清」運動在劉家畈的成果好像不那麼偉大，不大夠勁兒，除了重批重鬥了一下四類分子之外，黨內揪出的一個走資本主義道路的當權派又不算了。也只好如此，一個生產隊不能沒有一個隊長呀！這是春耕大忙季節的當務之急。

第二天，天朦朦亮，復職小隊長在打穀場上派工的時候，特別留了幾個粗壯的全勞力，準備一旦任大爺咽了氣好幫忙辦理後事。就像任大爺已經死了一樣，人們懷著遺憾而又悲痛的心情，回憶任大爺一生的沉著、穩重和富有哲理意味的遺訓，走向秧田的隊伍是沉默的，像是在低頭致哀……

「那是誰？」一個婦女大驚小怪地指著秧田邊晨霧中站著的人叫起來。

「啊！」使大家同聲驚叫的是：他就是奄奄一息的任大爺，懷裡抱著個秧馬，一本正經地說：

「『四清』運動一收場，上邊就要看咱們的新氣象，雖說俺生了病，也不能缺勤拖大家的後腿……。」

社員們哭也不是，笑也不是：

「任大爺呀！任大爺！你呀！」

「俺咋了？」他好像不明白大家的意思，木然地看著大家。

「算了！你呀！你……」

任大爺把秧馬放在秧田裡，並已開始拔起秧來，一雙靈活的手拔得水響，像鯽魚尾巴一樣。他半自語地說了一句誰也不理解的話：

「俺還想落個善終呀！」

八

「俺還想落個善終呀！」——生活終於使劉家畈的全體社員懂得了這句含混不清的話。

初夏時分，山區剛剛脫了棉衣，震驚世界的中國無產階級文化大革命開始了。無論多麼高峻的山峰也阻擋不住這場空前猛烈的風暴。劉家畈這個小小的山谷也失去了固有的平衡，足見這場運動的徹底性。復職不久的生產隊長成了省裡走資派搞假「四清」包庇下來的壞人，被不斷地批鬥、戴高帽、掛黑牌、罰苦工、背語錄，搞得痛苦不堪，無路可走，一根麻繩吊死在林子裡。死後還做為自絕於黨和人民的壞典型挨了一次狠狠的現場批鬥，全村社員都看見了隊長伸著舌頭的恐怖形象。等到中共中央關於農村基層幹部不應受到衝擊的指示下達的時候，死者墳頭上已經長出了柔韌的青草。人們更加欽佩任大爺的遠見卓識了。但並不是說任大爺在文化大革命中也能像過去歷次運動那樣平穩、安全。不！如果真是那樣，文化大革命就失去了「空前的」這個含意了。他——任大爺這個「半仙」之體也沒有例外，他像一隻固守在洞口的老兔子那樣，終日轉動著眼睛看著、聽著、想著，以防不測……

事情還得從他十九歲的兒子任寶說起。任寶那年正趕上高中畢業。中央「五・一六」通知一下達，學生們首先熱血沸騰，鄉村看城市，城市看首都，紅衛兵運動好像是一夜之間在全縣城鄉興起了。雙河集中學的學生們毫不落後，像雨後春筍般成立了戰鬥組織，組織的名稱一個比一個激進、革命。任寶由於世代貧農，根子正，被選為校文化革命小組組長，成了最大的革命權威。在一開頭的「破四舊」、「立四新」熱潮中，他首先把自己的名字給破了，立了個非常革命的名字：任風浪。取「不管風吹浪打，勝似閑庭信步」之意。任風浪穿著舊軍裝，腰束皮帶，軍帽的帽沿翹著，斜背著軍掛包，胸前一排毛主席像章，手臂上帶著紅衛兵袖章，手裡捏著本《毛主席語錄》。就是他這麼個個子不高的任風浪，在全公社掀起了一陣又一陣的紅色風浪，百分之九十五的城鎮居民——包括理髮匠在內都沾著個「資」字，一律橫掃批鬥之後押送農村監督勞動。至高無上的權威和成功以及狂熱的信念，使他自己也失去了平衡，怎樣才能使自己一天比一天更激進些、更革命些、更左些、更徹底些呢？他虔誠地在「靈魂深處爆發革命」了，想起自己的父親，曾經是慈愛、老實、本分、平庸的父親的形象，頓時在他腦子裡變成另一個樣子：一個充滿自私自利思想和集腐朽陳舊觀念於一身的封建典型，終生靠與黨離心離德的盾牌進行自衛。兒子太了解父親了，不僅了解他的思想、言論，還了解他的秘密。破！批！鬥！任風浪親自率領一哨人馬，乘著月色，直奔劉家畈「皇宮」而來。五十餘名闖將闖進綠色圍牆就分兵搜索，在任風浪的指揮下，一下就找到了一座秘密的夾牆。任風浪記得五九年藏過食物的夾牆裡有一包祖父的神秘遺物，肯定是「四舊」中最陳舊的東西！但今天打開夾牆一看，空空如也，一無所有。任風浪的眉頭皺起來了：「老傢伙，連兒子也信不過，瞞著我，轉移了！」兒子討伐老子這種新鮮事一傳開，全村社員不招自來，任風浪正好借此機會召開一個批判大會。紅衛兵押著任大爺，彎腰低頭站在眾人面前。任風浪領著大家讀了幾條語錄，發表了一篇激昂慷慨、措辭激烈的演講，對任大爺進行徹底地揭發，無情的批判，宣布和任之初劃清界限，斷絕父子關係！任風浪屬於偉大領袖毛主席，屬於永遠鮮紅的社會主義祖國，屬於全體革命人民。講話經常為狂熱的掌聲和口號聲打斷。最後，任風浪向任之初發出最後通牒：交出那包肯定是「四舊」的東西！

任大爺從頭至尾都沒聽見他的兒子說些什麼，人們喊些什麼，他集中精力思考著一個問題：寶兒咋會瘋了呢？他百思而不可解，這樣一個好兒子，不多言不多語、守口如瓶的兒子，可以共患難的兒子，人人都誇獎他識字多的兒子，怎麼會中邪了呢？可見讀書不是好事，黑妞兒已經是前車之鑑了。社員們頭一回看到任大爺會這麼緊張，額頭上滲出黃豆大的汗珠。到了下半夜，任大爺忽然蘇醒了，突然進行反擊，一舉而反敗為勝，結束了這場雷聲很大的批鬥會，使劉家畈的老少人等又一次對任大爺五體投地。

誰能想得到他還能從懷裡摸出本紅寶書來呢？誰能想得到一個文盲還能背出一條語錄來

呢？誰能想得到這條語錄選得那麼恰當呢？像是被圍困的神箭手那樣，一箭射中圍城大軍主將的咽喉，圍城大軍不戰而逃……

任大爺並沒有打開語錄本，但他直起了腰，抬起了頭，睜大了眼睛，他讀著：

「最高指示：第二百一十三頁：『沒有貧農，便沒有革命……』」背到這兒，忽然忘了。靳文軒老先生的孫子，九歲的靳健飛在他身後眨動著亮晶晶的眼睛，提辭兒說：

「若否認他們……」

任大爺馬上振作起來了：

「若否認他們便是否認革命，若打擊他們便是打擊革命……」

任風浪和他的伙伴們面面相覷。根本問題在於什麼也沒搜出來，還侵犯了貧農的利益，犯了方向性的錯誤，三十六計，走為上計。任風浪一揮手：

「撤！」

撤？那麼容易？任大爺追出綠色圍牆，一把抓住兒子。任風浪一甩肩膀，不甘示弱地說：

「怎麼？要武鬥？」

任大爺既不吵，也不叫，柔聲說：

「寶兒！你要是沒飯吃，沒衣穿了，隨便啥時候，你只要回來，你爹娘收留你……」

這幾句話使任風浪在他的部下面前大為丟臉，革命小將的司令，怎麼變成了「寶兒」呢？任風浪的臉上立即紅一陣白一陣說不出話來，為發起這次失敗的遠征後悔不已。

事後人們問任大爺：

「任大爺！你咋能記得住那麼長一條語錄來呢？」

「你去問問蝸牛，那麼柔弱的身子，咋能馱得動那麼重一個殼呢？俺有耳朵，聽得出這條貧農語錄對俺最關緊要，拜小健飛為師，跟著讀了幾百遍，才八九不離十地記住，你們以為容易呀！你們……」

九

任風浪領著紅衛兵要搜的那包東西到底是什麼呢？連他自己也沒有見過，雖然他肯定那包東西舊。一九六七年春天，層層黨委布置下來，要革命群眾獻忠心，據說有的地方創造了忠字舞，不久上級將派人來傳授；還有的地方大繡忠字旗，可這忠字旗是什麼樣呢？誰也沒見過，全村人都非常著急，表示忠心是迫不及待的。不想，第二天，「皇宮」門前掛出來了，忠字旗！紅底金字，忠字下邊還有幾朵黃色的葵花簇擁著，鮮豔簇新，劉家畈和附近各村的人們都來參觀描樣兒。這一回任大爺可是冒了個尖兒，站了個縱隊的排頭。他並不是沒有想過，他認為這個排頭並不危險，只要他一掛出來，不出一天，家家戶戶就都準得掛出來，到時候，他也就不顯得突出，馬上就成為橫隊中的一員了。人們都誇讚任大爺對領袖對黨的忠心，心靈手巧，人老心紅，這麼大年紀眼睛還能看得見繡花兒。其實，完全是個誤會，他的那面忠字旗看起來簇新，實際上是整整一百年前的東西。這面旗子就是老任大爺留下的那包遺產中兩件寶物中的一件，因為不見天日，包了三層油紙、五層包袱皮，年深日久，並不顯舊。這面旗原本不可能是農民家的東西，他聽老爹說，那是辛亥年冬天從「皇宮」裡扔出來的，旗還是光緒皇帝登基那年，劉家太太老爺為了表達臣民對皇上的忠心特別精心製作的。老爹撿到之後就珍藏起來，覺得這東西不能扔，總有一天還會有用，哪朝哪代也少不了民心的忠順。果然今天又用上了。任大爺不能不敬服他死去的老爹比自己更有遠見，自己頂多不過是一脈相承了那麼一點點末梢……他不由得對旗感嘆：

「爹呀！你的英靈可真是未死啊！」接著暗暗地罵著自己那已經遠走高飛，全國串聯去了的寶兒：「小雜種！你想得到嗎？你要破的舊，恰恰是最最最最的新呀……」

開始，山裡人聽說公社書記被揪出來的消息就大吃一驚，後來聽到省委書記被揪出來，中央首長也掛黑牌子、被革命群眾打得頭破血流，不僅聽到，而且看到小報上的照片，也就不覺得奇怪了，但還是有些寒心。任大爺感慨萬千地仰天長嘆：

「你看看！俺在二十年前就說過：有些事不是十年二十年就能看得出因果來的！這些書記、部長、副總理不都是多年前站縱隊排頭的人嗎！應了……應了……」

一九六九年，任風浪經過一番風吹浪打，飽飽地喝了一肚子水沉下去了，被打成「五・一六」分子關在縣城的監獄裡。消息傳到劉家畈，到底還是父子情深，任大爺馬上就帶了幾件換洗衣裳和五斤餅子去縣裡探監去了。

隔著一根一根的鐵柵欄，戴著腳鐐的兒子一看見父親就羞慚地低下了頭。他長高了，由本來的圓臉變成了瘦長臉，嘴唇上出現了鬍子，手上盡是一道道的傷痕。任大爺慢慢移動著腳步走近他，父子倆都能聽見各自的呼吸，誰也不喊叫，誰也不說話。看守催促著說：

「最高指示：『凡是反動的東西，你不打他就不倒！』有話快說，有屁快放！」

任大爺出人意外地大聲問兒子：

「你！你叫啥？」

任風浪先是一愣，一下還沒搞明白，想了一想，小聲回答說：

「我叫寶兒……」

「拿去！」任大爺把那包衣服和餅子塞進鐵柵，放在兒子斑斑傷痕的手裡。「出來以後，爹管你住，娘管你穿，鋤把子管你吃！」

一九七一年任寶出獄了，回到村裡務農。村裡不少人都用讚美的口氣說：

「看任大爺的寶兒，越來越像他爹了，長相、走路、穿著打扮兒、說話語氣，也抱著根竹煙袋，哪像個酸溜溜的讀書人呀，活脫脫一個任大爺！」

十

任大爺的老爹留下那包遺產的另一件東西是什麼呢？

一九七四年批林批孔、評法批儒的宣傳運動搞得非常熱火、深入。雙河集這條幾十步長的街上貼滿了江青欽定為法家人物的彩色畫像，正中間一個最大的畫像就是珠冕龍袍的女皇武則天。鄉村畫家可能是依據不夠，也可能是為了攀龍附鳳，武則天的臉畫得酷似江青。可惜江青不到這個窮鄉僻壤來巡幸，否則這個畫家完全可能破格提拔到文化部當一名專管美術事業的副部長。可見機會之重要，無怪有那麼多人以千奇百怪的形式去投機，因為在機遇不可多得的時候，主動去投，投上的機會畢竟多些。

任大爺輕易不趕集，趕一次集就有一次收穫，雖然一把蒜苗曬蔫了還沒有賣出去。他不算經濟賬，只算政治賬。因為那時候整個國家都不算經濟賬，只算政治賬。算經濟賬總免不了和錢財打交道，錢財和資本、資產階級就靠得比較近了，只好把政治賬留給無產階級精打細算。任大爺久久地在女天子武則天的畫像前佇立，他想起老爹彌留人間的最後幾句話：

「雖說皇上在辛亥年就遜了位，民國不是又出了個洪憲皇帝袁世凱嗎！真命天子在咱們這個國土上是斷不了根兒的，早晚……還得出世……要不信，你還能看得見……」

任大爺流淚了，集上來來去去的人都猜不透這個老頭兒有什麼傷心事：也不害臊，在街心裡哭鼻子抹淚兒的。他深深地感到老爹太……太……用一個現代詞來說，太偉大了。這不是！這不是皇上嗎？不但是皇上，還是個母皇上。蒜苗也不賣了，裝起來走。不！也不裝了，去它娘！扔！任大爺興奮不已地趕回到劉家畈。當天夜裡他摸到老爹的墳上，恭恭敬敬地叩了三個頭，回家就給任寶一番語重心長的教訓：

「都說你爹有遠見，俺比起俺爹來可就差遠了！人的遠見從哪兒來呢？往後看多遠，就能往前看多遠；就像一棵樹，樹梢兒有多高，樹根就有多深。啥叫舊？啥叫新？大唐朝離如今聽說有一千多年，武則天皇上是夠舊的了吧！不是又活靈活現地出來了？大唐時候的連衣裙算是夠舊的了吧！不是又翻出來定成了國服？集上裁縫的櫥窗裡就掛著兩件，可以分期付款。街西頭那個二十五歲的女造反派頭頭兒，不是已經穿著在街上扭東扭西了嗎？如今這就是頂頂新式的東西囉！告訴你！兒子！千真萬確，板上釘釘，不幾天，江青就要登上金鑾寶殿了！」

任寶不知道為什麼，聽了這話渾身發抖，嘴唇發白。任大爺把老爹留下的另一件寶物從屋簷底下取出來拿給兒子看：

「看！寶兒！這不是又要用上了嗎？你是個讀書識字的人，給我念念！認得不？」

怎麼不認識呢？六個很淺顯的字，任寶用舌頭舔舔突然發乾的嘴唇念著：

「天、地、君、親、師位。」

原來是個有座子的烏木牌子，一尺多高，三寸多寬。對於任寶這一代人來說可是太陌生了，打從他記事那天起，這個家家戶戶都有的東西就已經蕩然無存了；現在他看見它心裡產生一種神秘感，一股涼氣順脊椎骨通到頭頂心。任大爺不是個冒失人，好多個夜裡都把這個牌位擺在桌上行三拜九叩禮，可就是還沒敢在白天拿出來，這不比忠字旗，不能造次，不改年號是不能拿出來的，洪憲皇帝改了元也沒坐幾天金鑾殿，皇上也有命長的，也有命短的。這件事雖然看準了，也不能「在前」、「出頭」，還得嚴格按照他自己的原則辦事……

一九七六年十月有一天，一直在大吵大叫的江青一伙忽然被抓起來了。鄉下的反應沒有城裡那麼熱鬧，可能鄉下人比較冷靜，城裡人比較熱情，容易激動。那幾天，各公社都往城裡調運鞭炮和各類燒酒，聽說城裡的酒庫連庫存都喝光了，鞭炮也放完了。鄉下人可捨不得那麼放，鞭炮又不能報銷，農民手裡可沒閑錢。雙河集最明顯的表示就是把那張多年翻新的、很像江青的武則天畫像打上了黑色的「×」。幹這件事的是公社醫院一個年輕醫生，他的這個行動使公社書記很惱怒，因為公社黨委並沒有接到上級黨委的指示：停止批林批孔和批鄧反擊右傾翻案風運動。江青一伙雖然抓起來了，武則天還是個法家大人物。這種破壞宣傳畫的行為完全是反動行為，停職反省！鑒於病人較多，改為戴罪立功，繼續在門診看病。

任大爺不動聲色地又把那兩件很有生命力的寶貝遺產藏匿到任大奶奶和任寶都不知道的地方去了。

十一

十年，整整十年間，就那麼幾個想在二十世紀繼承中國皇位的人，以革命的名義，挑動億萬同胞互相告密、互相陷害、互相火拼、互相槍殺……總算停下來了！幾乎每一個人身上都有血跡，自己的或別人的血跡。那麼，今天都醒過來了嗎？不知道！但至少都能看見，我們本來就很有限的鍋碗瓢勺被打碎得差不多了。於是才懂得要有一點認真的思考，因為即使是負傷的狗也懂得喘喘氣、舔舔傷……

從一九七八年春天起，在全國各階層人民中間熱烈地討論著一個重大的問題：實踐是檢驗真理的唯一標準。到了那年冬天，這個討論就擴展到大山背後的劉家畈「皇宮」的灶屋裡了。既非黨支部組織的政治學習討論會，又非生產隊召集的社員大會，反正全村老少爺們兒都自動地聚集在這兒，坐在原木做的長凳上。幾十桿竹根煙袋噴出的煙，在房子裡聯成一道一道的煙幕。一個土改時候的積極分子，在大隊供銷社當過主任，前年因為膝關節炎退休回來，這老頭兒滿嘴牙已經缺了一半，他使勁地敲著煙袋鍋子咳嗽著說：

「實踐是……檢驗的標準？這個說法可是夠毒的了！那就是說……沒真理了！再說，把領袖往哪兒擺？」

這幾句話把大家問得啞口無言。半晌，在油燈後面站起來一個二十上下的小伙子，大家一看，原來是靳文軒的孫子靳健飛，全村唯一的一個在省城讀大學的青年。他站起來當然是有些份量：因為他是憑真本事考進大學的，沒走後門，可能有點真才實學。圓圓的俊秀的臉，兩眼眯著，就像雲縫裡透出來的一對晨星，長頭髮梢耷在鼻子尖上，右手握著一捲報紙，左手插在褲兜裡，他有些激動，紅潤的嘴唇抖了幾下，他說：

「領袖不也是人嗎？」

「人？」至少有五個上年紀的人迎上去，「人和人能相比嗎？領袖幾百年才能出一個！那能是凡人嗎？」

靳健飛冷笑了一下說：

「那是林彪說過的話！」

民兵排長不服氣地說：

「林彪說過的話就全錯了？林彪說過，『不說假話辦不了大事』，錯了沒有？」

「錯了！」

「那就聽聽你說點真話吧！」幾乎是一大半人的聲音。「即使到了現如今，你的真話敢說到幾成呢？」

「那就讓我說幾句十成的真話吧！同志們！」靳健飛揮動著手裡的報紙說。「『四人幫』被粉碎了，我們難道不應該痛定思痛，總結一下我們三十年來的經驗教訓嗎？」

「誰？」一個老頭兒幾乎把煙袋鍋子伸到靳健飛的臉上。

「我們！」靳健飛用勁地拍著自己的胸膛，「我們是國家的主人！」

老頭兒笑了，笑聲又尖、又細、又長。他的笑像雷管，「轟」地引爆了一陣哄堂大笑。有人的笑聲像破鑼，有人的笑聲像咳嗽，有人的笑聲像哭泣，有人拍著屁股笑，有人笑得兩隻手捶別人，有人笑得流眼淚……立刻使任大爺想起四十年前話匣子裡的「洋人大笑」，足足笑了一刻鐘。退休的供銷社主任舉起煙袋鍋子，止住大家的笑，他問靳健飛：

「狗娃！（靳健飛的小名，此時這麼叫，顯而易見是帶有輕蔑之意。）你在唱文明戲吧！四十年前俺在集上看過……哈哈……。」

「不是！人家要給咱們讀報了！」

「不是！他以為他是大學生，把咱們當土鱉……」

「沒事兒，只當聽聽相聲，大家樂喝樂喝。」

「笑一笑，一年少。」

「講，講下去！」

「同志們！」靳健飛按捺住自己，「三十年了，世界上三十年相對的和平時期被我們白白地放過了，比起先進國家來，我們落後了！我們不應該落後，我們走了很多彎路，我們不應該走這麼多彎路！……」

「狗娃兒！你還沒掙薪水吧！」

靳健飛沒有回答，挑戰地看著那些捧著煙袋鍋子的人們。

「吃一份口糧，你能管得了那麼多事？」

「同志們！」靳健飛甩了一下自己的長頭髮，沉痛地說：「要是都像你們這種態度，我們還有什麼指望？人民要真正當家做主，民主不是口號，不是保育員導演的幼兒園遊戲！三十年的實踐已經做了結論，這不是誰願意不願意的事情，八億人民要吃飯，要穿衣！過去我們用我們的血肉鋪一百里的路，卻只能前進幾步，有的時候還要像鬼打牆腳那樣，轉一圈又回到原來起步的地方。不鬥爭，不衝，不喊，行嗎？我並不後悔在我最好的青春年華，剛剛懂事的年紀碰上了十年文革，十年浩劫，這十年讓我看到了過去一百年都看不到的事情，十年，是中國幾千年歷史的縮影！」

任大爺已是白髮蒼蒼了，只有他沒有笑，他斜眼看看自己的兒子，任寶半張著嘴，木然地看著靳健飛。任大爺再看看回娘家做客的姑娘，任蕙正在用乳頭逗自己的小女兒玩哩，好像這一屋子男人，是一圈兒吵吵嚷嚷的大葉子楊樹。

靳健飛繼續說：

「沒有真正的改革，沒有實事求是的科學態度是不行的！我們的航道太古老了！必須從河床底部徹底清除暗礁、沉船和淤積得很深的污泥。僅僅在河道兩岸不斷地花樣翻新，插點紅紅綠綠的旗幟，其作用只能是讓裝有現代化高速引擎的新式航船，誤認為是新航道而不斷觸礁、擱淺和沉沒。那些陳舊的、早就應該淘汰的破船，按照幾千年的舊航線，卻十分安全地暢通無阻！多麼奇怪的現象啊！同志們！」他的眼睛濕潤了，顯得更明亮。

一個還沒到有資格抽煙的年紀輕輕的小伙子，蹲在角落裡膽怯地問：

「那咱們現如今該咋辦呢？」

靳健飛用力連連揮動著手裡的報紙捲兒：

「現如今，我們需要的是千千萬萬覺醒的先行者！千千萬萬闖將，千千萬萬！不是一個兩個，十個八個，幾百幾千，是千千萬萬！我們的先行者們打破了堅冰，給我們開闢了通往未來的航道；但還是那句話：我們的航道太古老了，沒有來得及徹底疏浚它的河床！三十年的改變太少了，我們前進的速度太緩慢了！為什麼呢？因為今天敢於承認並指出我們古老的航道需要徹底疏浚的人太少了，排頭兵太少了，冒尖的人太少了！中間站的人太多了！沉默觀望的人太多了！而且還有隨時準備給新皇帝登基山呼萬歲、逆來順受的人！」

在座的人都隱隱約約地知道這篇講話的矛頭所向，所有的人都把臉轉向任大爺。任大爺顫巍巍地站了起來，表情一如既往的平靜，他不需要激動，因為他平平穩穩地度過了一生的大部分光陰，用現代名詞來說，他也有一條堅定的政治路線，實踐……對，他很講求實踐，實踐證明在今天之前的這段歷史中他是勝利者。他，是連連獲勝的勝利者!?

任大爺走到屋檐下，用自己手裡長長的竹根煙袋「嗒」地一聲，朝著一根露出屋檐的椽子頭猛地一擊，在經年風雨中首當其衝的椽子頭跌落了下來。

響聲並不大，但卻使得滿屋子人啞然失色。

靳健飛年輕的胸膛不停地起伏著，他用牙咬著嘴唇環視一個個目瞪口呆的人，用手梳攏了一下又滑到額前的長髮，瞇著眼睛痛心地說：

「先爛就先爛吧！……」他從油燈後面走到油燈前面，他的身影把在座的大部分人都淹沒在黑暗中了。

啊！古老的航道！

沉船

當夜深人靜的時候，把累散了的一架骨骼放平在草墊子上長長地吁一口氣，似乎又得到了自由，至少是我的思想得到了自由，誰也看不見，所以也就管不著我了。無論多麼越軌的幻想，那些游動在昏黃燈光下的看守都不知道。甬道裡不斷響著他們的腳步聲，他們也許是故意用大頭皮鞋帶鐵掌的後跟發出響聲來告訴我們：你們在監獄裡，別那麼自在。但我知道，他們管不住我自由自在的思想，所以我很放縱，想了很多不該想的事，特別是那些此生都未必能夠得到的愛情的溫馨，復仇的痛快——甚至是以暴力來復仇的痛快，然後瀟灑地浪跡天涯，走上一塊沒有意識形態干擾的土地……因此，我必須為自由幻想付出的代價就是輾轉不能成眠。經常在這種時候，緊挨著我右側的鋪友S君的聲音就出現在我的耳邊，很清晰，但很輕，輕得只有我一人能聽見。他用一段他自己親身經歷的故事，把我從海市蜃樓中吸引過去，他的故事都是人世間的生活，無論是喜劇還是悲劇，他都講得從容不迫，甚至講到驚險和激越的情感衝突的時候，他的聲調一如緩緩溪水，沒有一朵突然湧動的浪花，也不會因為悲哀和疼痛而咽絕。這個瘦骨嶙峋、年過半百的人像貌平平，但性情溫和，即使對那些拷打他的人，肆意污辱他的人，既不怒目金剛，又不驚慌失措。有問必答，不誇大事實，不推卸責任，眼睛不大，卻敢於正視一切。儘管監獄長多次在全監人犯集合的廣場上發出警告：他！這個人！在舊社會的經歷極其複雜，全身都是資產階級的毒液，面善心狠，在監獄裡還在籠絡人心。他！這個人是一個最陰險的人！簡直就是一隻白眼狼！但我還是無法抗拒他的魅力，打心眼裡喜歡他。或者可以說，我喜歡的是他的聲音，因為在白天他總背著我，連一個目光的交流都沒有，夜裡又看不見他的臉，我必須平躺著，讓我的右耳貼近他的嘴唇。

「你知道在船上航行……出了事是什麼滋味嗎？」

「出了事，出了什麼事？」我總也不能像他那樣，把聲音控制在一個適中的高度，不是過小，就是過大。

「就是……」他忽然找不到詞彙了。「就是……就是不能……浮在水面上了……」

「你說的是不是……」

他立即用手捂住我的嘴。等他的手從我嘴上解開的時候，我說：「我的聲音不大呀！」

「不是你的聲音太大，是你不該說那個字。」

「哪個字？是不是那個……」

他的手又捂住了我的嘴。這時我才意識到，當過水手的人很忌諱這些字，他們從不說沉，也不說帆，因為「帆」和「翻」的音太相似了。不僅在船上忌諱說這些字，在岸上也忌諱，他們把堅實的大地也當做一條隨時會沉沒的小船。也有另一種解釋是：他們把命運當做一條風雨飄搖中的小船……我想到這兒，心裡不自主地泛起一種莫名的憂傷來。

「我很少乘船……」

「我曾經見過那種了。」

「你當然……」我一點都不感到驚奇，任何災難他都可能遭遇過。「一定很可怕吧？」

「不見得……」

「那條船上一定沒有人……」

「怎麼會沒人？有四百二十一名乘客，五十九名船員……」

「啊？」我把當枕頭的方磚豎了起來，腦袋立即提高了三寸。

＊　＊　＊

那年夏天，我在上海考大學，落榜。落榜的原因並不是我的分數不夠，是我沒管住自己的嘴，這張嘴呀！很難侍候，不靠它吃喝就活不成，可連古人都知道，病從口入，禍從口出。最後一堂考試考的是數學，我的把握最大，在我寫完半卷的時候，一大半人都還在「面前鋪白紙，兩眼望青天」哩！如果試題再難些就好了，我就不至於那麼輕鬆，由於輕鬆就得意起來，兩隻眼睛四下張望，對那些「課堂不努力，考場徒傷悲」的考生的同情中滲雜著驕傲，得意的人眼睛特別亮，忽然看見監考先生正向一個考生遞紙團。那時候太年輕，不懂人情世態，竟然會大聲叫起來：「監考先生打Pass！」這一聲叫的後果可是太嚴重了，在那聲叫之前我如果知道後果會是這樣，在進場之前我一定會買幾只大別針，把嘴給別住，寧肯讓它滴血、疼痛。可後悔終究是以後的事。監考先生立即向我厲聲喝叫：「出去！出去！」我還想辯解，他擰住我的耳朵把我提出了考場。從此我再也無緣受高等教育了，每當我必須經過某一個高等學府的大門的時候，我都要繞道疾行。年輕時代受到的挫折，在心靈中留下的創痛特別重。從此，我才知道人是不樂意別人把他做的事隨便張揚出去的。離開考場以後我就開始試著用意志封住自己的嘴，不說話，或是少說話。

落第「舉子」，無所事事，終日在輪船碼頭上溜躂。那天傍晚，我走近一條名叫「天使」的客貨輪的時候，全船突然燈火通明，所有的金屬欄杆、扶手都擦得鋥亮，顯得像一座金碧輝煌的王宮。我的心境也隨之明朗起來。這艘在香港註冊、華僑經營的巨輪正在裝載最後一批貨物，將要啟錨作一次遠洋航行。乘客好像都已經進了各自的艙位。船長是一位精神抖擻的老人，就像記者們常用的那句話：神采奕奕。為表示健步，船長如飛地踏上踏板，登上舷梯。在他轉身向岸邊傲然一瞥的時候，我看見了一位登上九龍寶座的君主。我立刻想到，我如果也能登上這條船，海闊天空地輕鬆一番，也許心情就會好多了，可我阮囊羞澀，即使是一張五等票也買不起。但當時不知道是什麼力量把我推到船長面前。

「先生！」他是第一個稱我為先生的人。

我的臉紅了。

「想乘我的天使號上天堂？有錢買票嗎？」

我的頭搖得就像貨郎鼓。

「沒錢？」

我點點頭。

「你是啞巴？不會說話？」

我真想回答他不是，但我不能開口，心想：糟了，他誤以為我是啞巴，乘船無望了。趕快說話呀！快！說：我不是啞巴！但我沒說出話來，因為我很多天都不說話了，費了九牛二虎之力，喊出了一聲：呀……

誰知道，運氣來了，大山都擋不住。船長說：

「好極了！上船吧！」他怕我聽不見，向我招了招手。「管你飯，可沒工錢！」

我上船以後，跳板就撤去了。

我當然知道，船長絕不會免費讓我在海上旅行。他把我派到鍋爐房裡去上煤，這是一種既熱又悶的髒活、累活。一天三班制，兩個人一班，除我之外，另外五個人都是老手，幹起活來就像機器一般。福至心靈，三天以後，多了一臺上煤機——我也熟練了。一雙臂經過酸痛——腫脹就漸漸習慣成自然了。八小時幹完就可以去爐前煤堆上倒頭便睡，或者在上下甲板上遊逛，那得看你有沒有精力了。一星期之後，每天我就可以分出十個小時來巡遊船體的各個部位了。我身上和臉上的煤灰油煙就是通行證，各部門的水手都知道我是新上船的一個啞巴，一見面就「呀呀」連聲，向我擠眉弄眼，還有人跟我用手打啞語，我也學著他們的樣子，應對一番。不管他們誰手裡端著酒碗，我都可以湊上去抿上一口。後來才發現啞巴的優越性實在是很大，互相戒備是人這種動物的天性，卻很少有人戒備啞巴。不多久，這條偌大的輪船在我眼裡變成了一條透明的玻璃船了。上下職事，工役，一、二、三、四、五等艙的乘客之間正在演進的故事，瞭如指掌。包括他們之間的交易、恩怨、愛情……甚至大副和三副的同性戀關係，在各個客艙賣淫的野雞花枝兒每天的時間表，乘客中一對對鴛鴦同游共棲泛起的漣漪，一幕幕人間喜劇……雖然頭緒繁多，但很有興味，一大把線頭都吸引著我的好奇心……一直到花枝兒傳出那句流言的時候，所有的喜劇都染上了悲劇和荒誕劇的色彩。那句流言是：船很快就要「那個」了！「那個」所代表的那個字你知道，是不能說的，犯忌，尤其是在船上，更不能說。唉！話又說回來了，人生何時不在船上呢？時時刻刻都在風浪裡航行！閑話少敘，書歸正傳。花枝兒是怎麼知道的呢？據她說她是從船長的貼身僕役嘴裡得到的，是名副其實的口口授受。那僕役我當然見過，油頭粉面，一身洋服黑得就像烏鴉翅膀，禮服襯衣又白得耀眼，和我這個渾身煤灰油煙的上煤工恰恰形成了鮮明的對照，使我一見他就自慚形穢。此人有一個洋名字，叫保羅。保羅曾嚴厲地再三叮囑花枝兒：不能告訴任何人。花枝兒對任何人也都加上這句嚴厲的叮囑，任何人在傳播這個流言的時候也都加上這句嚴厲的叮囑，結果，任何人都不用叮囑了。我把這種傳播方式稱之為「單線織網」。但流言畢竟是流言，誰來證實？沒人。所以都姑妄聽之，姑妄言之，雖然任何人在見到船長的時候都不放過他臉上的細微變化，但誰也沒找到有一絲可疑的跡象。船長依然威嚴莊重，目光中充滿自信，步履穩健，談吐自如。他有句口頭禪，經常掛在嘴上：乘「天使號」上天堂，當然是上天堂！由於這句話說得多了，也就變成了所有人的希望，天堂二字可以包含多少美好的、可望或可及的東西啊！全船上下人等從船長的臉上、嘴裡找不到任何異常之處，流言還在流著或是已經流了過去，也就無甚差別了。依舊是通宵達旦的跳舞、喝酒、賭錢，而且花枝兒已經不是一枝獨秀了，驀地又冒出了三、四位小姐妹，還都有幾分姿色。貨幣的黑市交換照樣熱火朝天，根據廣播中的國際新聞，隨著各國的政情，交戰的勝負，自然災害，每天都互有起落。還是那句話，那時候太年輕，對於某一個侏儒似的國王駕崩，某一個醜陋公主的大婚會使得他們國家發行的貨幣升值或貶值很不理解。

不久，伴著花枝兒的香粉味，又傳出第二起流言，仍然是「單線織網」式地傳播開來，那是一組船長與二副的對話。花枝兒善於繪聲繪色：

「船長！您的演技太高明了！您如果去演電影，準不比查爾斯・勞頓差……」——這是二副奉承船長的話。

「唉！」船長吸了一口氣，「這很難說是演技，應該說我有一根堅強的神經，這根神經也不是與生俱來的。每當我站在舵工的旁邊，面向白浪滔天的大海，航道在那兒？在圖上？在水上？說實話，常常連我自己也不知道在哪兒，我必須讓所有人都以為我知道……我知道的是在冒風險。久而久之，也就生出了這根神經。也許人人都有，只不過我的地位使我的那根神經麻木了，麻木的外延形態就是堅強。」

「這麼說，船……真的要那個了……」

「怎麼？你為什麼還要明知故問呢？你是輪機工程師，這條船的每一個關節你都清楚，你甚至不用看，只要靜下來聽一聽就全都知道了，為什麼還……」

「我總覺得托您的洪福，能夠化險為夷……」

「如果你對我的實際情形還不了解的話……」船長苦笑：「別人……」

「這正是全船上下到現在還不為流言所惑的原因呀！船長！船長！誰能說我們目前的航行不正常？」

「我可以實話告訴你，我在今天之前也像你一樣，對你的船長——我不甚了了，以為我無所不能。早上，我發現臉盆的水嘴子漏水，我想，這算小事，不找人了，自己修，拆下來一看，絲扣已經磨光了，我修不了……我連個水嘴子都修不了。全船漏水的水嘴子一天比一天多，淡水很快就全耗盡了……」

「怎麼辦？」

「我已經吩咐了一個雜役，回收每一滴尿，必要時摻進水箱應急，據藥學專家研究報告，尿裡會有大量有益人體的元素，至少是無害，唯一的缺點是味道差點，顏色在三大飲料：茶、咖啡和可可之間。」

「我問的不是淡水水源的問題，我問的是最後……」

「最後？你放心，有我就有你……」船長附在二副耳朵上說了幾句保羅無法聽到的話，所以誰也無從知道。只知道二副聽完船長的悄悄話以後，死灰色的臉上又現出了紅暈。

這張單線織成的網默默地籠罩著默默航行著的「天使號」。

一個偶然的發現，我猜出了船長在二副耳邊講的悄悄話。二副提出的那個：最後怎麼辦的問題，也一直困擾著我，使我寢食不安。最後……怎麼辦？這是求生的本能不斷在促使我思考的問題。求生……求生，求字和救字是很貼近的，求就是救字的一半，有求或許就會有救，這正是漢字的絕妙之處，使我一下從求跳到了救。英文的 Beg 和 Save 風馬牛不相及。漢字的求生很容易過渡到救生，我立即想到救生艇。以前我怎麼從沒注意過呢？這條船上有幾艘救生艇？多大？掛在哪兒？我毫不遲疑地沿著全船所有的通道奔跑起來，幸好人們對啞巴的任何怪誕行徑都不以為怪。很快在上甲板的左側，發現全船唯一一艘救生艇吊在駕駛艙上方。我笑了，但笑容在一瞬之間又突然熄滅。一艘約四公尺長的小艇焉有我這個臨時工的立足之地？我頓時對它的體積、容量、堅固程度，有無機動裝置？如何往下卸？……都失去了興趣。一種自卑和失望襲上心頭，人生在世，那種無形的地位原來如此重要！想到這兒，不禁深深顫抖起來。這時，我聽見了腳步聲由遠而近。大概是一位比我還要遲鈍一點的人，我立即伏身在帆布堆的陰影裡，像一只裝煤的麻袋。腳步聲漸近，原來是船長。他爬上駕艙的篷頂，在懸掛救生艇的鐵環上繞了一根很粗的鐵鍊，然後加了一把大銅鎖。鑰匙在他手中一閃而逝，塞進了他貼身馬甲的小口袋裡，他用手再拍一拍，轉身走了。隨著他的腳步聲漸弱，我心靈的溫度從漸漸冷卻，又漸漸回升到正常體溫。船長的這一隱蔽行動證實了所有的流言，船真的就要……那個了……但我又何須如此緊張呢？在這條船上，所有的人都有理由緊張，他們或有家產，或有錢財，或有職位，或有家室，或有嚮往……至少在某一個岸上有人在思念……我，在世上只有一個後娘，她是唯一和我有關聯的人，但她恨我，特別是當我被逐出了考場，流浪街頭的時候。所以我的體溫很快能恢復正常。看來，船長對二副說的悄悄話是一個許諾：在最後的時刻，你可以攜帶你的細軟和我一起登上救生艇……——一定是這句話。我躺在帆布堆上痴痴呆呆地看著天上那一彎新月，漢字的月就是根據新月創造出來的，她的形狀使我聯想到少女，一樣的苗條，一樣的溫情，一樣的柔光秀色……從一般的少女又過渡到一個我認識的少女身上。那是抗戰時逃難在鄉下遇到的一個鄉下妞兒。她對我說：你怎麼那樣看著我，像是我沒穿著小褂似地。我辯解說：我沒有那種歪心眼。她說：我又沒說那是歪心眼？我知道的，你們男孩都喜歡看女孩的身子，你要看不？不！我不看。口是心非，你要是爬到樹上幫我搖棗兒，我就給你看。我可以幫你搖棗，不看。

咦？她眯著眼叫了一聲：說得美。我三把兩把爬上了棗樹，一隻腳踩著一個樹椏，一隻手抓住一根樹枝，大搖了一陣，棗兒落了一地，她高興得又是跳，又是笑。我在樹上乘機飽餐了一頓，等我溜下樹的時候，看見樹下鋪著她的小褂，小褂上堆著棗兒。人哩？「得兒」的一聲笑了，她從一棵樹背靠出身來，只一半，雪白的一半，一只小小的乳頭，像過年特意為孩子蒸的一只小饅頭，頂峰上還點著一個紅點兒。她那半張小臉朝著我嫣然一笑。——此刻，頭頂上的一彎新月不就是她的半張笑臉嗎？我忽而又看重起自己來了，我真不想和這條船一起那個……我還是有可珍惜的東西，世上值得留戀的一切全都集中在那個不知姓名的小妞兒身上了。如果真的告別這個冷漠而又生動的世界，還真他媽的有點不是滋味。但我那時畢竟還很年幼，孩子的悲涼能有多長呢？很短，只有半根煙頭的煙氣兒從舒捲到熄滅那麼長。因為我沒有一個縱情的良宵，連一個可供我意淫的成熟女性的形象都沒有。也沒有一筆可以讓我聲氣粗壯的財產，更沒有萬人景仰的權威。船上任何一個人都比我活得有滋有味，他們不是都在睡大覺嗎？論重量，我最輕，身上沒一塊銅板，或許在水面上飄浮的時間比誰都長……在最後的時刻到來之前，保持一個清醒的頭腦，不是可以把世事當戲看嗎!?我又快活起來……小妞兒！不就是半拉小妞兒嗎！你哪兒還記得我呀！跑開！在我回鍋爐房裡經過二等七五號窗外的時候，竟會有興致地偷聽了一回花枝兒和一位有錢的少爺玩的雙人被單戰，這位少爺平常時候的樣子我還記得，一臉粉刺，陰沉、猥瑣，沒想到，他還玩妓女。

「咯咯……」花枝兒的笑聲。「哆嗦什麼呀！這又不是什麼壞事，這是幹好事，一股勁兒哆嗦，那玩意兒能有長進嗎？」

「妳以為我情願哆嗦……」

「我一摟住你就知道，你八成是個雛兒，別怕，我來幫你……把身子放平，別像隻蝦似的，來，把手放在這兒，對！你的手怎麼沒關節呀！動也不會動……呃，這就對了，輕點，……摟住我，上來……好極了，不對，還是不對，我來，讓我來，這不就對了嗎？啊！太好了！……怎麼？這麼快就……」花枝兒失望之極地喊起來。

「喊什麼！」雛兒委屈地說：「錢又不少給妳……」

當年我從他們的聲音裡，真不知道他們到底在幹什麼，過了很多年以後才有所悟，回想他們的對話，就像能看見一段鹹濕電影一樣，而且意外地揣摸到那少爺和花枝兒上床之前竟然是個童男子。

花枝兒是那根單線的繞線板兒，她對當時的嚴峻形勢最摸底。她不是還在掙錢麼？在掙錢的同時不是也沒忘了尋歡作樂嗎？不僅是她，所有同舟者的表現與我的估計都有很大的距離。那位花錢買懊喪的少爺一定也聽到過花枝兒傳出的流言，他不是也在一個完全陌生的領域裡試圖進取嗎！到底是我瘋了？還是他們瘋了？

更有甚者。那天，我當班，一鍬一鍬地正上著煤，除我之外的五個鍋爐工，當著我的面，為分割一張紙吵成一團。他們為了怕人聽見，個個都壓低嗓門兒用氣音發聲，實在是說也費勁，聽也費勁。我第一次領教了水手們的口才，罵得天花亂墜，簡直出乎正常人的想像，即使是厚皮豬聽見了也得逃之夭夭。他們從來不把我這個啞巴當人，連個物也不是，所以無需向我說明。我一個人只好幹兩個人的活，加快上煤的速度。眼看著，他們之間的鬧劇愈演愈烈，互相咒罵已經迸起了火星，並將點燃一場武鬥的雄焰。我一直都在旁觀，後來終因塵根未盡，無法做到佛祖的不二要求——非善非不善。我忍不住從柴堆裡找了一張和他們爭搶的那張紙完全一樣的紙遞給他們。

五個伙計忽然齊聲大笑起來。那個最愛自作聰明的麻臉說：

「你以為我們是在分紙片？這片紙上畫的是圖，是大菜間的大理石地板……」

我差一點喊出聲來，還是及時把聲音壓在喉嚨眼裡。大理石地板分到手裡，拿它怎麼辦？

「笨蛋！」他們五個人一起用氣音向我喝斥，我心裡想，這正是我要衝你們喊的兩個字。

可惜我此時此地是啞巴。但我總也想不明白，我是個凡人，他們也許都是超人，如果是我，即使分得一平方英尺大理石地板，在水裡能揹著那塊大理石泅水逃生嗎？就一般物理常識而言，大理石的浮力幾乎等於自重的負數。到底是我瘋了？還是他們瘋了？

我特別注意到，每當船長和二副錯肩而過的時候，臉上都帶著會心的微笑，互相含蓄地使一個心照不宣的眼風。船長拍拍貼身馬甲的小口袋。他們之間的神秘交流，只有我知道內中的含意。接著我發現，這遠非他們兩人之間的事。船長和那兩位與他有肌膚之親的年輕名媛也有這種神秘的交流和暗示。我悄悄估算了一下重量，他們四個人，加上四包金銀細軟，以每包二十公斤計算，小艇還不至於超載。可是，後來我又看見船長和許多頭等艙乘客，如：某市的商會會長，某市警察署長，某部長小姐，某銀行行長……等二十餘人分別都有這種暗示——也就是承諾。我想，他們的重量平均哪怕只有五十公斤，再加上各自的金銀細軟，至少超過兩噸。何況他們中間大部分人腦滿腸肥，大腹便便，他們的體積加在一起……天啦！除非那只小艇是只魔艇，可以隨負載物體積與重量的增大而增大。到底是我瘋了？還是他們瘋了？

大菜間用餐的人越來越多，時間越來越長。價碼越來越貴，因為食品倉庫裡的存貨日漸減少。各類名酒就像水一樣往那些血紅的嘴裡流。十二年的威士忌就像啤酒一樣不在話下，二十年的白蘭地曾在酒窖裡又多躺了二十年，船上的乘客很少去飲用這麼昂貴的酒，現在都搬出來了。交際花瑪麗因為一品海參的火候不夠，大發雷霆，餐廳經理不敢出面應對。一頭白髮，穿著燕尾服的老領班只好筆挺地站在瑪麗小姐面前，接受她的責罵和唾沫星子。一位七十多歲的富婆為了想吃一盤地地道道的東坡肉，把主廚師叫了來面授機宜，十遍二十遍地講解如何切塊，料酒的分量，蔥薑的擺法，如何控制火功……主廚師焦急萬分又走不開，這位老夫人人雖老，那雙枯瘦如柴的手卻很有勁，一隻手抓住他的胳膊，像鐵鉤子一樣，使他無法掙脫。另一隻手隨著說話的節拍不停地捶擊主廚師腰眼，表示親切無間，捶得他痛苦不堪。廚房裡早已亂成一團，油鍋裡大竄明火，餐廳經理急得只跳腳。許多食客都在用筷子敲碟子，催促上菜。還是老領班有經驗，恭恭敬敬地托了一個銀盤子，給老夫人送上一條熱氣騰騰的毛巾。老夫人在她接過毛巾擦臉的時候，主廚師在她面前突然消失，老夫人氣得隨手扔了毛巾，老領班一舉手就接住了。夫人！您真年輕！老夫人笑了，給了老領班一個媚眼，立即忘了生氣。到底是我瘋了？還是他們瘋了？

在食不厭精的同時，各種交易在餐桌上全面展開。一對或一伙人把臉貼在桌面上，聲音很輕地交談著，但誰和誰談什麼，大家都知道。人這個群體，靈敏度之高，是任何動物群種都無法比擬的。過於福泰的商會會長何翰正在和一個推銷墓地的掮客丁冬低聲交談。丁冬先生推銷的墓地是在南太平洋一座青翠欲滴的小島上，他已經把精美的宣傳圖片散發給所有的旅客，人們都領略過天堂的美景。但對於大多數生前毫無幸福可言的普通人來說，死後的天堂何需花那麼多錢去買呢？天堂一直都在夢想之中，死，不就是一場無限長的夢嗎！但富人不同，他們生下來就品嘗過天堂的味道，而且他知道，生前的一切都是金錢買來的，死後也應如此。丁冬推銷的不僅是墓地，而且一攬子承包殯葬禮儀……全套服務。何翰和丁冬難以成交的癥結是：下葬時是不是由一班中國僧人和道士來做道場！何翰最怕異教教士為他送葬，特別害怕那些原始土著的巫師們，唱著聽不懂的歌，跳著草裙舞，一個個臉上畫成鬼怪的樣子，那不是往地獄裡送嗎！丁冬先生賭咒發誓，保證讓翰翁如願以償，不滿意下葬後也可以退款。退給誰？用什麼貨幣？當然是退給翰翁，用冥幣。翰翁要得到的保證是：我怎樣才能在那個時刻親眼看到，親耳聽到？丁冬先生急了，願意以父母和自己的人格擔保。翰翁哈哈地說：我懷疑你和令尊、令慈大人有沒有人格？丁冬先生幾乎要喊出來，但他總算沒有喊出來。他表示對翰翁的坦率非常敬佩，翰翁完全可以懷疑丁某人的人格，但不能懷疑丁某人先考妣的人格。先考丁森公生前曾在北洋政府總理衙門走動過。先妣姚氏老夫人騎鶴西歸的時候，鄉長大人送過輓聯……但翰翁的原則不能改變，全部服務必須親眼得見，親耳與聞。丁冬先生本想直率地告訴他：您在那時已經死了，硬了，一切器官都毫無作用了。但他說出來的卻是：翰翁，在您的升天大典的時候，您是看不到的。翰翁不悅：我為什麼看不到，人人都說我如此高齡，耳聰目明，高瞻遠矚，「蓋世無雙」。丁冬先生說：我是說您那時蓮座升空，殯葬在地，天地悠悠，您怎麼能看得見聽得到呢？翰翁笑了：我不會帶上望遠鏡？我家裡有的是望遠鏡，三倍的，五倍的，十倍二十倍的，連天文望遠鏡都有。丁冬先生從翰翁的固執裡得到了啟發，何不順水推舟呢？立即承認翰翁完全能看得見，也聽得見。既然如此，現在就不必爭論了，到時候如若不兌現，您本人可以責罰丁某人。沒想到，丁冬一掉轉船頭就順流而下了。翰翁竟然大喜，連聲說：是呀！但接著又為勒石刻碑這件事爭執起來。翰翁擔心墓誌對他的平生德行評價不足，丁冬提出墓誌的文稿在翰翁生前審定。翰翁又擔心日後被人換掉。丁冬答應選一塊巨大的山岩，把墓誌刊刻於千仞峭壁之上，這樣就可以留芳千古了。除非……力拔山兮氣蓋世的楚霸王再生再世，但那是不可能的，有霸王之勇力者絕非奸邪之徒。翰翁不以為然：人心不古了！多數先皇帝的墓都被炸得七零八落……他們的談判一再延長，無法訂合同，付定洋，似乎永無終了。到底是我瘋了？還是他們瘋了？

每當船長出現在甲板上，乘客們，水手們都緊張地注視著他的臉，希望能看出點什麼來。但船長永遠是笑吟吟的溫和而安詳，他所能告訴大家的反來覆去總是那兩句話：

我們的目的應該能到達。

我們的目的一定能到達。

雖然大家聽他講過多次，還是對他這兩句話報以熱烈的掌聲。船長在掌聲之後，情不自禁地大聲加了一聲英語：

From victory to victory!

再次爆發的掌聲更響，也更長。到底是我瘋了？還是他們瘋了？

起初，每天早、中、晚三餐，加上下午茶時間，花枝兒都在大菜間向男人們兜售她的「最後的良宵」，只要這條船還漂浮在海水之上，星空之下，這一夜就是她的「最後的良宵」。這些僥倖得來的良宵可以整個兒的賣，也可以零售。一刻鐘為一個時間單位，時間的長度和價格的高度成正比。但必須預訂，而且價格隨著心照不宣的末日期待而向上浮動。不久，花枝兒不是面對這些顧客，而是臀對這些顧客了，她的身後排成了長龍。可是她躲進了她包租的頭等艙，良宵的概念也有擴展。只要拉上舷窗的布帘，就營造出同樣美好的良宵，良宵一刻值千金，言之不謬也。花枝兒快樂的嚶嚶聲很自然地起到廣告的作用，全船男士的食欲與性欲大增。據說凡是走進過她的包房的男士體驗到的都是春宵苦短的滋味。一進門，先交款，花枝兒總是千般溫柔，萬般體貼，就是不輕易讓客人近身。先生！時間有的是，大把抓，看您猴急成什麼樣子，您又不是自動裝卸卡車，快裝快卸，一走了事。要有醞釀情緒的時間，要講究點情調，要有語言的交流，眉目的傳感。

總得要瓶酒喝呀！這錢您可不能省，酒壯色膽。您讀過世界名著《一千零一夜》嗎？您還得給我講故事哩！對的，現在我是暴君山魯亞爾，您是美麗的山魯佐德小姐。把一個個心急如火燎的客人折磨得灰心喪氣，最後五分鐘，該辦正事了，花枝兒一下脫得精光，視覺神經和中樞神經禁不住強烈刺激的男人加上久曠不迂，出師未捷就全軍覆沒了。花枝兒身上的線條並不優美流暢，但卻十分性感，首先給你展現的就是一個名為「烏龍絞柱」式的翻滾，你想要看到的一切全都一覽無遺。有點戰鬥力的勇士剛剛進入陣地，花枝兒床頭的鬧鐘就響了，她毫不留情地立即推開懷抱中的嬌客，一個鯉魚打挺，套上睡衣就高聲呼喊：下一個！你不走也不行，那時她才顯示出強大的臂力來，一個巴掌就把你推出了包房。你即使喊著加錢也不行。重新預約！下一個！下一個像箭一樣就射進去了。如果上一個客人力氣大，一巴掌沒推出去，下一個就和花枝兒通力合作，把上一個給扔出去了。到底是我瘋了？還是他們瘋了？

在最後的最後日子裡，船長終於發現一切中樞機密的洩漏，其根源全在保羅那張又綃薄、又紅潤的嘴上。亡羊補牢，為時未晚。他把我調進船長室，頂替多了一條舌頭的保羅。一貫受到船長信任的保羅被貶到鍋爐房去了。新的人事更替大大改善了我的生活，這種改善包括心身兩個方面。僅就身的方面來看，首先是我的飲食得到了半個船長的待遇。船長的食量非常標準，早餐兩片麵包、半杯桔汁、兩片培根、半杯牛奶、一顆雞蛋和一調羹乾果仁。我從配餐師傅那裡可以 Double，船長終歸會和我 Half Half。這也應當歸功於我守口如瓶的韌性。我和保羅交接之日，他那身簇新的洋服、白襯衣、領結當場從他身上剝下來穿在我身上。我那套沾滿煤灰和油煙的工作服套在保羅身上，我和保羅都變了樣子，很彆扭，像兩個拼湊錯的機器人。我還可以在船長的浴室裡洗澡，當然是在船長不使用的時候。水已經開始泛黃，我心裡很清楚那是什麼成份，味道還不太明顯。有利必有弊，利在衣食，弊在居，所好的是不必行。船長室也是船長臥室，由於形勢日漸嚴峻，他要求我睡在他的床邊，充當衛士，晚上鋪一張草墊子就是我的臥榻。船長的鼾聲如雷並不可怕，可怕的是他和那兩位名媛輪流作愛的全過程，聲情並茂色香味俱全，實在是難以抗拒、難以忍受。船長全然不顧近在咫尺的我，他應該知道，我這個啞巴的耳朵並不聾，眼也不瞎。對於一個不諳人事又當青春萌動的孩子，真是殘酷之至。我怕看，又想看，我從沒見過如此坦露的兩性軀體的扭結交合，燈火通明是船長的習慣，亮得連女人乳頭四周的紅暈都看得清清楚楚。他們的把戲花樣百出，不斷創新……怕聽見又想聽見，那是一種非常陌生的音樂。她們不僅不停地喊叫，而且妙語如珠，她們把所有的微妙的感覺和奇奇怪怪的要求都喊叫出來。我真怕我會忍不住說出話來，只好用被單塞住嘴……我知道人世間有很多酷刑，也有很多受過酷刑又能死去活來的硬漢子，但我相信絕少有人承受過我在船長臥榻下所承受的折磨，而又能活過來。每一次我耗費的精神和體力比船長還多，完了事還要讓驚駭無狀的我幫他擦汗，他身上可以稱之為汗流如雨，我身上卻是汗流如洗。船長的身體真棒，整夜都像一頭雄獅那樣吼叫著去捕捉和他同臥在一處的兩位光潔柔嫩的女人，恨不能把她們撕碎、吃掉……我真懷念往日煤堆上的夢。到底是我瘋了?還是他們瘋了?

最後一夜，事後我才知道那是最後一夜，我抽身走到甲板上，學著那些體面人，散步賞月。全船異常安靜，無一人走動，在花枝兒房門前排隊的男人們首尾相接，魚貫蜷臥在通道裡沉沉入睡，好像都中了蒙汗藥。可能是因為最後一夜來得遲了些，每一夜都曾被看做是最後一夜，人們都在心裡默念著狼來了!狼來了!結果是狼並沒來，像為了催眠數數一樣，數累了，倒頭便睡，一睡竟那麼沉，狼真的來了!死神走到我們面前忽生惻隱之心，停住了腳步，屏住了呼吸。沒有風聲鶴唳，沒有鬼火怪影，沒有腥風血雨，沒有驚濤駭浪，海面上平滑如鏡。船內盪漾著輕得不能再輕的音樂，細細聽才知道是奧芬巴赫的「船歌」，我不禁有一種家一般溫馨的感覺。為什麼只有我一人醒著，想到這兒，打了一個寒噤。難道那個時候真的要到了!?回到船長室，我才知道並非世人皆醉我獨醒。意外的是，船長既沒和那兩位名媛鏖戰，又沒有左擁右抱地酣睡，壓根兒沒有女人。似乎是正在和三位副船長開會。我走進來，他們都只看了我一眼，之後就理所當然不把我當做一個活人看待，似乎我所以可以行動，是因為每個關節都用螺絲聯結在一起，加了潤滑油的緣故。我倒了四杯開水，水中尿的比重已經很高了，很像淡咖啡，我索性在每個杯子裡加上一匙砂糖，分別送到他們的手裡，然後退到牆角的陰影裡坐下一動也不動了。

「船長，」大副那外柔內剛的聲音。「你難道不知道這條船的現狀嗎？你難道……你難道不知道……？」

「我知道，我都他媽的知道！」一貫紳士派頭的船長也噴糞了，但他只能用氣聲向大副吼叫：「我比任何人都清楚，就像對我自己的五臟六腑一樣。」

「這一切不都是您造成的嗎？船長！」三副貌似恭敬地走向船長。

「怎麼了？你們想幹什麼？」

「我們只是想建議您別再擔任一船之長了！我只能坦白地對您說……」

二副走過去抓住三副的領子。

「誰來當船長？」

「我！」大副衝過去一掌把二副推到板壁上，二副支撐著身子站定，走向船長。

「船長，他們，他們在這個時候竟然……」

我當然懂得，這是逼宮，我從歷史書裡讀到的逼宮故事，十有八九都發生在國之將亡的時候。二副顯然沒有歷史知識，不在這個時候，在什麼時候呢？船長想是讀過歷史書的，「觀今以鑑古，無古不成今」。船長吸了一口氣：

「唉！現在正是時候，您！」他指著大副。「不是想當船長嗎？好呀！請吧！請上駕駛室，您知道這條船還能航行多久？船一旦……要船長做什麼？」

「即使還能航行五分鐘，我就要當五分鐘的船長，我就可以有五分鐘發號施令的權利，這條船上的航行日誌上就得記上新船長——我的名字，我的老婆就是船長的夫人，我的兒子就是船長的兒子，我的孫子就可以告訴他的同學們：我的爺爺曾經是船長！……」

二副冷冷一笑。

「即使船長覺得應該臨危讓賢也輪不到您呀！第一人選是我！」

「是你？你在海上知道哪是東？哪是西？哪是南？哪是北？」

二副啞聲大笑。

「現在，白痴都能當船長，既不需要航線，也不需要航向了！反正……她要……」悲憤之情，溢於言表。

「問題是她現在，此時此刻還沒……」大副也忌諱說出那個字，似乎一說，那個字所體現的景象就會出現似的。

「對！她還……」三副戰兢兢地說：「還……沒——沒……呀！」

「好！」船長迅速脫了制服外衣扔給大副。「您去發號施令吧！您去作威作福吧！在航海日誌上寫上您的大名吧！不過得快，去過癮吧，悉聽尊便！」船長說罷就往外奔。

「站住！」大副一把抓住他。「小馬甲也脫下來！」

「小馬甲不是制服，是我的老母親給我做的，對不起！」

「脫！」

「不！」船長的手不由得緊緊地捂住馬甲的小口袋。他們的眼睛都盯住那隻小口袋，包括他們所有的耳朵眼兒、鼻孔、嘴巴都變成了眼睛。二副衝過去拉開大副，用身子擋在船長身前。大副重又撲過去推開二副，三副也撲了過去。船長用肩頭撞開他們，殺出重圍。一眨眼的功夫，他從小口袋裡摸出那把鑰匙就往開著的船窗外扔去，「叮」的一聲，鑰匙在窗框上反彈回來，但誰也沒聽見落地的那聲「噹」。船長和三位副手立即都矮了半截，全都爬在地上像四隻狗似地喘息不止地在地上摸索，他們摸索的當然是那把鑰匙。我很知趣，也就是很有自知之明，這麼高級的利益豈能是我輩可以分沾的嗎！一個能夠睡在風流船長臥榻之側守身如玉的人，應該說是有點毅力的。所以在此時此刻也能泰然自若，只作壁上觀。誰知道，即使我保持超然物外的態度也不能容於強梁，大副在爬到我身邊的時候，竟隨手給了我一個耳光。

「滾出去！」

但我並沒有滾，從從容容地站起來，讓他們去摸、去抱吧！我安詳地走出袖珍的「宮廷」，信步走到上甲板的左側，伸手就可以摸到那艘救生艇。我知道，如果按照地位的高低、財富的多少，或者是力氣的大小來排隊登艇的話，我一定在最後。沒有奢望的人容易做到平靜，甚至無畏。正如《六祖壇經》中的偈語所說：

菩提本自性，
起心即是妄。

想到這兒，我驀然覺得月色特別皎潔明亮，似乎自己這付肉身也是發光體，頭上有了一個光環。就在這個時候，我聽見水聲汩汩，意識到甲板上已經著水了，全船生靈已在水下。怎麼會沒有一點預兆？沒有一絲聲息呢？啊！是了，聲音都在水下，聽不見。應該感謝佛，那樣仁慈，讓全船男女（除我之外）從此岸到彼岸的痛苦過程縮到最短的程度。讓所有的驚嚇和痛苦都由我來承擔。我因此立即感到一種昇華的快樂。最後我所要做的是什麼呢?當然是端坐在甲板上，在水波漫過我的頭頂之前說一聲，阿彌陀佛!吾行矣!唉!我到底還是個凡人，覺得這種制服上衣太厚重，悶出了汗，很不自在，想脫掉。當我解鈕扣的時候，忽然聽見「噹」的一聲響，是那聲本應在船長室內響的那聲「噹」嗎?也許只是一枚扣子落了，我一個一個地摸著身上的扣子，一、二、三、四、五……全都在。我這才彎下腰去摸甲板，原來正是那把鑰匙，它在舷窗框上反彈回來的時候正巧落入我敞開的領口……我忽然想哭，整個心靈都空了。生死原來如此，竟在叮噹之間。我再一次承認我是凡人，默默地打開鎖，解開鐵鍊，登上艇，艇裡備有乾糧和飲水。當我找到槳的時候，正好海水把艇和艇中的我高舉在萬頃波濤之上……我適時地想到六祖惠能大師在圓寂前最後偈語的最後兩句:

寂寂斷見聞，
蕩蕩心無著。

我覺得，所有的人都走上了生路，只有我自己死去了……這種感覺怕是要貫串著我的一生。多麼奇怪!我到底是活著?還是已經死去?

＊　＊　＊

「天使號？」

「她……」

「沉了……」我代替他說出了他多年之後也不願說的那個字。

血路

——為紀念第二次世界大戰死難者而作之二

引子

故鄉城西有過一個鎮店，叫馮家莊。五十年代初治理淮河時，截淮河支流——溮水修了一座南灣水庫。把我童年到過的馮家莊，淹沒在這座人造湖底了。實際上我只到過兩次馮家莊，都只是穿街而過，並未停留。第一次和第二次只相距五個月，前後兩次景象迥異，至今都記憶猶新。

一九三八年臺兒莊一役，重創了侵華日軍。但並未阻止住他們的進攻矛頭。曾經誓死保衛中原和武漢的國軍，打算棄守中原和武漢的意圖，已是國人皆知了。我父親在夏天的時候，就將我們——他最疼愛的一對孿生兄弟送往西鄉游河鎮，他的好友——當地的鎮長劉子哉的家裡。那時我們只有八歲。父親從來都是個未雨綢繆的人，看樣子，他有意在最後關頭，全家從城裡遷移到西鄉。我們倆算是第一批。但是到了秋天，在日軍兵臨城下的時候，父親又改變了主意，全家逃往西南鄉的余家寨。他的這一改變是考慮到，日軍在占領城市以後，不可能不到四鄉騷擾。西南鄉離四望山很近，游河是個平川，而且有一條公路。對於日軍來說，一伸腿功夫就到了。劉子哉按照我父親的電話囑托，派了兩名荷槍實彈的親信鎮丁，一輛滾動起來吱吱扭扭響的獨輪小車，推著我們兩個十分相像的孩子，沿著田間小徑一路向南。途中唯一的一個鎮店就是馮家莊，當我們這支小小的隊伍穿街而過的時候，著實使我大吃一驚。對於縣城是否已經淪陷，很感懷疑。因為馮家莊離縣城只有十五公里，日本騎兵只要小跑步，一個小時之內也就到了。而街兩廂的人，不僅不害怕，簡直可以說是興高采烈。除了幾家雜貨店和山貨店以外，全都是飲食店。明火鐵鍋，全都擺在各自的門前。炒勺「乒玲乒朗」，一股勁山響。叫賣聲、邀客聲、唱菜名聲震耳欲聾，你根本就聽不清他們都在吆喝什麼。那些飲食店的房檐下都掛著色彩鮮豔的豬肉、青魚、羊腿、母雞、果子狸、野兔，還有各種腌臘製品。我的鼻子告訴我，有好幾家賣糊辣湯的，糊辣湯是我童年時代百吃不厭的美食，既夠刺激，又大有撈頭。內中有金針、木耳、香菇、粉條、大腸、豬血、麵筋、油豆腐……多加蔥蒜、辣椒、胡椒粉。最好再有一個夾肉芝麻酥燒餅，就能把我的肚皮撐得像只皮球。至於板栗燒果子狸、辣子雞、炒腰花、溜肝尖兒……就更不用說了！那些店老板為了賺錢，當然把這天天逢集的日子看成自己的好運氣，搖頭晃腦，煞是高興。而那些吃客，個個吃得紅光滿面，喜笑顏開，划拳行令，快樂之至。我看得出，吃客中一大半都是從城裡逃出的難民。災難中求生存的情緒竟是如此熱烈而又快樂，甚至可以說還有些貪婪。我真是打心眼兒裡佩服人在食物面前的膽量！我在五歲的時候，就懂得嘲笑那些鑽到篩子底下吃米被活捉的麻雀。可是，這時我的食欲也不可遏制地發作起來。向那兩個鎮丁喊叫著說：「在鎮上歇一歇吧！推車的大哥該餓了！讓他抽袋旱煙。」推車的大哥一聽，步子就慢下來了，又是擦汗，又是大喘氣。兩個鎮丁你看看我，我看看你。我看得出來，他們又何嘗不想美美地吃喝一頓呢！可他們想了想，只好把嘴裡的饞涎咽到肚子裡。「不行！二位小少爺！鎮長老爺下過死命令：活人，不許吃、不許喝；車，不許斷了『吱扭』。把兩位小少爺平平安安交到二老爺手裡。出了『差錯』，提頭來見。到了余家寨再吃吧！二位小少爺！」我只好把已經流出來的饞涎又咽了進去。推車的大哥嘆了一口氣，獨輪車又「吱吱扭扭」響起來。馮家莊的五香酸辣味兒，一直跟了我們足足有十里之遙。

日本侵略軍在城內和四鄉，進行了五個月腥風血雨的大屠殺之後。入夜，我在山頂石寨上，環視山下，成陣、成團的鬼火和淒慘的號哭，使我痛苦不堪。可以想見，有多少活生生的人變成了在日曬夜露下的累累白骨啊！聽說鄉下被殺的人比城內多得多，因為留在城裡的人本來就很少。在鄉下，除了被清鄉的日軍殺死之外，自相殘殺致死的人更多。如同潮水般的潰軍，掉轉槍口就是武器精良的匪幫，各種旗幟林立，三個兵就有一個司令。名為抗日，可如果真的見到了日本人，個個只恨爹娘少生兩條腿。見到手無寸鐵的老百姓，則又如狼似虎，既要錢又要命。我的一位堂兄從被占領的城內溜了出來，告訴我們：占領者在城裡組織了維持會，停止了公開的殺戮。於是，一個需要權衡的問題擺在我們的面前：是死？還是當順民？當時和後來誰會去責備那些因求生而受辱的小民呢？我就是被迫回城者之一。我父親知道，雖然長子已經剛剛橫死山野，災難並不會因此而停止。一家團在一起固然好，可除了兩個大人，就是五個十歲以下的孩子，最小的是在逃難中出生的小妹妹，還不到半歲。於是，父親決定把家庭成員分散，用父親的話來說，是「免於舉家滅絕」。第一步就是把我交給我的一位堂兄，讓他漏夜把我帶下山寨，一同進城。不滿十歲的孩子，出入城門，無需良民證。就在那天夜晚，我第二次經過馮家莊，又是穿街而過。當我的堂兄告訴我，我們正在走過馮家莊的時候，天地一片死寂，道路左右是兩條灰堆，焦臭味撲鼻。殘缺的屍體有時會擋住我們的去路，讓我特別奇怪的是，連一隻狗都沒有。我在逃難的日子裡明白了一個道理，那就是：有死人的地方就有野狗。馮家莊連野狗都沒有了!?可見老日殺得多麼乾淨徹底。我很想告訴堂兄，我們五個月之前經過此處的繁華景象，但我沒能講出來，因為我意識到，這時候講那些好像不大對勁。過了半個多世紀，我還記得那個叫馮家莊的鎮店。我所以能一直記住馮家莊，除了兩次路過看到兩個截然不同的景象以外，還由於當時馮家莊附近出過一樁沸沸揚揚了很久的奇聞。這樁奇聞由於太奇特，成為當時人人都在猜測的謎。

那是一九三八年的一個冬天的黎明。離馮家莊不遠的一個名叫小衝的山村，可以說它是方圓五十里最小的山村。它埋藏在一個林木簇擁著的小山谷裡，通向它的一段路很小，是名副其實的羊腸小道。村裡只有兩戶人家，都住在石板搭蓋的樓房裡，一家姓秦，一家姓晉。正好應了春秋戰國時秦晉相好的故事。兩家門當戶對，都是自耕農。各家都是四世同堂，樣樣互通有無。秦家的女人善於織布、製茶、曬醬、腌肉。晉家的男人善於做田、榨油、篾編、打漁和木匠活。他們很少上街趕集，周圍的人經常都不記得他們的存在。在兵荒馬亂的年景，自己的生死都難以預測，誰去關心一個素無來往的小小村莊呢？一個冬天的夜裡，周圍的人聽見小衝有很稠密的槍聲、女人的哭叫聲、雞飛狗跳聲，無論你有多麼大的好奇心，都不敢哪怕去偷偷地看上一眼。後來又看見了沖天的火光……人們也就明白了，這是一個在當時最常見的故事：又一個村莊變成了廢墟。日本兵絕不會留下一張到處去訴說他們殘暴行徑的嘴。所以誰也沒有想看看的欲望。去了，你是個活著的人，你掩埋不掩埋那些血肉模糊的屍體？掩埋吧，沒有精力，許多人連自己親人的屍骨都來不及掩埋。不掩埋吧，於心不忍。後來也沒有看見過一個從小衝爬出來的活人，人們也就自然而然地認為，秦晉二家已經絕了！而且日軍的騎兵，經常還三天兩頭光顧馮家莊附近的一些被燒光殺光的村莊。為什麼？鬼才知道。臘月二十三，過小年。是家家戶戶灶老爺上天言好事的日子。要是和平年景，家家戶戶都要祭灶，買一塊麥糖，往灶老爺的嘴上粘，讓他甜甜嘴，惟恐灶老爺上天以後向玉皇大帝說小老百姓的壞話。一年到頭，誰家沒有件把兩件不可外揚的家醜呢？現在，有灶臺的人家已經很少了，即使有，誰希望他上天言好事呢？有什麼好事可言呢？灶老爺怕是也沒臉上天言事了，因為他根本就沒保住下界的平安。那一夜出奇的黑！出奇的冷！躲在山林枯草堆裡的人們，不斷聽見日本騎兵急雨般的馬蹄聲，時遠時近。在天朦朦亮的時候，從小衝突然奔出一個馬隊和一群狼狗。最後的那騎人馬拖著一條繩索，繩索的另一頭套在一個日本兵的脖子上，拖在地上的那個日本兵，用兩隻手抓住繩索，以一種非人的聲音喊叫著，像一把劃破天空的尖刀。那喊聲之淒慘、之尖銳，簡直是聞所未聞。這還不算奇特，人們一眼就可以看得出：這是老日在懲罰他們自己的逃兵。奇就奇在，不多一會兒，又從小衝裡奔出一個女扮男裝的小妞兒來。她尖叫著、飛跑著追趕那些轉瞬即逝的人馬和那個被拖走的日本兵。等她從小衝追出來的時候，那條沿著小溪的小路已是一條血路了！她先是兩條腿在路上奔跑，跌倒以後，她就只能用四肢在路上爬了。她當然追不上，只沾了一身血。這個面無人色小妞兒越爬越慢，最後，她癱倒在路上。被人們抬到山上的時候，她的喉嚨已經失聲了，什麼話也說不出來。一個多月之後，她才被一些好心的難民用米湯調養好。可是，即使在她能說話的時候，她也拒絕把自己的事當「古」來說，讓那些既有喇叭耳朵、又有喇叭嘴巴的人聽了好去滿世界傳播。一年以後，她才開口說話。人們才知道，她不僅是小衝秦家唯一倖存的一根獨苗，也是小衝秦晉兩家唯一倖存的一根獨苗了，兩家人死得乾乾淨淨。人們才從她的嘴裡聽到那年臘月二十三，她為什麼拼了命爬那條血路的原委。但她講的始終是一些破碎、模糊和撲朔迷離的片段，仍然是個不解之謎。她只能說她自己的事和她自己看到、聽到和猜想到的事。一直到抗戰勝利，縣報的記者閔先生，從敵人的檔案裡發現了幾封署名高橋敏夫的書信。閔先生花了一筆錢，請了一位懂日文的老先生，把那些書信翻譯了出來。選了一些他覺得有意思的部分，打算在縣報上公開發表，而且已經打出了幾份小樣。結果始終未能如願，原因是當局顧慮到這些書信的內容與戰後中國民眾的情緒相抵觸。由於我當時作為中學生的活躍分子，受聘擔任縣報副刊《學生筆》的業餘編輯，和他是忘年之交，求他把小樣給了我一份。拿回家一看，才恍然大悟，這不就是馮家莊小衝那個秦家小妞兒說了、卻沒法說完整的故事的另外一半嗎！多年來，我一直都想把這兩部分合在一起，恢復它的本來面目。可是，在過去的幾十年間，機械的階級論在中國占絕對統治的時期。在階級和民族問題上，非黑即白，非白即黑。日本兵個個都是野獸，都是十惡不赦的魔鬼，他們一開口必然是「八嘎牙魯」。固然，我也是個戰爭受害者，按我國古訓：殺父之仇，不共戴天。而我經歷了半個多世紀的理性思考，認識到：人類在回顧一個歷史現象的時候，至少應該站在比自己稍稍高一些的水平線上。因而，我一直都非常躊躇，顧慮重重，沒能下筆。第二次世界大戰結束已經有半個世紀了！我已經從一個兒童成為一個老人，老，不是也意味著成熟嗎？老，不是也意味著沉靜嗎？老，不是也意味著寬容嗎？老，不是也意味著通達嗎？老，不是也意味著堅定（有人稱之為頑固）嗎？因為再向前跨進一步就是死亡了！

言歸正傳

秦菱芬說

俺叫秦菱芬，是小衝秦家的么姑娘。俺前面的三個姐姐都出嫁了。俺奶奶是個四世同堂的全福老太太，能上桌子吃飯的親人就有十八口，還不算那些抱著桌子腿、張著嘴討飯吃的孩子。俺奶奶說俺是秦家的人尖子，生得最水靈、最粉嫩。俺奶奶說俺就像她出閣那年一模一樣，她出閣那年，正好也是十七歲。十七歲的俺，無論咋想都想不出奶奶十七歲是啥樣兒。俺只覺得，要是俺活到八十幾，有奶奶這麼氣派、這麼扎實就好了！老日來咱馮家莊，小衝的人都知道。開槍、殺人、燒房子、糟蹋女人，俺們都知道。雖說俺娘為了防備個未然，給俺剪了個男孩子的平頂頭，可俺也和小衝的所有人一樣，一點兒也不害怕。因為人人都說小衝既是財神爺忘了的地方，又是瘟神爺忘了的地方，只有觀音菩薩始終照看著俺們小衝。同治二年鬧長毛，左近殺得血流成河，掉了那麼多腦袋。俺小衝平平安安，沒禍沒災。長毛也好，清兵也好，都長著豹子似的大環眼，都也沒看見緊挨著馮家莊還有個小衝，你說怪不怪！這回也是，從八月中秋，老日清鄉，左近的莊子都燒光了，就俺小衝平平安安，沒禍沒災。沒想到冬月二十那天夜裡，觀音菩薩打了一個盹兒，興許就打了一個盹，可把俺們小衝害苦了！一大群老日進了俺們小衝，見人殺人，見牛殺牛。俺正在機房裡木機子上織布，把俺嚇的得得得得得地渾身發抖，害得俺撒了一褲襠尿。趕緊打翻了油燈，趴在地上，不住地念佛。奶奶叫，姑姑哭，嬸嬸罵，大爺哼，孩子們號……俺聽得一清二楚。後來，一陣轟隆隆響，就像天塌地陷了一樣。小衝裡秦晉二家幾百年的老花崗石壘的樓房全都塌了！菩薩保佑！俺腳下的地窖給砸開了，俺落進地窖裡，頂上又被幾根方子撐住，落下來的只是一些碎石頭塊。

俺一下就暈死過去了，醒來的時候，看見頭上有了亮光。俺摸摸自己，全身都是好好的，只有右腳生生地給砸掉了一塊皮，流了好多的血。俺爬出來一看，媽呀！小衝的那麼多活人都在哪兒呀？男男女女、老老小小全都給殺死了！連我們家的那隻老黃狗都沒饒過，腸子流了一地。到處都是血泊。他們一個個都死得好慘啊！菩薩！俺是個最好哭的妞兒了！不知道為啥，這時候一聲也哭不出來！俺想哭啊！俺真想嚎啕大哭一場，可就是哭不出。愣了整整三天，俺才清醒過來，才哇地一聲哭出來。俺拖著一隻跛腳，先把秦晉兩家親人的屍體，一個一個背到山坡上一個叫天生洞的洞裡，給他們鋪上氈、蓋上席。拖一個，俺哭暈死一回。都是天天見面的親人啊！他們每一個人生前走路的樣子、手勢和笑容，都還在我的眼面前。有時候俺一天只能拖一個，不是他們的身子太沉，是我的心太沉了。幸虧奶奶是個有心的當家人，地窖裡積攢著好幾大缸糧食。有米有麵，可俺咋敢舉火煮飯呀，要是老日看見，那還得了！再說，全村的火都已經熄了，到哪兒去找火種呢？俺只能天天啃生紅薯。俺知道老日不是長毛，長毛看不見小衝，老日能看得見小衝。說不定老日還會來，觀音菩薩保護不了俺，俺死去的親人也保護不了俺，只有自己救自己。俺在地窖的一團轉都掛上了瓶瓶罐罐，一有人往俺藏身的地窖走來，就會有響動。地窖上，只剩了一個門框。俺把那柄鍘刀用根細線繩吊在門框上，只要有人來，線繩一絆就斷，鍘刀落下來，就把他劈成兩半兒了。俺還把砍刀、菜刀、鐮刀、剪刀、揚叉、衝擔、燒火棍、劈柴斧，全都揀到地窨裡，當做防身的傢伙。俺不知道村外是個啥局面，只聽見槍聲不斷，夜裡四處起火。俺白天像老鼠一樣躲在地窨裡，夜晚才敢爬出來透透氣。小衝，一個活物都沒有了！要是有個活物陪陪我該有多好啊！就是沒有呀！連一隻老鼠都沒有。奶奶治家有方，月月滅鼠，天天滅蟲。她的辦法真多！挖、毒、熏、淹、夾、堵、釣……都被奶奶給斬盡殺絕了！奶奶您也太歹毒了！您做夢也沒想到報應會落在您的後人身上。俺真孤單！孤單得哭，又不敢大哭。孤單得叫，又不敢大叫。沒人跟俺說話，俺只能對著一塊半拉鏡子跟自己對答。沒事幹，數米粒兒，數包穀粒兒，數紅豆粒兒……這樣，不知道過了多少個日日夜夜，有一天早晨，天才朦朦亮。俺悄悄、悄悄、悄悄地把頭從地窨裡伸出來。想聽聽早晨的鳥叫，平常年月，俺小衝的早晨，雀叫得那個歡啊！一早就讓你的心花開得大大的，你就再也不忍心賴在被窩裡睡懶覺了。可現在，連一隻大驚小怪的麻雀都沒有。小衝死了！小衝真的死了！死絕了！死透了！就在這會兒，俺聽見晉家那堆斷牆爛瓦裡有了一點兒輕輕的聲響。俺那雙好久好久沒聽見過人聲的耳朵，比起終天在吵吵嚷嚷中過日子的時候，也不知道要靈幾十倍！俺一開始就想到：有人！誰？俺把身子縮進地窨，抓了一個破篩子蓋住頭，屏住氣，一動也不動，只用眼睛從篩子眼兒裡看出去。一個人！是一個人！從晉家的地窨裡慢慢慢慢探出頭來，先是一個留著光朗頭的男人腦袋，還戴著眼鏡。又過了一會兒，——是個兵！——又不像是中國兵！——是一個老日！穿著黃顏色的帆布軍裝。俺身不由己地倒抽了一口涼氣！那老日的耳朵比俺還靈，一下就縮了下去。一整天再也沒露過頭……真怪呀！一個老日，為啥像俺一樣躲在地窖裡？他怕誰？他準是昨兒個夜裡摸進來的。俺明白了，你是專門來找俺的？非要把俺小衝的人斬盡殺絕不可？你們也太狠心了！可……他要是來找俺、殺俺的，聽見聲音就該來呀！為啥又躲起來了呢？是了！俺知道了，他一定知道俺有了準備，也一定知道俺要跟他拼命……可……俺，一個鄉下小妞兒，還要費他們那麼大的事嗎？說不定……他以為藏在小衝裡的人不止俺一個……這咋辦呀！在俺偷偷瞄他的時候，他一定也在瞄著俺。這咋辦？……

高橋敏夫書信之一

美智子小姐：

我不知道妳願不願意，收到一封從充滿了血腥味的戰場上給妳寄來的信。不管妳願意不願意，請務必原諒一個遠在前線的士兵的冒昧。此情此景，我不能向妳描繪我此時此刻所看到的一切。而且連我都只能視而不見。我心目中至今都是去年今日（也就是昭和十二年十二月十八日）京都的一片陽光，雖然同樣也是冬天，那時我感到特別溫暖，讓人想到春天，想到櫻花。妳記得嗎？當我和妳經過平安神宮門前的時候，妳牽著妳的小弟兵衛，兵衛大概是個剛剛入學的中學生吧，也許是為了表示他已經有了很大的學識吧，他喋喋不休地告訴我：「這宮殿是明治二十八年，為了紀念一千多年前桓武天皇在京都奠都才修建的，大門和我們看得到的前殿，就是當年平安京的應天門和太極殿的老樣子。左近衛府有很多櫻花樹。您來的真不是時候，您要是十月來京都，還可以看到二十二日的『時代祭』，今年的祭祀因為皇軍正在討伐上海而特別隆重，抬神輿的遊行隊伍過了好久好久啊！……在神位前結婚的人，據說是歷年最多的一次。」兵衛說到這裡，看看我和妳，補了一句：「單是將要出征的軍人新郎都有好幾個哩！」妳微微笑了，笑得特別美，面頰上立即浮起一片紅暈。我感覺到，兵衛不時地偷偷摸我的軍大衣，表現出非常羨慕的樣子。我必須向妳坦白承認，當時我全部的注意力都集中在妳的身上，所以我對他的情緒一點兒也無暇顧及。我也能感覺到，不止是兵衛一人是這樣；滿街的孩子，也可以說所有京都人的臉上，都有一種既神聖又興奮的情緒，一片喜氣洋洋。我當然知道，這是因為南京的順利陷落。從十三日的下午起，日本就舉國歡騰了！人們一見面就說：「恭喜呀！沒想到，真是太讓人高興了！那麼快就攻進了南京！皇軍將士英勇善戰啊！」今天的每一家晨報，都用了很大的顯著篇幅，詳細報導了昨天皇軍在南京的入城式。還刊登了司令官松本石根大將、朝香宮中將殿下、柳川中將和長谷川海軍司令官的照片。報導中說：松本大將在支那中央國民政府的前庭舉行了大日本國國旗的升旗儀式，在他率眾三呼「大元帥陛下萬歲」的時候，由於百感交集，喊到第二聲就哽咽失聲了。但大將還是鼓足勇氣喊出了第三聲。參加儀式的隊以上軍官，還暢飲了天皇賜予的御酒……。可惜這些歷史性的時刻，我都沒能趕上。當然，我這個剛剛去名古屋參加過實彈演習的新兵，即使在南京，哪裡會有參加這種盛典的機會呢？街上的陌生人沒有一個不向我們行注目禮的，妳對我說：「高橋君！跟你走在一起，既讓我感到榮耀，又讓我很難為情，你看，人們的眼睛都在注視著你。」我對妳說：「他們一定是在看妳哩！美智子小姐！冬季，在一群群深色衣著的人們中間，一身淡雅的和服，顯得多麼亮麗！妳的腰間束著用金線鑲出楓葉圖案的腰帶，更讓人覺得高貴。特別是妳本人這麼美！說真的，妳現在比在東京和我一起、就讀於早稻田大學的時候還要美！那時候妳已經是我們的校花了，可見妳現在多麼讓人仰慕！我走在妳的身邊，真是沾光啊！」妳嬌羞地說：「高橋君！你是什麼時候學會阿諛奉承的呢！」我連忙對妳說：「不！美智子小姐！也難怪，這一點妳並不了解我。我從來都把妳看得比我重要一千倍，只不過我總也沒說出口來罷了。這次如果不是我即將投入聖戰，我絕對沒有勇氣利用遠征前短短的探親假，到京都來看妳……」妳半晌沒說出話來，低著頭看著自己腳上的木屐。木屐是非常輕盈的那一種，可這時卻顯得好像十分沉重似的。我當然知道，我的話中含義再明白不過了，可妳一時又不好回答。我止不住輕輕嘆了一口氣，說：「現在，我當然是最幸福了，在妳身邊……可明日一別，此生再次相見，恐怕是萬難的了！對於一個士兵來說，最終必然會抽象為一個簡單的問題，那就是生與死。」我注意到，妳的眼圈兒一下就紅了，低低地說：「高橋君！別這麼說，別這麼說，我理解一個年輕學者的心靈……不可避免的柔弱，同時，你現在的心情正說明你對天皇陛下的忠心……你會凱旋歸來的，高橋君……」說到這兒，妳停頓了很久，在兵衛的注意力完全轉向一隊歡送參軍者的行列時，妳用最小的聲音對我說：「你希望我……的是什麼呢？」我說：「美智子小姐！我希望……但我沒勇氣希望……」妳默然了。這時兵衛大叫起來：「真棒！可惜我趕不上這場聖戰。」晚上，非常意外的是妳單獨來看我，我感到特別榮幸。我住的是一個完全古典家庭情調的民宿。老板娘很熱情，要把有炭火的客廳讓給我們談話。妳婉言謝絕了她的好意，表示願意陪我在附近的小巷裡散步。老板娘只好主隨客便，說她會給我等門。出了門我才注意到妳的肩上多了一條很厚的絨線方巾，想是俄國貨。在和服上加一條西式方巾，只有新派知識女性才會這樣做。路燈的光很弱，小巷裡特別寂靜。我們所能聽到的就是妳的木屐和我的士兵皮鞋合拍而又緩慢地敲擊著石板路的響聲。很清晰，也顯得很響，迫使我們不得不盡量地輕些、再輕些。妳說：「高橋君！你現在來京都，真是不巧。好像只是幾天前，在夜間，到處可以聞到桂花的清香。再晚些，就是春天了，春夜，連樹葉的芽兒都是香甜的。那些小酒館兒裡的三弦，聲聲都帶著醉意。」我只能告訴妳：「美智子小姐！士兵啊！我是士兵啊！身不由己呀……」妳說：「戰後，戰後吧！」我只能說：「是的，戰後吧……也許會很快。」當我們無意之中走到八坂神社門前的時候，我對妳說：「進去看看吧？」妳點了點頭。神社裡仍然是樹木蔥蘢，燈光黯淡，有一種神秘莫測的氣氛。越往裡走越昏暗，背陰的地方還積著殘雪。我不由得想起了死亡，不知道為什麼，我從生下來就把神佛和死亡聯繫在一起，而從不把他們和活著的人聯繫在一起。他們在人間的塑像、畫像和住所，對於活人，只是一種警戒的象徵和嚴峻的啟示。我想進來的動機，也許只是想從他們那裡得到一些和死亡相接近的感覺吧！妳像是清晰地猜到了我朦朧的意願，突然止住了腳步，對我說：「高橋君！這裡……冷……」我立即就懂了：「那，我們就回去吧！」我為了表示我並不特別憂傷，壓低嗓門，輕聲戲謔地學著我們聯隊長的腔調，在妳耳邊喊著：「立正！向後轉！」妳似乎立刻明白了我的意思，低低地笑了，笑得很苦澀、很吃力。之後，就再也沒有講話了。我像一條沒有舵的船，傍著妳，又走了好幾條幽靜的胡同。整整一個夜晚，只遇到一個年邁的醉漢，他搖搖晃晃，嘴裡吟誦著一首詩，好像是江戶前期某一位詩人寫的。大意是：雲雀嘹亮的幸福之歌，唱出的正是人類的黯淡和不幸。妳似乎一直在思索著什麼，我一直在猜測著妳的思索。星光、燈光在妳清秀的臉龐上，緩緩轉著不同的角度，每一個角度對於我來說，都是完美的。「到我家了，高橋君！」——這時我才發現我們已經站在妳家的門外了。妳家門內小院落裡，在松樹下立著的那盞西洋燈的燈光還沒有熄滅，這說明妳的家人正在等待妳。妳的家庭和我的家庭，就像綢緞和土布那樣不同。我是在中部一個古老的山間小城岐阜鄉下出生長大的，那裡遇到下雨天，用的還是油布傘。山裡的郵遞員還穿著草鞋，背著背囊，拄著手杖行路。上小學的時候，寫字使用的還是手工製造的美濃紙。我們高橋家能夠出一個在東京讀書的大學生，成為一年四季都在鄉下到處談論的新鮮事。山裡人一談到我，就唏噓讚嘆不已。我知道，妳出身名門，妳的父親現在還是京都大學的教授。妳們家族的歷史，可以追溯到鎌倉時代。是妳告訴我的，妳們現在的住宅，就是在往日先祖府第的遺址上修建的。在我正想得出神的時候，妳很禮貌地問我：「要不要進去坐坐？高橋君！」我馬上醒悟了，低低地說：「不打攪了！我在黎明前就要去搭車返回營地了，明天是最後的期限。」妳連忙說：「讓我送送你吧，高橋君？」我斷然謝絕了妳：「謝謝妳！美智子小姐！開車的時間太早了！再說，我對妳和府上的打攪，已經太多太多了！實在是對不起。請代我向令尊、令堂大人和兵衛君致謝……」我發覺我的聲音裡有些哽咽，立即深深地彎下腰去給妳鞠躬。今天想起來，我仍然不知道我的拒絕是明智、還是愚蠢的決定。妳也深深地彎下腰，用幾乎聽不見的聲音嘆了一口氣，小聲對我說：「高橋君！你的情感太柔弱了，和軍隊、和征戰也許不太協調吧……」我沒有回答妳，因為我怕哭出來，讓妳看不起。在今天，全民族都在亢奮的求戰熱潮之中，我在一位小姐面前的表現已經夠沒出息的了。我像逃跑似的轉身走了，走到小巷盡頭，在必須轉彎的地方，我才站住。回頭一看，勞駕妳還在門前目送著我，只不過妳的雙手緊緊地抓住方巾，把身子裹得更緊些。加上距離遠了，妳顯得更加嬌小。我真想奔回去，站在妳的身邊，一直到必須離開的最後一分鐘……但我沒敢這樣做，轉身就離去了。

高橋敏夫

昭和十三年十二月十八日於支那中原戰場某地

（軍中嚴格規定：通信不許注明地點）

秦菱芬說

整整一個白天，我都在篩子眼兒裡盯著老日藏身的那個地窖，什麼也沒看見。俺好慌啊！俺以為他會隨時跳出來把俺殺死。想想，又覺得也沒那麼容易！俺吊在門框上的鍘刀會先把他劈成兩半。他就是躲過了鍘刀，俺的地窖裡還有菜刀、還有斧頭、還有衝擔……俺會跟他一命拼一命。想著想著，一下想到他要是不殺俺，他要是來糟蹋俺，咋辦？那比殺了俺還要慘！是的，俺是個小妞兒，俺咋沒想到俺是個小妞兒呢？想到這兒，俺就更慌了。俺只好自己寬慰自己，他是一個單獨的人，一個對一個，還說不定誰死誰活呢！可他要是一個探子咋辦？他會招來好多老日……這咋辦啊！俺不是在地窖裡等死、等著讓他們來糟蹋嗎？不！俺沒等他們靠近俺就自己把自己殺了。夜裡，俺抱著刀枕著斧頭睡下了，無論咋著都睡不沉。又坐起來，像洞子裡的兔子似的，豎著一對耳朵聽，連一根枯枝落地的聲音俺也不放過。他要是去喊他的老日伙計，他前腳走，俺後腳就跑了。可跑到哪兒去呢？到處都在燒殺，到處都在糟踐女人。除了老日，聽說還有號稱游擊隊的土匪。我長了十七歲都沒出過小衝的村口，東南西北方，哪一方有俺的活路啊！一天一夜，我只悄悄地啃了一塊生紅薯。他……也在啃生紅薯？晉家地窖裡的糧食，除了紅薯，別的糧食不點火也是吃不成的……

高橋敏夫書信之二

美智子小姐：

我真的快要累死了！在我離開妳的那個夜晚，我曾經在《朝日新聞》上讀過一個大評論家的文章，他在文章裡分析說：南京陷落以後，天皇考慮的應該是從支那局部撤軍。當時，這篇文章讓我產生了一個幻想：也許我會很快被准許脫掉一級乙類軍裝，從軍需官手裡領回自己的便服和私人用品，又成為一個有個人存在意識的個人，回到普通人的生活中間。每每想到這一點，就興奮得發抖。因為我會同時想到妳和妳那讓我心魄蕩漾的聲音：「你希望我的……是什麼呢？」妳是這樣說的吧？是這樣說的，我沒有記錯吧？我聽懂了妳的意思，但我有希望，又不敢希望，所以我的希望就成了說也無益的幻想了。我是個乙種合格體檢通過入伍的士兵，可能會比甲種合格體檢通過入伍的士兵遣散早。誰知道，事情的發展，和那位大評論家的智慧以及我的幻想相反，朝野上下，戰爭的呼聲與日俱增：將大東亞聖戰進行到底！鞏固與擴大日本軍人用鮮血換來的土地。於是，不斷徵兵，不斷向支那增兵。我這個千千萬萬個戰爭螞蟻中的一個，從日本過海到了關東，從關東到華北，再向南挺進。目的：合圍大武漢。我沒有一天不思念妳，美智子小姐！按照今天日本人的時尚，我的想法是可恥的，恐怕連妳都要鄙視我，但這是因為妳沒有在支那戰場的緣故，這場戰爭非常醜惡，並不是我在日本時所想像的那種神聖，可以說和神聖毫不相干。而且非常非常可怕，我指的不只是對於支那人。而且它的後果尤其可怕，既不是興高采烈的日本人，也不是心驚膽戰的支那人現在就能夠看得出來的。我不是預言家，這只是我的一種直感。我思念妳，非常痛苦地思念著妳。這秘密大概就是我在陣中所能有的唯一自由和愉快了！但必須非常隱蔽，連做夢都不能暴露出來。即使和我的唯一好友山田一郎在一起有限的密談，我都不敢有絲毫流露。幸虧我沒有和他說得太多！否則，後果真是不堪設想！今天，他出事了，雖然只是一個小小的過失——掉隊。山田君和我的處境差不多，也是個大學生，也是個一年兵。他比我的身體還要弱些，深度近視眼，要是一分鐘不戴眼鏡，這一分鐘就不能行動。他常常向我抱怨自己的命運，但我聽得出他的言外之意，他真正抱怨的是讓他參加這場戰爭的人，但他不敢抱怨。小隊到了宿營地以後半小時，山田君才一跛一瘸地趕來，樣子非常狼狽。皮帶鬆鬆垮垮，子彈盒墜在屁股上。一桿三八式步槍把右肩壓得比左肩低了三寸。一個累垮了的人哪裡會看得見自己的形象呢！當他看見佐藤小隊長就站在面前的時候，他驚慌失措地向小隊長敬了一個舉手禮。佐藤小隊長笑嘻嘻地說：「山田君！我們在恭候您哩！」山田君結結巴巴地說：「很抱歉！佐藤小隊長！我……」他的話還沒說完，一個老兵把早已準備好的水桶提了起來，劈頭蓋臉向山田君潑去。潑得山田君昏天黑地，搖晃了幾下，支撐著總算是沒有倒在地上。幾個老兵圍住他笑成了一團，山田君開始發抖，打噴嚏。一個來自福岡的老兵抓住他的領子問他：「你是什麼人？」山田君盡量大聲回答說：「報告上等兵閣下！我是皇軍士兵山田一郎！」上等兵上前給了山田君一記響亮的耳光：「你是皇軍士兵？不是！你是婊子！表演一個婊子接客的樣子給我們看看！」山田君沒有回答，那老兵又是一記耳光。「你是婊子！」「嗨！」「表演！」「報告上等兵閣下！我沒有見過婊子……」「你沒見過婊子？你就是婊子！表演！

你這個混蛋！」可憐的山田君只好痛苦地咧著嘴，拙笨地扭著腰肢走向佐藤小隊長，一隻手托著自己的後腦勺，一隻手搭在佐藤小隊長的肩膀上。佐藤小隊長呲著牙，用手摸了一下山田君的臉，反掌就是一耳光。「快滾！」同時指著我：「你，高橋！你和他不是莫逆之交嗎？你們一起去徵集糧秣！要快！要徵集些精品！」我當然知道佐藤小隊長說的徵集是什麼意思，糧秣包括什麼，精品又是什麼。我立即拉了山田君走進我們小隊入住的民房，放下背囊，提著槍就出去了。我和山田君只好努力地去徵集，也就是凶狠地去搶、去偷支那人的糧食和雞、魚、肉、蛋。在徵集中，山田君告訴我，他對戰爭，對軍中卑鄙的人際關係，已經容忍到了極限，他認為受侮辱比死都難以忍受。我沒有表態，因為我不敢表態。我怕他萬一作出什麼事情被逮捕審訊的時候，他會供出我來。雖然他是個正直的朋友，但他懦弱，懦弱的朋友有時候比敵人都要可怕。在嚴刑拷打之下，很難說他會不會把我咬出來。而且，佐藤小隊長和老兵們已經把我倆看成莫逆之交了。由於我們的狩獵成績還不錯，這一次，山田君算是得到了寬恕。美智子小姐！妳一定覺得厭煩了吧，我向妳說一些軍中醜惡的事情，請原諒！我覺得我的一切（包括身邊發生的事情）都應該告訴妳……想念妳！美智子小姐！祝願妳青春永駐！

高橋敏夫

昭和十三年十二月二十七日於中原戰場某地

秦菱芬說

我一連三天三夜都不敢睡，第四天夜裡俺像死人似的睡著了。醒來的時候，嚇了俺一大跳：媽呀！俺咋睡著了呢？咱家地窖裡的那個老日呢？約莫是走了吧？俺連忙伸出頭看。媽呀！俺太冒失了！他就站在地窖裡，露著一顆沒戴帽子的腦袋。同時，他也看見了俺。俺嚇得不知道該咋辦，愣在那兒不敢動。他先是一驚，縮了一下腦袋，很快就又伸了出來，戴著眼鏡直愣愣地盯著俺看。想是他看見的俺，像個嚇掉了魂兒的小男孩兒，他擠了一下眼睛。他這一擠眼睛，就把俺給擠糊塗了！老日不就是鬼子嗎！鬼子不是人呀！可他咋會擠眼睛呢？只有人才會向人擠眼睛的呀！俺看見的也只是一個人的腦袋，他一擠眼睛就讓俺把鬼當成人了。俺看著他，身不由己地也擠了一下眼睛。他笑了，一下就跳出了地窖。他這一跳就跳出個鬼子來了！一身黃軍裝，腰裡紮著皮帶，腳下是落地很響的牛皮鞋……俺急忙就縮進了地窖。俺聽見瓶瓶罐罐一陣叮叮噹噹響，他正向俺的地窖奔過來，等他一步跨進門框的時候，絆斷了繩子，鍘刀呼地一聲就落了下來！他好機靈啊！一閃身，差一點沒削掉他的腦殼。他再想靠近的時候，俺尖叫著從下往上捅了他一衝擔。俺們山裡人擔柴用的衝擔，兩頭都是又硬又利的鐵尖。只要捅進他的肚子，一下就能穿個過兒。俺心裡慌，手裡沒準頭，捅到了他的腿上。他啊了一聲滾開了，一跛一瘸地回到晉家的地窖裡，把半截身子露在外面，傻乎乎地看著俺。我又糊塗了，老日不是有槍嗎？他可以拿槍來打死俺呀！他們還有炸彈，一個炸彈就能把俺的地窖炸平。俺看著他，他把那條傷腿擱在地窖沿上，解開綁腿，用一條小手絹擦乾了血跡，再把綁腿纏好。他在做這些事的時候，一會看看俺，一會看看俺。就這樣足足有燒一頓飯的功夫，他才縮下身去。俺又重新把瓶瓶罐罐都掛起來，再把鍘刀吊上門框，躲進地窖。媽耶！咋辦啊！幸虧我女扮男裝，他要是知道俺是個小妞兒，那還了得！越想越害怕，俺又哭了。還不敢哭出聲，只能用棉襖袖子捂著臉哭……

高橋敏夫書信之三

美智子小姐：

妳好嗎？無時不在念中。上一封信我曾經告訴過妳，我有一個比較談得來的戰友山田君。山田君對於這場戰爭，比我還要厭倦。我一直暗暗為他擔心，不幸的是，我所擔心的事情到底還是出現了。他在我們聯隊血洗並焚毀一個鄉村小鎮以後突然失蹤。在屠殺支那人的時候，佐藤小隊長從一個茅屋裡抱出一個不到兩歲的嬰兒，那嬰兒在魔鬼的手裡還在笑，啊啊地和佐藤逗著玩兒。佐藤看見山田君抱著槍像抱著一根燒火棍一樣，他叫住山田君：「你！我說的是你！挺槍！怎麼？你聽不懂？我要你兩手握槍，刺刀向上！對了！就這樣。握緊！」佐藤的話還沒落音，就把手裡的嬰兒拋出去了，嬰兒在空中劃了一條短短的弧線，我注意到嬰兒以為是佐藤在和他戲耍，咯地笑了一聲。在第二聲還沒笑出來的時候，他那小小的身軀，非常準確地落在山田君的槍刺上。鮮血濺了山田君一臉，山田君舉著槍上的嬰兒，搖搖晃晃地站立不穩，趔趄了幾步就跌倒在地了！佐藤大笑著羞辱山田君：「你真是個婊子！告訴你！山田雜種！回到宿營地你要在整個大隊面前表演娼妓拉客！還不站起來！」山田君從地上爬了起來，但他沒有拿起槍。「婊子！你真是個婊子！槍都不要了？」山田君只好蹲下來，戰戰兢兢地從嬰兒的屍體上抽出自己的槍刺，嬰兒臉上的肌肉還在顫動。「高橋！」佐藤大聲喊我。我立即就地立正應著：「嗨！」「你為什麼發抖？」「報告長官！我在出發的時候就不舒服，有些冷……」「啊？這麼說我還要給你請功啊？帶病出征的英雄。」「不！長官！軍人必須以盡忠盡節為本分！」慌亂之中，我竟會背出明治天皇「軍人敕諭」中的一句。佐藤哼了一聲，也就沒有再說什麼了。就在我們集合回城列隊的時候，全小隊都注意到山田君不見了。佐藤小隊長咆哮著命令：「下士官青野！高橋！你們兩個留下來，搜查！一定要把他活捉了帶回來！抓不到，你們也別想活！」我和青野立即在小鎮的廢墟裡到處搜尋，不見，就逐步向四周搜索。青野知道我和山田君的關係比較接近，讓我呼叫山田，告訴山田：逃跑沒有出路的！支那人會一刀一刀把你剮死！你只要回來，就會得到寬恕。我當然知道，我在說謊，這一次，山田君是絕對得不到寬恕的了！山田君自己比我還要清楚。但我必須說謊，這是下士官的命令。呼叫當然沒有回音，青野命令我向那些可疑的灌木叢開槍。槍聲在夜晚的山林裡非常響，而且還有回聲。我總是稍稍把槍口抬得高些，盡可能不傷害到山田君。開了幾十槍以後，青野下士官在我耳邊說：「停止！」他接著大聲說：「找不到這個混蛋了！回去！不找了！」其實他只是把我按在地上，假裝著已經走了。果然，下士官的計策很成功。二十分鐘以後，不遠處有一蓬灌木輕輕地響了一下。下士官告訴我：「是他！」我的心裡特別矛盾，無論對於他，還是對於自己，我都希望找到他。因為他在充滿仇恨的支那人的山林裡，肯定沒有好結果。抓回去也沒有好結果，而且是我把他抓回去的。最為難堪的是，我要親眼看著他被懲罰致死。我不由得說了一句：「也許是個野鳥吧……」下士官用槍托砸了一下我的腰眼兒：「野鳥？野鳥早就飛走了！去！把他拎出來！」他是那樣有把握。我只好跑步過去，果然是他。我厲聲喝道：「山田！出來！不出來我要開槍了！」我故意搬動了一下槍栓。山田這才從灌木叢中舉著雙手站起來。「你的槍呢？」「不知道丟在哪兒去了……」下士官馬上跑過來，首先噼哩啪啦就是一陣耳光，山田君想用雙手去擋，下士官大聲叫罵著：「混蛋！立正！」接下來又是打耳光。一直到下士官自己覺得累了，才停止。他從腰間抽出一根繩子交給我，下令：「把他捆起來！捆緊！」我只好用最大的力量捆綁他，我從來都沒有用過這麼大的力量捆綁過什麼東西，人，或者是什麼小動物。我在心裡說：「抱歉了！山田君！我只能這樣……」我牽著他，下士官跟在他的背後。一路上我都覺得彆扭：為什麼是我牽著他呢？我把他牽到哪兒呢？我和他，以及下士官都很清楚：他正在走向死路！夜間，山田君被捆得就像即將去宰殺的豬一樣，扔在一間空屋裡。他們將怎麼處置他？換一句話來說，也就是：他們讓他怎麼死？這個問題整整折磨了我一夜。我的腦子裡為他想像了很多個可能處死他的形式，結論是：最好的死法是槍斃。一聲槍響就倒下了，地上流一灘血，只不過明年這塊地方的草比周圍的草要綠一些。美智子小姐！這些事不僅醜惡，而且殘酷。我想到過，應該告訴妳一些戰場上讓人興奮的事，可戰場上只有醜惡和殘酷的事。妳根本不知道，我所能夠寫在紙面上給妳看的，只是極少極少一部分呀！美智子小姐！到此為止吧，在喊集合了！祝願妳快樂！雖然我再也不指望有什麼快樂了……

高橋敏夫

昭和十三年十二月二十八日於支那中原某地

秦菱芬說

俺日日夜夜都在等著和那個老日拼了，不就是條命嗎！不拼是個死，死以前還得受他的糟踐。拼也是個死，死以前沒準兒還能在他身上劃上一刀。怪就怪在他再也沒來過，俺原以為他走了，為了收拾俺，去叫他的伙計們去了。可俺只要隔著篩子眼兒往外看，就能看見他，就能聽見他。有一天一大早，我伸出頭來，裝著不看他，可我能用眼角看，我見他坐在地窖沿兒上輕輕地說話，他向誰說話呢？像是在自言自語。因為他總戴著洋眼鏡，俺就給他起了個諢名，叫：四眼狗。俺真是弄不明白，四眼狗為啥要像俺一樣，也躲在地窖裡呢？就為了俺這個沒斬盡殺絕的一條獨根兒？俺正在想的時候，他忽然吹了一聲口哨，就像一隻耗子似的，往下一溜就不見了。俺緊接著就覺得老天爺像是突然變了臉，瓢潑大雨似的馬蹄聲，鋪天蓋地落下來似的，老日的馬隊一眨眼就到了俺小衝。俺在地窖裡一邊嚇得發抖，一邊還要豎著耳朵聽地面上的響動。心想：這回俺這條小命是活不成了！只有四眼狗知道這個死了的村子裡還有個活人，說不定馬隊就是他招來的。馬隊在小衝的磚頭瓦塊上繞了三圈兒，有一回馬蹄子就踩在俺的頭頂上，差一點踩塌了俺搭在地窖上的板。他們鬧騰了好一陣子才走，等馬蹄聲完全聽不見以後好久好久，俺才露出頭來。第一眼就看見四眼狗，他為啥沒跟他的伙計們回去哩？看樣子他也是剛剛才露出頭來，更叫俺搞不懂的是，他好像在學我：輕鬆地嘆了一口氣，還衝著俺抿著嘴笑了一下，俺可不能給他好顏色，隨即狠狠盯了他一眼。你看怪不怪！這麼說四眼狗也怕老日？老日也會怕老日？……四眼狗該不是個逃兵吧！這麼一想，俺就有點明白了。四眼狗要不是一個老日的逃兵，他的一舉一動就讓人看不懂了。老日也會有逃兵？四眼狗為啥要逃呢？這些殺人放火的人還會有啥不如意事兒嗎？他逃，逃到哪兒呢？一個鬼子，也不懂咱們的人話……？你看俺這個人，上個時辰不知道下個時辰能不能活得下去，俺倒要替別人擔心了！再說四眼狗也不是個人呀！他是個老日，老日就是鬼子。就算四眼狗跟俺一樣，憋屈著見不得天日；他也是俺中國人的仇人，血海深仇啊！他會饒了俺？俺會饒了他？不！不！不！俺不會饒了他！就小衝一個兩戶人家的小村，他們殺光了我們秦晉二家幾十口子親人，只剩了俺一根獨苗。俺還不能殺了他一個!?可俺咋能把他殺了呢？要是俺還沒有殺死他，他把俺殺了，咋辦呢？四眼狗是個精壯的大男人，俺是個柔弱的小妞兒呀！唉！

高橋敏夫書信之四

美智子小姐：

軍中生活的緊張程度，在和平生活裡的人是完全不能理解的。全大隊在清晨五點鐘就緊急集合了！只有六分鐘雜亂的腳步擦地聲，就再也沒有一絲一毫聲響了。大隊的隊形就像四塊人造幼林，靜靜地站在無風的霧靄中。足足有半個小時沒有命令，絕大多數官兵都不知道要發生什麼事，但都能感覺到出了一件不尋常的事情，我聽見我身後有一個一年兵酒井的上下牙情不自禁地在磕碰。我曾經為他在第一次戰鬥就能殘酷地對待支那人，感到十分不解。我不明白，在他身上我看不見從一個中學生到劊子手的過程。他用戰刀砍殺第一個支那人的時候，就像一個天生的惡魔。他的力量不夠，他可以一刀、兩刀、三刀、四刀地去砍一個挺著的脖頸，血水和肉屑濺滿了自己的臉。而現在他的牙關卻屏不住！這同樣讓我感到十分不解。他也許是擔心一個意想不到的戰刀會意想不到地落在自己的頭上？為什麼把災難強加給別人的時候，會那樣亢奮和痛快，而一旦災難有可能（這種可能只是在恐怖下的臆想）降臨在自己的身上的時候，卻是如此驚慌和怯懦呢？一聲「立正」的口令聲撕破晨空中的寂靜，大隊長成田少佐出現在我們隊列的正中間，開始了他語調嚴厲的訓話。從「士兵要覺悟到：義重於山岳，死輕於鴻毛！」講到：東條英機大將的「戰陣訓」。什麼「皇軍軍紀的精髓，存在於對大元帥陛下絕對服從的崇高精神之中！」接著就是他個人的盡情地發揮，成田的發揮是聲色俱厲的，而且揮著手、跺著腳。這樣的訓話姿態，在皇軍長官中是很少見的：「天皇陛下是『現人神』！皇軍士兵最光輝的最後就是衝鋒！衝鋒！舉世無雙的帝國陸軍最信任的是什麼？是刺刀！是自己手裡緊握著的刺刀！」他在這裡突然停頓了三分鐘，這是我生平經歷過的最長的三分鐘。雖然沒有聲音，他的目光比雷電都要讓人心悸。他不放過任何一個士兵，好像每一個士兵都是違背大元帥陛下的敗類。他驀地用腳跟著地，轉了一個一百八十度的彎，大聲喊道「帶山田一郎！」接著就看見兩個憲兵，從禁閉室裡把山田拖了出來。面無人色的山田君沒有戴帽子，想是不許他戴了，因為軍帽是神聖皇軍的象徵。他被拖到隊列前的時候才停住，他搖搖晃晃地站住。成田少佐用極慢極慢的步子一步一步走向山田。在走到山田的身邊的時候，他圍繞著山田轉了三圈。像憤怒的狗似的發了好一陣低低地嗚聲。然後像耳語似的對山田君說：「你就是山田君？你知不知道你是個多麼特別的日本人嗎？你知不知道你是個多麼特別的皇軍士兵嗎？自從進軍支那以來，還沒有出現過一個像你這樣的懦夫！害群之馬。」接著成田少佐突然以最大的喊聲叫道：「你！不僅讓我驚奇，讓聯隊長驚奇。還讓旅團長驚奇！旅團長佐佐木少將閣下在向師團長報告的時候，只能說：一個瘋人山田一郎失蹤了！你是瘋人嗎？不！你根本就不是人！更不是日本人！尤其不是日本軍人！如果把你的行為在本土的報紙上公布出來，每一個日本人都會唾棄你！人人得而誅之！連你的家屬都要成為人人側目而視的國賊家屬！為了皇軍的榮譽，為了你在本土的家屬的名譽。今天本大隊只能把你當做瘋人對待。瘋人在西方軍隊中違犯了軍紀，可以得到無罪赦免，但在皇軍建制之內，也必須受到嚴厲的懲罰！」這時，佐藤小隊長拿出一根浸了水的馬鞭來，他先在空中抖了一抖，讓大家看看它的彈性。成田少佐喊道：「我命令：每一個忠於大元帥陛下的皇軍士兵！都來執行我的命令！每一個人都要給他一馬鞭！本人持刀監督執行！哪一個人的手軟，我就要砍斷哪一個人的手！」兩個憲兵抬來一塊門板，用兩條板凳支住，迅速脫了山田君的衣服，把他按在門板上。我看不清山田君此刻的面部表情，但我以為：山田君已經死去了，雖然他渾身都在顫動。那只是肉體的本能反應，靈魂已經飛往天外。此時，我的眼睛已經模糊不清了。但不是由於淚水湧出的緣故，因為我來不及悲哀，只有驚恐與不解。鞭聲！第一下非常響，像一聲槍響。「啊！」我完全分不清是人叫還是鬼叫。鞭聲——「啪！」慘叫聲——「啊！」鞭聲——「啪！」慘叫聲——「啊！」後來我已經不知道這是什麼聲音了，只覺得這兩種完全不同的聲音配合得很有節奏。我跟著別人向前緩緩移動，但我忘了我正在走向何處？漸漸那一聲聲的「啊」弱了下來，很快就完全消逝了。只剩下那一聲聲皮鞭「啪！啪！啪！……」顯得既單調而又毫無意義。等我離得近些的時候，我才猛然意識到我們在集體屠殺一個自己的兄弟，而且已經把他殺死。在差不多第二十個人以後，就不是在行刑，而是在鞭屍了。受懲的已經是我們大家，而不是山田君了。我正在走向那具不知疼痛的、血肉模糊的屍體。為什麼不到此為止、饒了我們呢？我看見成田少佐右手舉著刀，瞪著兩隻牯牛般的眼睛，監督著每一個士兵是否認真在執行他的命令。當我身前的那個士兵，轉身把馬鞭遞在我手裡的時候，我看著那已經沒有人形的一堆肉醬，覺得再要打下去好像沒有必要，也打不下去。我要是用力往下抽打一鞭，血水和肉醬勢必會濺我一身一臉。我遲疑了，也只是一秒鐘。這時，我突然注意到成田少佐握刀的手顫動了一下，我立即清醒了過來，急忙高高揚起馬鞭，閉著眼睛竭盡全力向下抽了一鞭。我感覺到血水和肉醬濺了我一頭一臉。我很快把馬鞭交給了下一個。在我轉身的時候，發現成田少佐的全身都已經被血染紅了。他到底是嗜血？還是冷血？在隊伍解散以後，我跳進公共浴室的大桶裡，用肥皂洗了很久……但山田君的血腥味兒，一直都滲透在我的皮膚裡和思維裡。使我永遠都沉浸在血腥味之中，而且隨時都能看到那堆肉醬，那肉醬就是曾經和我經常說悄悄話的山田君嗎!?美智子小姐！我實在不應該把這些血淋淋的圖畫，描繪給一位我敬慕和深愛著的小姐看。可我按捺不住，我真誠希望妳能知道戰爭的真象，從而對我的想法哪怕有些許的理解，我就十分滿足了！妳一定想像不到，我現在寫一封信是多麼的艱難。戰場上是不許有任何燈光的，卻可以在任何一個村莊點起沖天大火。我現在正在一座將要燃盡了的山村裡。別人都借助村莊餘燼的溫暖躺在廢墟上沉睡了！我靠著一扇斷牆假裝在休息，借助一根還在燃燒的柱子給妳寫信。這根柱子就像一根巨大的蠟燭，它那最後的光焰正在掙扎，我不得不到此為止了。祝妳快樂！

高橋敏夫

昭和十三年十二月三十日於支那中原戰場某地

秦菱芬說

又是一夜沒有睡著，在天快要亮的時候只打了個盹兒。醒來抬頭一看，蓋地窨的篩子上多了一個小布包。立刻嚇得俺一身冷汗，俺一下就想到他來過了。那是啥呀？俺像貓兒似的一伸爪子，就取下了那包。熱的！很熱！打開一看，是烤熟了的紅薯。俺馬上就聞到一股香噴噴的熱氣，好多天都不知道熟食是啥滋味！俺任啥都顧不得了！捧起來就要吃。想想又覺得不對勁，能吃不？——俺自己問自己。是他送來的麼？他為啥要給俺送東西呢？他是從哪兒來的火種呢？俺慢慢爬上去隔著篩子眼兒往外看，我以為他在他那邊。誰知道他就蹲在俺的地窨沿上，有滋有味地吃著紅薯。對著我笑著說：「好西！」恍惚是咱們中國話的「好吃」。冷不防嚇了俺一跳，俺拼了命地大叫了一聲：「滾！滾！」隨即拿了衝擔向他捅去。他跳起來跑了，回到他自己的地窨沿兒上蹲著，向俺和和氣氣地說了好長一陣子他們的話，俺一句也聽不懂。看得出，不像有啥惡意。可他來的時候，為啥沒有弄響那些瓶瓶罐罐呢？鍘刀也還掛在門框上。這麼說，俺無論咋防都防不住他了呀！既是這樣，俺也不防了，可俺也不能讓你近身。從此往後，只要聽不見動靜，俺也敢在大白天從地窨裡爬出來透透氣了。他向俺說話，打手勢，俺只當沒看見。

高橋敏夫書信之五

美智子小姐：

天已經很寒冷了，我竟莫名其妙地想起了妳那條很厚的羊毛披肩，那是件俄國貨吧？和服的外面披上一條俄式披肩，真是太美了！這裡是支那中原的南緣，山林很多，針葉林遍布在山坡上和小河邊，顯得依然鬱鬱蔥蔥。氣候和日本中部地區很相像。枯草被野火燒盡了，莊稼全部收割一空，落葉喬木只剩下在寒風中顫抖的枝幹了，這正是派遣軍司令部下令加緊掃蕩的理由。我們一進入豫南地區，不僅占領城鎮，也分兵下鄉清剿各種支那游擊隊。所有的支那游擊隊都避免和皇軍正面作戰，我們清剿的實際對象，是沒有武器、也沒有力氣逃命的城市難民和農村裡的老弱婦孺。今天，我們血洗了一個小鎮。回營以後，我的身心都疲憊到了頂點。沮喪、痛苦、百思不得其解。很想灌一肚子清酒，渾渾噩噩地睡到死。不巧又被派去值子夜後的第一班崗，而且是營房外的遊動哨，要從營房大門崗哨到側門崗哨不停地遊動。對於一個皇軍士兵來說，令（「軍隊內務令」）、典（「步兵操典」）、範（「射擊教範」）就是時時刻刻箍在頭上的三道緊箍咒，稍有疏忽就要遭殃。值星上等兵隨時都會在你身上挑出毛病來，即使你能把令、典、範背得滾瓜爛熟也不行。遊動哨必須槍上肩，要眼觀六路，耳聽八方。我整個地像是散了架似的，連站都站不直。我的樣子可想而知，有多麼狼狽了！好在老兵和長官們也和我一樣疲憊，他們的疲憊是由於狂暴的興奮，是由於肆虐的發洩。遇到他們的可能性比較小，但絕不能掉以輕心。盡量支撐著每一個疼痛的關節，保持著軍容儀態和步伐的起碼標準。心裡卻在暗暗地整理著在白天那場殺戮中，我的窘迫，那是找不到任何觀念意義上的依托的窘迫。我的憤怒，那是不敢形於色、動於情的憤怒。當我進入一間只有半個屋頂的民房時，民房裡堆滿了乾稻草。我習慣地喊了一聲：「有人嗎!?有人就給我出來！」我在喊出以後的第一秒鐘就後悔了。我要是不喊就好了，我要是不喊就好了！我為什麼要喊呢！我是可以不喊的。看一看，沒見人，出去就好了，就什麼事也沒有了。但是，我喊了。可這不是不可避免的，我為什麼要喊那麼一聲呢？這聲喊，使得躲在草堆裡的那個姑娘和男孩兒受了驚嚇，在草堆裡顫抖著喊出聲來。我喊的是：有人嗎？說明我不知道有人。你們可以不動、不理呀！當然，他們聽不懂日本話。我的口氣又特別凶狠。即使他們喊了，我也應該聽得出他們是婦女，是孩子。可我，為什麼又要去掀開稻草去看呢？聽見了，也可以走呀！我掀開稻草看見的竟是一個和美智子——妳非常相像的姑娘，與她抱在一起的是一個和兵衛非常相像的男孩兒。他們一定也是兩姐弟吧？在這裡，在戰場上，會完全出乎意料之外的看見妳和兵衛！我是多麼地驚奇和震撼啊！也許是由於我日日夜夜對妳的思念，把年齡相似的姑娘重合在一起了。但是，我第一眼看到的就是妳，只不過她的眼睛裡是妳從來都沒有過的極度的驚恐，妳總是那樣含情脈脈，總是那樣自信，總是那樣寧靜。我把妳當做最信任的親人，從今以後，我什麼話都要對妳講，用最真誠的兄弟的態度對妳講。應該承認，我和其他日本兵一樣，在一個被占領的土地上，也有那種放任的企圖。妳知道我指的放任絕不是頑童的放任。是發育健全的年輕人，又由於失去任何約束而向獸性傾斜的那種放任。因為那是很容易的，而且不僅得到上級的允許，他們甚至是鼓勵的態度，越是對被占領土地上的民眾殘暴，好像越是對大元帥忠誠似的。但我和戰友們所不同的正是妳了解的懦弱，我不可能在支那女子面前產生性欲衝動，她們都像是哀叫著引頸就戮的羊羔兒。我的許多同伴都可以，甚至當著眾人、在光天化日之下剝光她們的衣服。有些還要在奸淫以後，剖開她們的肚子。寫到這兒，我知道妳是萬萬不會相信的。妳也許認為我這個日本人，在誣蔑日本皇軍。我敢對著遙遠的富士山發誓，所有的一切都是我親眼目睹。美智子！請妳想一想，我見到的是妳和兵衛，或者說是很像妳和兵衛的一對支那姐弟。我會有邪念嗎？美智子！妳是我心中最聖潔的仙女！我的本意是要他們不要響，他們不懂，反而跪在我的面前大哭著乞求我的寬恕。他們的哭聲招來了佐藤小隊長和一年兵酒井，我情不自禁地對佐藤小隊長叫道：「報告小隊長！他們不是游擊隊，是難民！是沒有抵抗力的女孩兒和男孩兒。」佐藤小隊長向我作著怪相：「想不到呀！高橋！你想獨占？我會給你留足夠的時間的，不過，你應該是第二，不！第三！第二是酒井。你先給我幫幫忙吧！」美智子！我真想當著他們的面哭出來。但我忍住了！此時此刻我只能向妳承認：我是個懦夫！我急急忙忙地從屋裡退了出來。以後的事，可想而知。不要說我想到而無法用筆墨寫在紙上，即使是聽到暴虐者和受害者的聲音，我也寫不出，也不能寫，特別是寫在給妳的信上。我相信佐藤小隊長和酒井在日本的時候，很可能也是他們父母的好兒子，是他們弟弟妹妹的好哥哥。聽他們說他們都有了未婚妻，他們在未婚妻的面前都一定表現得彬彬有禮，甚至連說話都不敢帶髒字兒。可他們在一個被占領國，就自然而然地從人變成了獸！為所欲為，肆無忌憚，毫無人性。而且只要我願意，稍稍地放鬆一下，我完全可能像他們一樣。這太可怕了，也太可恥了！為什麼？因為……說一句該處死刑的話，是大元帥陛下給我們的權利太大了！在聖戰的旗幟下，把對被占領國的民眾的迫害，把最殘酷、最醜惡的暴行，在大部分皇軍官兵的觀念中，都變成了最合理、最榮耀的功業。我在遊動哨上，想了很多。首先，我對山田君的鋌而走險有了理解。現在我也想立即丟掉手裡的步槍，逃離戰場。我寧願在山洞裡當一個野人，也不願意充當獸群裡的一個野獸，在人群中肆虐。可是，當我一想到棄槍逃跑的時候，山田君的形象就出現在我的眼前。當然不是那個和我頭靠著頭、竊竊私語的山田君，而是在灌木叢中站起來高舉著雙手的山田君，是被我用繩子牽著的山田君，是將要被宰殺的豬似的山田君，是在全大隊的隊列前面無人色的山田君，是血肉模糊的山田君。而在我的耳邊則是不斷的鞭撻聲，和山田君的慘叫聲。啪！——啊！——啪！——啊！——啪！……一聲、一聲，接連著。越來越清晰，越來越重。就像是打在我的身上，就像是我自己由於疼痛在厲聲慘叫。一直到帶班換崗的下士官和下一班哨兵就要到來的時候，我才咬緊牙關作出了一個真正的亡命的決定！我實在不能忍受，那一對酷似妳和兵衛的支那姐弟的受辱和死亡。我一想到，時時刻刻都要和侮辱和殺害那一對和妳酷似的支那姐弟的凶殺手為伍的時候，我寧肯立即死去。所以我義無反顧地把大元帥陛下賜給我的三八式步槍，輕輕地平放在圍牆邊的草叢裡，飛快地鑽進了黑夜。我沒有方向，沒有目標。我只想獨自一人過哪怕一天人的生活，我不侵犯別人，別人也不侵犯我。即使一天以後被支那人發現，不管青紅皂白，把我殺死（不會比被自己人鞭撻致死更難堪）——作為人去死，不是比活在野獸中間要好嗎？在我奔跑於黑暗的田野中的時候，我首先想到的是妳的不理解，妳會把我當做國賊，妳會因為有一個國賊朋友而感到羞恥。妳知道我唯一重視的就是妳的看法，妳的想法，和妳的快樂和痛苦。但我即使想轉身走回去，已經不可能了。我是有過轉身走回去的念頭來著，僅僅是一個念頭，也被準確的哨兵換崗時間完全給打消了。我已經聽見下士官青野大驚小怪的吼聲，而且他還向夜空中開了兩槍，槍聲非常之響，因為夜實在太靜了，槍聲又是那樣突然。我知道他們不會追趕，在夜間，他們懷疑這是支那游擊隊的圈套。我只有跑，盲目地跑，不停地跑，氣喘吁吁地跑，拼命地跑。等我鑽進山林以後才想到，山林是支那游擊隊的營房。我遇到第一個支那游擊隊員的時候，他會立即不問青紅皂白地把我打死。當我想到：天下之大，竟沒有我一尺藏身之地的時候，我又被一種沉重的悲哀壓得欲哭無淚，像一隻走投無路的狼，咬著自己的爪子嗚咽起來。依稀的晨光，使我看到了一線生路。那就是深深埋藏在樹林裡的一座小村莊的廢墟。顯然，皇軍已經光顧過了。好就好在皇軍已經光顧過，因此皇軍就再也不會光顧了。這裡的房屋原來都是用石頭修砌的，焚燒和倒塌以後，像是一群有站、有坐、有臥的古代士兵。我在杳無人跡的廢墟裡找到了一個被石板半掩蓋著的地窖，而且藏著糧食。我真有點兒喜出望外，僅此，我的處境就比魯濱遜要好得多。早上，一縷陽光正射在我的懷裡，我可以給妳寫信，我口袋裡還有幾支鉛筆。我當然知道，以後給妳寫的信幾乎沒有可能被妳收到。但我已經習慣了。因為我在給妳寫信的時候，妳就坐在我的身邊，寬容地聽著我的傾訴。我甚至能聞到妳芬芳的氣息……

高橋敏夫

昭和十四年一月十一日於支那中原戰場某地

秦菱芬說

俺知道他好像不會糟害我，可俺就是不讓他走過來。他要是知道我不是個男孩兒，是個女孩兒，咋辦？說起來也怪有意思，俺跟他從來都沒有說過話，不知道為什麼，像是商量過了似的。我睡著了的時候，他醒著，把頭伸到地窖外頭，給俺把風。一有動靜，他就給俺扔一塊石頭。他睡著了的時候，俺也這樣做。這樣一來，他和俺都鬆快多了。可以放心大膽地睡，也能燒些熟食吃了。火種和柴火是他給俺送來的，俺特別奇怪的是他在哪兒找到的火種？是他帶著洋火？對了，他準帶著洋火。所以他總有火種，天天給俺送到地窖邊上。日子長了，他走到地窖沿兒上，俺也敢看他一眼了。他是個文文靜靜的年輕人，眉頭總是皺得緊緊的。俺實實在在地猜不透，他為了啥，躲在地窖裡，像俺一樣，過耗子一般驚驚乍乍的日子？有一回，俺還聽見他輕輕地唱歌，咿咿呀呀的聽不懂，有點兒悲，怪好聽的。俺聽了他的歌，不由得想到：都說老日沒有人性，耳聽是虛，眼見是實。俺親眼看見俺小衝秦晉兩家的劫難，每一具屍首都是俺拖進山洞裡掩埋起來的。血海深仇啊！俺咋能再相信老日會有人性呢？可……這個老日，這個人，俺不得不把他叫做人呀！這個人又是咋回事兒呢？

高橋敏夫書信之六

親愛的美智子小姐：

請原諒！我第一次這樣稱呼妳。即使妳不能接受我對妳這樣的稱呼，我還是這樣寫了！但願妳會為了這樣的稱呼而憤怒，因為妳能夠憤怒，就說明妳收到並且看到了我的這封信。歷史將出現怎樣的奇蹟，妳才真的能收到我在這個地窖裡寫的信呢？我實在是不敢妄想！我必須給妳寫信，除了給妳寫信以外我沒有講話的對象，這個村莊的農人真有本事，地窖裡清潔得連一隻老鼠都沒有。我在地窖裡藏著，說話連回音都得不到。我即使偶爾把頭伸到地面上看看，也不敢發出一點點聲響。我原以為在這個村莊的廢墟裡，除了我以外，一個生物都沒有。真沒想到，在第一個早晨，我第一次向地面上伸出頭的時候，就被躲在另一個地窖裡的人發現了。他當然是一個支那人，他的故事，可想而知。一定是皇軍血洗這個村莊以後的一個可憐的倖存者。他一定正在恐懼萬分地為我編故事，我的故事，任何一個支那人都是很難編圓的。我很想看看他是個什麼樣的人，很想告訴他，我和他，用支那一句古老的詩句來表達，就是：「同是天涯淪落人，相逢何必曾相識。」可我說了，他也聽不懂呀！我雖然讀過許多支那古代優美的詩歌，最最遺憾的是，我不能用支那的語言讀出來。我和他整整三個晝夜都不敢露頭，他當然是害怕我，我是怕嚇著了他。第四天清晨，我剛剛伸出頭來不久，他也伸出頭來了。他原來是個十幾歲的小男孩兒，一副很清秀，也很倔強的樣子。我向他擠了擠眼兒，他到底還是個孩子，竟學著我的樣兒，也擠了擠眼兒。人！我們都畢竟是人！儘管是敵人，不是也能夠溝通嗎？而且只是擠了一下眼睛，他就知道了。他就知道了我沒有惡意，我絕不會傷害他。他的善意的回應等於是對我的鼓勵，我跳出地窖就向他奔去。誰知道這個有心計的孩子，在他的周圍張掛了許多能發出警告聲響的障礙物——瓶瓶罐罐。我在一陣熱鬧的音樂聲中，衝到他的地窖前。就在那一瞬間，我好後悔啊！但已經晚了。「呼」地一聲，門框上落下一把巨大的鍘刀，如果不是我受過軍事訓練，閃跳及時；我的腦袋已經被劈成兩半了！真險！他突然從一個小孩兒變成一隻凶狠的小豹子，用當地農人擔柴草的、兩頭有鋒利鐵尖的扁擔刺向我的胸膛。幸虧我的腳下踩上一塊瓦片，滑了一跤。由於目標的意外移動，他刺中了我的右腿。我連忙瘸著腿連滾帶爬地逃回我的洞口。我坐在地窖上，從容地包紮著我的傷口。傷不太重，流了不少血，所幸我身上還有幾個急救包。我想，這樣也好，讓他知道我沒有惡意，受了傷，我也不會報復。他沒有伸出頭來。但並不是說他不在看我，他一定正在透過那個篩子的孔，偷偷地看著我。這時候我才明白，他剛才的善意表示是偶然的假象。仇視、格鬥才是他對我的正常反應。自從那天以後，我就再也不敢走進他的地窖了。

我感覺到，他在我沒露面的時候，修復了他的全部防禦體系。他在等待著和我拼個你死我活。唉！他哪裡知道，我是絕對不會傷害他的呀！是的，我們之間有一道民族的牆，還有一道語言的牆，再加上一道仇恨的牆！最厚、最高的一道牆是仇恨的牆，這完全是大日本皇軍用殘酷的殺戮修築起來的，當然不是我一個人的力量可以拆除。我苦苦地思索著，應該怎麼辦？我們對峙了幾天，當我們都把頭伸出地窖之外的時候，我故意輕輕地自言自語。而他的臉一直是鐵青的，背著我，或是側著身子，手裡還握著一把支那菜刀。驟然之間！我聽見一陣異常的聲音，不到兩秒鐘，我就聽出是馬蹄聲，是一支馬隊的馬蹄聲。我立即吹了一聲口哨，縮進地窖。我知道這是皇軍憲兵的馬隊，很可能和我的失蹤有關係。馬隊的搜索是粗糙的，他們的力量主要在於恐嚇。我擔心的倒是那個支那男孩兒的安全，我一直專注地傾聽著地面上的聲音。從騎兵們的對話裡，可以聽出他們的確是日本憲兵，搜索的對象是支那游擊隊，似乎也提到了一句通敵的國賊之類的話。在他們搜索了三圈以後，一個口氣像小隊長的人說了一句：「不必下馬了，這地方連個死狗也不會有！走吧！」接著馬蹄聲就漸漸遠了。在我伸出頭來的時候，那支那男孩兒也伸出了頭。我們不約而同輕鬆地嘆了一口氣，但當我笑著向他打招呼的時候，他用女孩似的嬌嗔斜了我一眼。我以為他應該明白了，看來他仍然對我有不可動搖的戒心。起先，我只能吃生的紅薯，沒有火種，也輕易不敢點火。同時我很自然地想到他，他一定也只能吃生紅薯。美智子！妳當然不知道，長期吃生冷的食物，胃很疼。因此我很懊惱我不會抽煙，如果我會抽煙，口袋裡一定會裝有一盒火柴。由此我立刻想到人類的祖先在尋找火種的原始目的，絕不是作為攻擊同類的武器，而一定是發現火烤的食物很香、很可口。現在我渴望找到火種，可是為了找一個火種去冒生命的危險，到還在燃燒著的地方，太不值得了！正在這個時候，一股冷風旋轉著吹進地窖，我打了一個寒噤之後就是一個噴嚏！這個噴嚏使我想起了我的爺爺。小小的我第一次冬日和他上山去拾柴，一陣寒風吹過，我打了一個很急、很響的噴嚏，他笑了，告訴我「敏夫呀！找個背風的山窩窩向向火吧？」「好呀！爺爺！可是哪兒來的火種呢？」「火種還不好辦嗎！爺爺有的是辦法。跟著我，拉住我的腰帶。我知道有個背風的山窩窩，就像老佛爺打坐的神仙洞。」果然，他把我帶到一個背風向陽的、淺淺的岩洞裡。「去！敏夫！去扯些枯草來。」在我扯來一抱枯草的時候，爺爺正在用兩塊準備夾柴火的木板搓著一件東西，越搓越快，不一會兒就聞見糊味了。拿開木板一看，原來是一小條棉花捲兒。他扯開棉花捲兒，我就看見暗火了。他再一吹，就出現明火了。我把燃著的棉花捲兒放在枯草中間，火苗兒就快快活活地蔓延開了。「爺爺！您真聰明！」「這是我從一個來自北海道的逃犯那裡學來的。」「可棉花從哪兒變出來的呢？」他把自己的棉襖袖子伸給我看，袖口有一個破洞，看樣子是他自己故意扯開的。於是，我就按照往日爺爺的辦法，如法泡製了。棉花加上滾的壓力，就誕生了火種。我在夜深人靜的時候，悄悄爬出地窖，在山邊上拾了些枯草和枯枝，挖了一個地灶，烘了幾塊紅薯。在紅薯熟了的時候，我想到了和我敵對著的鄰人。我應該讓他也能吃到熟食。為了給他送一塊熱紅薯，我找來很多破布，裹了又裹，想盡量保持一點溫熱。怎麼送過去呢？他在他的外圍陣地上，布置了許多一觸即響的「地雷」，一旦把那些「地雷」觸響，他就會和我拼命，他在地窖裡一定藏了各式各樣的冷兵器。我在新兵訓練時學到的排雷技術，有了用處。我非常非常小心地把他設置的警報障礙物，一個、一個地先用衣服包住，再輕輕地摘掉。主要是我在白天都用目光偵察得很仔細，所以沒有發出一聲哪怕最輕微的響聲。而且我憑著感覺，慢慢慢慢繞過他吊鍘刀的細線，把用布包著的熱紅薯，丟在他為了掩護瞭望才篷在地窖上的篩子上。我一直在注視著那個布包，但就在我一眨眼的功夫，就不見了。那時，天才剛剛發亮，他的手真快！這一下我的心裡特別舒坦，特別得意：你應該知道了吧！我和你是一樣的人！我悄悄走到他的地窖邊上，我以為他看見我會變得溫和些，誰知道，他一發現我正蹲在地窖沿上，立即拿起他那帶鐵尖的長扁擔，大叫著向我刺來。險些又把我刺中，我只好跳開，回到自己的陣地上。看來，我們要永遠為敵了。後來，我就放棄了和他靠近的希望。但我仍然把他當做共患難的鄰居，在我感覺到他支持不住沉沉入睡的時候，我就堅持醒著，有一次我聽到一個人在向我們接近的腳步聲，我就往他的地窖上丟一塊石子。看樣子，那是一個受驚嚇而瘋瘋癲癲的人從我們這裡過路。只一次，他就懂了。等到我堅持不住沉沉入睡的時候，他也像我一樣，醒著，為我把風。我為了不驚擾他，就再也不向他靠近了。美智子！我沒想到在危難之中的生活還會這麼有趣！妳相信嗎？有時候，在絕對安全的情況下，我還小聲唱我家鄉岐阜的民歌，唱著唱著，我的眼淚就流下來了。家鄉此刻有多麼的遠啊！今生今世再也回不去了！這……也意味著再也見不到妳了！美智子！我的絕望天空上唯一的星！

高橋敏夫

昭和十四年一月十七日於支那中原戰場某地

秦萎芬說

傍黑兒的時候，天就開始落雪了。老人們常說：年下，年下。該是年下了！在俺們小衝，只有在年下熱鬧。進入臘月，村裡人，個個臉上都掛著喜滋滋的笑容。人人心裡都像是在巴望著點兒啥，都像是在等點啥似的。鄉下人巴望的不就是年成嘛，鄉下人等的不就是一年到頭天天有三頓飯，過節的時候有頓肉吃嘛。老人們指望喝它半個月酒，一年到頭出大力的漢子，最最稀罕的是供了祖宗的大碗肥膘肉。男孩子們瞎鬧，為了正月裡可以賭錢，賭劈甘蔗，賭摔跤。女孩子們巴望的就是一套新衣裳，一朵紅絨花。還有啥？還有自己覺著自己已經長大了，常常會無端地笑了，無端地羞了，無端地哭了。心裡頭酸甜苦辣樣樣有，夠俺小妞兒們受用的了。誰能想得到，今年過年會這麼慘呢？小衝裡只有兩個人，那人到底是不是人？還不知道。好在相安無事，多少還有個照應。下雪天，俺的膽子大些，找了一個小鐵鍋，做了一鍋糯米飯。給他分了一半，用乾荷葉包了，送到他的地窖邊上。俺咳嗽了一聲，就跑回來，跳進自己的地窖。俺聽見他把頭伸出地面，對著俺這一方，嘰嘰哇哇說了一大堆老日的話，聽不懂，俺猜想他說的一定是些客氣話。俺才不理他哩！可心裡還是怪高興的。他給過我烤紅薯，俺還給他糯米飯。人跟人，不就是這樣嗎！相幫，相護，相信，相愛……俺跟他當然不能相信，更不能相愛。能夠相幫、相護俺壓根兒就沒想到過。其實，俺指望的只是別自相殘殺就萬幸了。雪越下越大，俺總是錯把遠處的槍聲當成了年下的爆竹……雪越厚，越暖和。暖和、安靜就容易睡著。睡著了，還容易做夢，俺夢見秦晉兩家人都在，一個也不缺，個個都穿著嶄新的衣裳。俺真傻！以為這不是夢，是剛剛蘇醒過來，在這以前的所有悲慘事都是剛剛做完的夢。這一顛倒，顛倒得讓俺好輕鬆，好高興啊！正在這個時候，禍事來了！俺這才知道啥叫樂極生悲。當俺冷不防覺得有人壓在俺身上的時候，俺的三魂一下就少了二魂。睜開眼睛一看，壓在俺身上的不是人，是個嘴裡流著饞涎的熊瞎子！這時候，俺啥都不在乎了，拼命地尖叫起來……

高橋敏夫書信之七

親愛的美智子：

我原以為，在一個隱蔽在山林中的小村裡，兩個關係奇特、又互相照應的落難者，只要沒有外人的闖入……這裡既沒有戰爭，也沒有戲劇。當然，我們各自的前途也很渺茫。昨夜，落了好大的雪啊！和我們家鄉岐阜山林裡的暴風雪一模一樣。沒有強烈的聲音，但妳會感到它那壓倒一切的氣勢。想不到他會像我送他烤紅薯一樣，悄悄地送給我很大一包糯米飯。他和我不同的是，他及時用一聲咳嗽告訴了我，我得到的時候，糯米飯還很燙。真好吃呀！我向他說了很多道謝的話。我當然知道他聽不懂，可我必須感謝他。他一定會猜得到我的主要意思，這樣，就很滿足了。那一頓吃得很飽，我為了讓他好好睡一覺，我不能睡。妳也知道，下雪天，寧靜，安詳，很容易入睡，我就用草稈兒撐著眼皮。為了他，我不能睡。雖然這樣大的雪，皇軍和游擊隊一般都不會出動。可是，我要以防萬一呀！沒想到，果然出事了！子夜以後，我好像聽見了一個女孩兒的呼救聲！剛剛聽到第一聲的時候，我的直感就告訴我：女聲！但好像很遙遠。可能是因為我們都在地窖裡，又加上我完全沒想到他是女孩兒。等我意識到這可能是我的鄰居的喊聲，我不顧一切地從地窖裡跳出來，抓起一根削了尖兒竹長的桿，差不多三秒鐘就跳到他的地窖上。這時我除了聽見他的呼叫聲，同時聽到的是幾聲熊的吼叫。我反而比較寬心些了，因為真正的野獸，比人退化成的野獸要好對付得多。我毫不猶豫地先以最大的力氣向地窖裡喝叫了一聲：「呀——！」那熊立即把頭轉向了我吼叫起來，我乘勢把竹桿插進熊的血盆大口裡，我是想全力捅進牠的口腔，一直插下去，插透牠的內臟。誰知道，牠一甩頭，一口就咬碎了竹桿。呼地一聲跳到地面上來，非常準確地撲向我。我首先扼住了牠的頸子，幸好它是一頭一歲多的小熊，要是一隻大熊，用牠的重量就能把我壓倒。牠像是相撲那樣用兩隻熊掌抓住我的肩頭，我沒有辦法抽出手來摸自己腰裡的匕首。就在這千鈞一髮的時候，他及時爬出了地窖，大喊一聲，用一把支那菜刀劈向熊的後背。他竭盡全力，刀劈在熊的脊背上，也只能讓熊受到一瞬間的干擾。熊只是轉過頭去，看了他一下，這就夠了！我騰出一隻手來，從腰間摸出匕首，對準牠的咽喉刺進去！那匕首是我爺爺遺留給我的獵刀。妳也許知道，遠在日本的戰國時期，我的故鄉就以生產削鐵如泥的鋼刀而聞名日本列島。那熊喉嚨咕嚕咕嚕地噴著血，轟地一聲就倒下了。牠掙扎著想再爬起來，但試了三次都沒爬起來。當我確切知道牠已經斷了氣，這才把臉轉向驚魂未定的他。我第一次離他這麼近，雪地的反光又比較亮。我看見他的棉襖的前大襟被熊撕得幾乎掉了下來，露出一隻女孩兒的左乳，乳房下的腹部顯然被熊抓了一把，正在滴血。我雙重吃驚地指著她——這時我才知道她是姑娘。我指著她的傷口，她才發現自己裸露著一隻乳房。她立即尖叫一聲，連忙用塊破爛的前襟捂住了自己的胸。我飛跑著回到自己的地窖，拿了一個軍用急救包，再跑回來的時候，她已經跳進了地窖。我顧不得了！美智子！我不管她願意不願意，我不管她會不會用刀殺我，我跳進了地窖。她住的地窖很小，我一跳進去幾乎就和她近得臉對著臉。我拿出急救包要為她包紮傷口，她可能以為我要冒犯她。我只好把我包著急救包的腿伸出來給她看，她當然知道這是她刺傷的，也就明白了我的意思。她小聲喘著氣，緊緊地抱著她的乳房，只把傷口露出來。我給她包紮了傷口，雖然很小心，我的冰冷的手還是碰了一下她的後腰，她嗷地小聲叫了一聲。我連忙向她道歉，用手比劃著告訴她，要她休息。在我告別時給她鞠躬的時候，我的頭碰了她的頭。我怕把她的頭碰疼了，伸手要給她揉揉。她驚叫著雙手抱住自己的頭，轉過身去。我只好連聲道歉著跳出她的地窖，回到自己的地窖。親愛的美智子！我在此之前就對妳說過，無論我有什麼事，包括想法，我都要告訴妳，絕不隱瞞。我回到自己的地窖以後，覺著氣溫比上半夜要冷，應該蒙頭大睡，我的地窖裡有好幾床棉被，我剛來的時候，就收集了好多必需的用品。爺爺說我：你呀！你一出生就怕冷，像隻賴灶貓似的。但是，當我真的蓋上被子蒙上頭的時候，很快就清醒了！燥熱、乾渴。因為我一閉上眼睛就看見她的那隻乳房。對不起！美智子！我向妳說這樣的話。如果在日本，在和平的時期，當著妳的面，打死我，我也說不出口。這大概就是男人的性衝動吧！我們家鄉有一句俗話說：當兵一年，見了母豬也眼饞。如果沒有自我約束，如果把她當做一個雌性動物的肉體，一個一嚇唬就匍匐在地的女奴，我也會向她施暴嗎？——我在自問自答：會！我是多麼讓自己失望啊！也一定讓妳更為失望。這時我對那個曾經使我十分困惑的問題，有點明白了。曾經是我的戰友的那些皇軍官兵，大概就是這樣從人變成野獸的。我也會變成野獸？著實讓我嚇了一大跳！是的，我甚至想放任一次，很想！我即使是睜著眼睛也能看見她的白淨的乳房，甚至我沒有看到過的、她的全部身體，而且是赤裸裸的。我是個沒有見到過異性裸體的一個青年男子，看到異性裸體的一部分，從而就朦朧地想到她的全部。這是很自然的，也覺得很美。——如果僅僅是停留在想像中，不是嗎？美智子！我此時更願意想像到妳的裸體。請別生氣，美智子！百分之九十九點九，妳看不到這封信。如果妳能看到這封信，很生氣，氣得狠狠地當眾不停地打我的耳光，該有多好！說明我已經生還日本，而且見到了妳。因為這封信只能是我才能交到妳的手裡，別的日本人即使得到這封信，也完全不知道我的美智子在哪兒？絕對無法傳遞給妳。是的，美智子！我已經想像到了妳的裸體，真美。當然這都是幻覺，我相信妳會允許我有幻覺，對不？幻覺是約束不住的，只能約束行動。我約束住了我的任何使妳感到羞恥的行動，我做到了。美智子！那一夜我沒有走出去，沒有向她走近一步。也許正因為她已經允許我作為一個人，進入過她的地窖——她的小小的世界，她的狹窄的領土，她的薄薄的蛋殼，我才羞於以一個野獸的面目出現在她的眼前。早上我反而睡著了，睡得特別沉。等我睜開眼睛的時候，竟然看見了天空，雪已停了。蓋在地窖上的石板被掀開了！這一意識使我大吃一驚！一躍而起！抬頭看見一個美麗的女孩兒，潔淨的臉，短頭髮，是個很陌生的女孩兒。但她像是沒有什麼惡意，她向我丟了一個荷葉包，我接住，打開一看，是一包熱騰騰的烤熊肉。這我才悟到她不就是我的鄰居——昨天的那個男孩兒嗎！我情不自禁地向她說了一聲謝謝！她微微一笑，臉蛋兒紅了。我招手讓她下來一起吃，她搖搖頭，轉身就跑回去了。

高橋敏夫

昭和十四年一月二十二日於支那中原戰場某地

秦菱芬說

這咋說哩？他是老日，又是俺的救命恩人。沒有他，就不是俺吃熊瞎子的肉，就是熊瞎子吃俺的肉。他還給俺裹傷，就是怪不好意思的，他看見了俺的女兒身。熊瞎子撕爛了俺的棉襖，俺都不知道。要是平常日子，俺真要羞死。俺再也瞞不住了，露出了真身。他給俺上的藥還真靈，一裹，血也止了，疼也止了，俺也放下心來了。他是個還有人心的老日，俺也不用怕他了。可俺還是不敢近他的身，那天一早，俺割了一條熊腿，架在火上燒熟了，加上鹽，給他送了一大塊。他招手要俺下去跟他一起吃，俺跑了。那咋行呀！地窨那麼窄狹，臉兒對著臉兒，呼口氣都能噴在俺臉上。夜裡他跳進俺的地窨，可把俺窘死了。還好，他是個規規矩矩的老實人，是真心誠意為俺裹傷的。在他向俺彎腰鞠躬的時候，又磕碰了俺的頭。接著他想給俺揉揉，俺嚇得直叫喚，反倒把他嚇跑了。俺從來都沒有跟一個非親非故的男人站得那麼近，俺這回才算把他看清楚，跟咱中國人一個樣。很像我見過的一個人，可那人是誰呀？俺想了好一陣子才想起來，啊！對了，他就像年前從縣裡逃出來、在小衝過路的那個年輕教員。文質彬彬的，時不時地用手指頭頂一頂往下掉的眼鏡。就是講的話嗚哩哇啦，跟咱中國人不一樣。看起來，老日也是人生父母養的，有血有肉，有心有肝……他那玻璃片後頭的眼睛不只是溫和，也有一種說不清、道不明的苦楚，那是對他自己落到這一步的憂愁，還是對俺這個無依無靠的弱女子的憐見？他到底是咋回事呢？是狼變成的人？還是他本來就是人，讓狼群給裹走了，他又從狼群裡跑出來？老日的隊伍裡到底有多少是人變成的狼？到底有多少讓狼裹走的人？狼能變成人？人能變成狼麼？

高橋敏夫日記之八

親愛的美智子：

我將永遠永世感謝妳！不管妳願意不願意，妳都是我心目中不可代替的愛人——甚至愛妻。正因為這樣，我的信念裡才有忠貞，才抵禦了性騷動的非非之想。那女孩兒對我已經解除了戒備，她已經敢於跳進我棲身的地窖了。我們不能交談，可她願意聽我唱歌，我幾乎把我記得的故鄉民歌和用和歌改編的古曲都給她唱遍了，她從來都沒聽厭過。有一天晚上，在我的地窖裡，她和我一起吃了飯，我要給她在傷口上紮上一個新的急救包。她把衣裳撩起來，讓我給她解開舊的，換上新的。說真的，我很感動，我們像一對兄妹。換了急救包，她沒有馬上回去。因為我們語言不通，常常是相向注視著默默無語。美智子！妳知道，美麗、聰明的女孩兒的眼睛是會說話的，就像妳的眼睛。我從妳的眼睛裡看到的話，比我聽到的要多十倍。我知道，她已經不但是不戒備我了，還有點兒依戀我。我指著我自己告訴她：「敏夫！敏夫！……」她很聰明，知道敏夫是我的名字。她指著自己對我說：「菱芬！菱芬！……」於是我知道了她的名字。我為了練習，不斷地叫著：「菱芬！菱芬！……」她也可能是為了練習，小聲地念著：「敏夫！敏夫！……」後來，我沒有向她要求過，她的嘴忽然張開了。

輕輕地唱起歌來，我當然聽不懂她唱的是什麼，只覺得好聽。這是我第一次聽到日本執意要征服的一個國家的歌曲，歌手是這個國家的柔弱而又堅強的女孩兒。歌聲像是面對岩石阻撓的流水，它總是要沖過去，總是要漫過去，總是要舒展地奔流……她的歌聲被遠處的一聲犬吠聲打斷了！在戰爭中求生的人，他們的耳朵絕對超乎常人的靈敏，我和她都能聽出這不是鄉下人豢養的家犬。她情不自禁地突然抓住了我的手，只一下就又像抓住火炭似的鬆開了。她指了指上面，我明白她的意思，點點頭。她敏捷地跳出了我的地窖，在我的地窖上，為我做好偽裝才回到自己的地窖裡。我有一種預感，好像危險已經迫在眉睫。我打開一直不捨得使用的軍用電筒，我要記下剛剛發生的事……不！不！可以說，不是事，也沒有發生什麼事。只是一段優美的聲音，一團幽谷綠蔭中百合花般的色彩，一個久久環繞著我的、溫馨的氛圍……又是一聲犬吠，更近了些。看樣子我只好暫時停筆了，等可能的凶險過去了以後，再慢慢地寫，就像小時候得到一塊我最喜歡的糖果一樣，生怕把它一下就在嘴裡融化完了。想要記住的，一定不會忘記。此時我聽見了皇軍騎兵的馬蹄聲……

高橋敏夫

昭和十四年一月匆草……

秦菱芬說

那天夜裡，老日的馬隊又來了。後來才聽人說，他們筆直筆直地就開進了俺小衝。是因為俺們保裡從前的保長張禿子，向城裡老日的司令部告了密。頭一天早上張禿子來小衝，說想看看還有沒有活人（找活人是假，來小衝摸點死人的財物是真），他還沒走出林子，就看見一個孤零零的老日逃兵，正在點火燒東西吃。他朝自己的光腦袋上打了一巴掌：「去！向皇軍領賞！」（後來，他真的領了一份重賞，皇軍給了他五顆「花生米」。老日咋能讓一個中國人知道皇軍的醜事呢！這是張禿子死也想不到的）他領來了老日的馬隊。老日要一寸一寸地搜，要掘地七尺地搜。他……在地窖裡聽見了，一下就跳出了地窖，從那些樹林子般密的馬腿裡衝了出去。他大喊大叫地向前跑，他咋會不知道人腿跑不過馬腿呢！再說，他們還帶著一群汪汪叫著的狼狗。俺知道！俺當時就知道，他是怕把俺也搜了出來……等俺爬出地窖的時候，老日的馬隊已經都走遠了。俺一直追到大路上，看見他的雙手捆著，馬拖著他在地上飛跑。他在地上像滾麻花似的，大聲喊著：「菱芬！菱芬……！」俺知道他是在喊俺，俺像中了魔似的奔過去，喊著他的名字，一直追到大路上。俺追不上，跑死也追不上。後來，俺跌倒了，俺就爬，俺的棉襖大襟上全都染上了血，那是一條血路啊！一條血路……！

尾聲

前年，我回了一次家鄉。當我佇立在那座有名的大水庫岸邊的時候，時光在我的眼前重又倒流了五十多年。驀地，一個小姑娘的聲音在叫我：「爺爺！爺爺！坐船不？坐船可好玩啊！不貴，算便宜點！爺爺！爺爺！……」我這才看見是個十五、六歲的小女孩兒，一手牽著她的船纜繩，一手扯著我的衣裳角。我問她：「妳知道馮家莊不？」「知道！」她連忙說：「馮家莊早就淹在水底下！你老是多年沒回過老家了吧？你老是馮家莊的人？想去看看？坐俺的船，俺能讓你老看得清清楚楚。不但能看見街道房屋，還能看見趕集的男女老少，熙熙攘攘的，可好看了！」人越老就越小，我竟然聽信了她的慫恿，上了她的船。那是條船尾加了汽油機的木船，在水面上駛行了一個多小時。她告訴我說：「到了！爺爺你往水底下看！看見了不？那不是山？那不是山裡的路？那不是鎮上的街道？那不是來來往往的人？那個賣糊辣湯的小妞兒，還穿著早就不時興了的棉襖，看見了不？爺爺！俺沒哄你吧？」可說良心話，我什麼也沒看見，水下全都被水草給遮住了。只看見幾十條人一般長的大青魚，在水草裡穿來穿去。我的眼睛雖然老花，那只是在看書和使用電腦的時候才要帶眼鏡。往遠處看，我還是一雙機槍手的眼睛，照樣準頭十分好，殺傷力非常之強！我相信任何人都看不見她看到的東西。可她那咄咄逼人的態度和語氣非常有說服力，不由得你對她眼中的景象有任何懷疑，要懷疑，你只能懷疑你自己。「看見了吧？爺爺？」我只能說：「看見了！看見了……」但我看見的和她看見的絕對不是同一幅風景，絕不是！「是呀！我看見了！」我能覺察到，她偷偷地捂著嘴笑了：「爺爺！既然是看見了，你老就多給點船錢，啊!?」「好，多給點船錢……」

擊筑者

公元前二二〇年的洨河並不像今天這樣：夏秋氾濫，冬春斷流，河床狹淺。那時的洨河是一條終年洶湧浩蕩的湍流。兩岸林木蔥蘢，一片茅草如茵。高漸離蓬頭垢面，破衣麻鞋，肩上扛著一只碩大的革囊，沿著一條林蔭小路，大步走到河邊。當他正要蹲下來的時候，一片黃葉像箭簇一樣斜落下來，從高漸離的眉梢上劃過，墜入水中。他吃了一驚。待等他再看的時候，那片兩頭翹翹的黃葉旋即向東飄流，瞬息間即隨水逝去。高漸離怔了許久才蹲下來，從懷裡掏出一只樺瓢，伸進河水，水已經有了寒意。突然之間，他的頭頂上空響起七年前易水邊的悲歌。

風蕭蕭兮易水寒

壯士一去兮不復還……

蕭颯秋風吹拂著燕太子丹和送行者們的一片白色衣冠。一個個目眥俱裂，怒髮衝冠。那伴奏的筑（註一）聲，高昂激越。引以為終生快事的擊筑者是我，是我。當荊卿的車輪開始滾動的時候，我已非我，筑已非筑了，我的魂靈和筑的聲音都隨荊卿遠去了。如今，筑呢？秘藏於匣中。擊筑者呢？失去了魂靈的擊筑者呢？成了一具活屍，屈身人下，為人奴僕。想到這兒，他把樺瓢和革囊丟在岸邊，喝叫著用雙手狠命地捶打著河水，水花四濺，聲震四野，嚇得鳧在水面上的雪白鳥群四散飛去……生命是什麼？擊筑者的生命是什麼？生命不就是筑聲麼！我本來是什麼人？來自何處？我不是擊筑者高漸離麼？我不是來自燕京荊軻的府第麼？為什麼頂著一個虛構的名字——阿乙？披著一身襤褸的偽裝？寄生在一個土頭土腦的莊園主鍾昆的土屋裡。因為惜命，為了一個和螻蟻相同的動機，為了這個可憐的動機，不惜給自己畫了一個服苦役的牢獄，把筑裝進一個木頭的棺材，讓它銷聲匿跡。荊卿的酒友、歌友、密友、生死手足會因為惜命而苟活！在荊卿擊秦王不中而死之後，在故國淪亡之後，在太子丹被自己的生身父王殺戮之後……我竟會如此猥瑣地活著。高漸離的雙手由擊水轉而猛擊自己的頭顱、胸膛，直至昏厥……

待醒來，已日近黃昏了。高漸離這才灌滿革囊，將革囊負在寬闊的背上，垂頭喪氣地走向主子的莊院。走著走著，他聽見了一種聲音。筑？是筑！是筑！不！也許是苦思冥想形成的幻覺？但他離莊院愈近，筑聲愈強。當他走到門前的時候，確信並非幻覺，筑聲來自堂上。但這筑聲在他聽來，只是絲竹之聲。難道筑聲不是絲竹之聲嗎？是！又定非絲竹之聲。堂上這位擊筑者既無激情，又無思索；既無摯愛，又無憤怒；既非恬淡，又非亢奮……高漸離恨不能取而代之，在不知不覺中，他的手指鬆開了。沉重的革囊滑落在地上，囊破水迸，連高漸離自己也成了一個落湯雞。主人鍾昆聞聲奔出，大聲喝罵：

「阿乙！你怎麼會這樣粗笨！還不退下，重新下河取水？」

此時中斷了的筑聲又響了。高漸離好像完全沒聽見主子的聲音，喃喃自語：

「筑……筑……怎麼能用竹去擊筑呢？」

鍾昆感到很奇怪，說：

「不用竹去擊筑，用什麼？」

「主人！以心，以心啊！」

鍾昆不但奇怪，而且大為驚訝。

「你會擊筑嗎？阿乙！」

「主人！」高漸離激動不已地搓著雙手。「請等一等，我去去就來。」

不多會兒，高漸離步入堂上的時候已經不是短衫奴僕了，他身著袍服，雙手捧筑，岸然登堂。鍾昆和客人們不得不刮目相待，肅然起敬，特別為他設了一個座位。高漸離泰然入席，閉目靜思了片刻。驀然，如同在無痕止水之上落下一滴冷雨。一聲微響之後，又是萬籟俱寂。良久，只見高漸離的右手一抖，一陣疾雨撒落下來，萬張荷葉之上立即滾動著數不清的珍珠，滿堂生輝，舉座皆驚，一片唏噓讚嘆。接著就是此起彼伏的浪花飛濺，之後，來自天上的狂瀑重重疊疊地跌落在大地上，化為一條洶湧澎湃的江河……高漸離再一次看到了易水，慷慨悲歌時淹沒易水的嗚咽。

風蕭蕭兮易水寒，壯士一去兮不復還……

從狂歌痛飲的燕市走向易水的路是漫長的，舉步維艱。長者田光將荊卿舉薦給燕太子丹，將燕太子丹的萬金重託轉交給了荊卿。為了向燕太子丹和荊卿明志，田光擲出了蒼白的頭顱。

「請奉告太子，田光已經死了，他自然知道這是為什麼……」

他用劍說出了自己的心聲：割斷了喉嚨的頭顱再也不會開口了，死是永恆的沉默，永遠的忠誠，巔峰的信義！不但使太子丹伏地泣涕，也使荊卿的身心受到強烈的震撼。當太子丹匍匐頓首，請荊卿鋌身而出去刺殺秦王的時候，荊卿問太子丹：

「除了匕首之外，就沒有別的道理可以與秦王對話嗎？」

「荊卿！你說呢？」

「太子！天下人怎麼說呢？」

「荊卿！你日夜飲於燕市，對於天下人，你比我知道得太多了。」

「是的，太子！天下人都知道，除了匕首，再也沒有別的道理可以與秦王對話了！秦王曾經發誓：在他統一六國之後，除醫書、卜術、種植和秦記以外的書全部燒毀，包括列國史記、傳、書、百家在內……你聽說過嗎？太子！」

「聽說過，荊卿！」

「所以天下人和秦王以什麼為依據來對話呢!?」

「這麼說，荊卿！你答應了丹的請求？」

荊卿說了一聲：

「諾！」

太子丹立即尊荊軻為上卿，賜駿馬高車、華服豪宅、青春玉女……荊卿是太子丹的門下客，高漸離等又是荊卿的門下客。太子丹滿足了他們一切奢侈的願望，有索必予，應有盡有。

高漸離記得，當荊卿發現自己多看了幾眼一位名叫燕妮的舞姬，荊卿笑了，指著那個豆蔻年華、明豔動人的少女對高漸離說：

「筑兄！看得出，你屬意於她，去，把她抱走，讓她為你……為你做一切事！包括床笫之歡。」

「荊卿！愛美之心人皆有之，但君子不奪人之所愛，何況燕妮如此幼小呢!?」

「不！筑兄！別人不知道，你還不知道嗎？我也許是一顆驀然升起的明星，也許，這個也許也許就是肯定，那就是：我只是一道猝然明滅的閃電。」他把燕妮拉到高漸離身邊，問：

「妳愛他的筑聲嗎？」

「至愛。」

「妳愛擊筑者嗎？」

燕妮嫣然一笑。

「不知道，我只知道擊筑者對筑的憐愛勝於車騎、女子。」

高漸離大笑。

「知我者燕妮也。」

荊卿也就不再強求了。

筑聲由商（註二）轉為徵（註三）的時候，秋風驟起，落葉紛紛飄進庭堂，無窮無盡的落葉蓋住了主人和賓客的腳背……主客竦然。

擊筑者並沒看見落葉，他看見的是那個魁梧的叛逆者，秦軍大將樊於期，逃亡者的額頭上永遠堆積著沉重的烏雲。家產沒官，九族抄斬，寄人籬下，苟延殘喘。而且這道籬在旦夕即至的秦將王翦數十萬大軍的鐵蹄下，形同無物。

荊卿在拜訪樊將軍的時候，告訴他：

「秦王以千金、萬戶侯之賞索樊將軍項上的人頭，而軻，將以匕首索秦王項上的人頭。」

「荊卿將怎麼去接近警衛森嚴的秦王呢？」

「軻將以重禮敲開秦王的宮門。」

「什麼禮？」

「一是燕國督亢地方的地理圖……」

「那是秦王垂涎已久的一塊富饒的土地。」

「不，還有更重的，那就是樊將軍你項上的人頭。」荊卿說罷躬身不敢抬頭。

樊於期的回答就是拔劍出鞘，高大的身軀轟然倒地，一顆死未瞑目的首級落在荊卿的掌中。

筑聲又由徵轉為羽（註四）。

駟馬高車載著太子丹的殷切期望；載著田光先生光昭日月的信義；載著樊於期將軍怒目虯髯的頭顱；載著燕太子丹遍尋天下、斥百金從越人徐氏手中買來的匕首，又用劇毒藥物反覆焠煉，使之見血封喉；載著那個市井勇士秦舞陽；載著冷酷赴死的荊卿，目光炯炯，默默無聲，他就像一團隱藏在雲層中的霹靂。載著高漸離的筑聲和送別者的哭聲、歌聲絕塵而去……

筑聲漸強，強至極限時戛然而止，弦斷了。高漸離伏在筑上放聲痛哭。主客無不泣涕。

從此，阿乙擊筑的名聲不脛而走，傳遍天下。今日之天下已是秦王橫掃六國之後的一統天下，一傳十，十傳百，不幾日就傳進了咸陽宮。普天之下，莫非王土；率土之濱，莫非王臣。始皇帝派出急使急召阿乙。換馬不換車，日夜兼程，不幾日到達京城，宿於皇家館驛，等待明日黎明，攜筑登咸陽宮晉見始皇帝。驛官告訴高漸離說：

「你下榻的這間屋子，七年前荊軻犯上也曾在這裡下榻……」

「唔！」高漸離表現得非常冷漠，好像不知荊軻為何許人。

是夜，無月無星。高漸離席地而坐，力求能很快平靜下來，當年，荊卿也是這樣惴惴不安麼？一萬遍摸索著匕首，唯恐不夠鋒利，唯恐毒性不夠劇烈，他恨不能用自己的生命去試一試匕首是否萬無一失。一萬遍鋪開督亢的地圖，一條條藍色的線，像樹葉的脈絡，那是分布在督亢地區的河流，南北拒馬河、易水、永定河……全都是燕國賴以活命的血管啊！一片綠色，那是歲歲豐收的田野。爾後，荊卿打開紫檀木匣，和樊於期將軍談心。我完全知道他們會談些什麼。

「將軍，明天我就要為您復仇了，不！不！應該說是您自己為您自己來復仇，您很快就可以無畏地直目嬴政，而後就是我的一擊……」

「荊卿！可以託生死者，甚多。取信於一人而視為取信於萬眾萬世者，可是太少太少了。荊卿！於期第一眼就看懂了您，人的血肉之軀屹立於當世，或長於百年，或短如一瞬；人的靈魂卻能與日月同光。足下您就是具有如此燦爛輝煌靈魂的人……」

「將軍過獎了！軻只是一個極為平常的人，自幼酷愛讀書擊劍，曾遊說衛國的元君，元君不用。遊三晉，與大俠蓋聶論劍，蓋聶對我傲然怒目以對，我只能拂袖而去。遊趙，與魯句踐對弈，為了一子之爭，魯句踐大怒踢翻了棋盤，我想，輸不起的人，怎麼能敢於贏呢？我一語未發就走了。他們都以為我因為怯懦、軟弱才黯然離去的，但別人的目光改變不了我的形骸。到了燕國，整天和賣漿屠狗之輩相交，與擊筑者高漸離成為知音，和歌於鬧市，痛飲於長街，其樂無窮！軻之勇高於技，智高於勇，信又高於智。只要我說一聲『諾』，必忠於事，非成即死，改悔二字從來都是我身後的萬丈深淵。」

「這正是我所以能和您一見如故，一拍即合，並以荊卿為楷模，捨生取義，獻出我雖生猶死的頭顱，墊在您的腳下，願荊卿一蹴而就。」

荊卿泣涕伏地再拜樊於期將軍。

「將軍自刎之日，太子丹曾伏屍大慟，軻不僅無淚，反而喜形於色，太子丹責備我：樊將軍逃亡燕國，是來求生的，您難道不知道嗎？軻回答太子丹：我當然知道，而太子您只知其一，未知其二。樊將軍逃燕，想要得到的還有比生更為重要的東西。我助了他一臂之力，所以軻樂而無悲。樊將軍，今日我卻悲從中來。您知道這是為什麼嗎？」

「於期當然知道，上蒼給予我們的機遇過於短暫，展開地圖之後就是匕首了……」

「是的，樊將軍，軻全部心智的力量也是有限的……」

這時候荊卿的副手秦舞陽早已沉睡入夢，酣聲如雷了。

「荊卿，我知道您曾等待過另一位更為合適的助手，那位勇士並未趕到，太子丹心急如焚，催促您與此人相伴同行……」

「是的，樊將軍，雖然我理解太子丹的急切心情，因為秦國大軍已經壓境，燕國危在旦夕。但我還是當著太子丹的面拍碎了几案，我說：太子殿下！握著一把長不盈尺的匕首，進入敵目如星、戈矛林立的強秦，面對暴戾多疑的秦王，是要功——成——覆——命的！我所以遲遲未能成行，為的是等待我的另一隻手，太子殿下既然急不可待，軻就此辭別……謀事在人，成事在天。樊將軍，在易水邊，您不是也聽到了嗎？高漸離的筑聲，使我們出征者與送別者義憤填膺，泣涕揖別。唯樊將軍您二目圓睜，充滿悲壯而無一絲哀愁。正因為如此，軻才更加惶恐。因為您已實踐了您的萬金之諾，我……能嗎？」

「您能，荊卿！您當然能……但您比我難，死易，生難，生而守信更難。」

「唉——！」荊卿長嘆了一聲。「樊將軍，多謝您的信賴，我能！當然能！願將軍在天之靈與蒼天助我……」

——雖然古往今來都無人能證實當時荊卿和樊於期的首級的交談是否與高漸離的遙想一致，但高漸離卻堅信如此，好像當日他也在這間屋裡。因為他對荊卿知之太深了，如同對自己的筑一樣。這時，高漸離聽見有人叩門的「畢剝」聲。

「誰？」

「……」門外人不答，叩門聲卻不絕。

高漸離打開房門，一位用黑色披風蒙住頭臉的人閃入室內。

「筑兄！把一個至愛者忘了嗎？」來人的音色嬌美，待她脫了披風，一個絕代佳人如同新月出自雲海一般，鬢邊一簇紅似火焰的花朵，明眸皓齒，含笑含嗔。

「燕妮！」高漸離立即認出了她，雖然她比以前豐滿俏麗得多。「麗人妳更……」

「我替您說了吧，筑兄，燕妮更迷人了。可您更大膽了，您的膽量遠遠超過了荊卿，荊卿攜督亢地圖、捧樊於期首級才敢懷越國徐氏匕首進入秦國，還有秦舞陽為副手尚且功虧一簣，死於秦王劍下……您卻隻身攜筑，筑是殺不死人的。」

「燕妮美人兒！妳怎麼知道是我呢？始皇帝召見的是鄉下人阿乙呀！」

「筑兄，難道只有您能把聽到的聲音加以思辨找出結論嗎？我的耳朵並不亞於筑兄。我一聽說在宋子有一個擊筑者，技藝超群，蓋世無雙，聞者無不動容，無不讚嘆。不是筑兄，還能是誰呢？說實在的，與筑兄一別經年，無時不在念中，也許這就是心有靈犀一點通吧。」

「美人兒，妳有何見教呀？」

「有，恕妾狂妄不遜。暗藏兵刃，在侍衛如林之中向始皇帝索命，非筑兄之長。筑兄長於擊筑，這才是筑兄的強項，但筑兄的強項中也包含著明顯的弱勢。」

「願聽麗人教誨。」

「您的筑聲可以激勵千軍萬馬於困厄之中一躍而起，反敗為勝，斬將奪旗。也可以發人憂思而深省，以淚明目，反顧遠古，洞察未來。還可以啟迪智慧，使愚昧者明睿，改惡從善，向仁向愛……但您的筑聲有一大缺陷。」

「燕妮！是什麼？」

「沒有女兒身的柔媚。」

「啊！美人兒，可我為什麼要往我的筑聲裡注入女兒身的柔媚呢？」

「燕國的版圖、樊於期的首級、荊卿的儀表和辭令加起來，都不如女兒身的柔媚更容易接近始皇帝。」

「啊？是嗎？」

「這是妾自身的體驗，也是天性使然……」

「漸離怎樣才能往我的筑聲裡注入女兒身的嬌媚呢？」

「筑兒，您見過女兒身嗎？」

「當然，妳不就是女兒身嗎？」

「妾所說並非著華服、佩珠飾的女兒身，妾說的……是……你看！是這樣的女兒身。」

燕妮的絲袍從她的肩上滑落到腳下，一個上蒼的恩賜展現在高漸離面前。

「沒……沒……沒見過……」對於高漸離，她既完美，又陌生；既純情，又妖冶；既非凡，又世俗。高漸離心動神搖，連聲輕嘆……

「伸出您擊筑的手來，伸出您撫弦的手來！伸出來！筑兄！」燕妮面對他的遲疑命令地正色喝道：「伸出來！」

高漸離不能違抗地伸出雙手，顫抖著慢慢移向燕妮那象牙色的肌膚。燕妮欣慰地笑了。

「這就對了，柔軟嗎？細嫩嗎？涼？還是熱？大膽些，只當這是您的筑，可以隨心所欲，可以撫摸每一根敏感的弦，從第一根到第十三根……妾是您的筑，妾就是您的筑，您可以用最大的激情擊您的筑，您的筑會發出絕好的聲音，遠非您曾經達到過的高度……」高漸離沒有回答，只有呻吟和急促的喘息，他漸漸忘我地用雙手和目光莊嚴肅穆地去撫摸那面頰，那粉頸，那圓潤的肩頭，豐滿的胸，平滑的背，細小的腰。再由突起的臀到起伏不停的小腹，在燕妮的一聲驚叫中，滑下芳草叢生的幽谷。「筑兄！這就是女兒身！您會讓妾引吭高歌，您會讓妾魂飛天外……妾身不是比您的筑更得心應手嗎？……抱住，緊緊地抱住……抱，您會抱嗎？」燕妮大聲喊叫起來。

高漸離再也不能自持了，他把燕妮抱起來，用刷子一般的虯髯掃過每一根敏感的弦，隨即兩人一起倒在席上……此曲只應天上有……

當餘音還在夜空中繚繞的時候，燕妮問：

「筑兄，您的筑呢？」

「我的筑已經與燕妮合二為一了。」

「這麼說，您愛您的筑不也就是愛燕妮了嗎？」

「是的，我可以大聲重複一萬次：是的，是的，是的……」

「只是燕妮與筑兄唯此今宵一度了。」

「為什麼？」從來寵辱不驚的高漸離此時竟驚恐萬狀起來，一躍而起，抓住燕妮的雙肩。

「筑兄！燕妮和您一樣，您是因為美聲，燕妮是因為美色，才引起始皇帝的注意，召命您和燕妮來京陛見的，不想天下會有這等巧事，燕妮與筑兄同日到達，且同宿一座館驛。明日陛見之後，燕妮肯定會立刻留在宮中，禁城深似海，燕妮再也見不到筑兄了，也許在宮中還能聽到您的筑聲，當您擊筑撫弦的時候，也是燕妮極樂極悲的時候，願筑兄把筑當做燕妮，燕妮也就心滿意足了。」說罷燕妮泣不成聲。「筑兄，我知道您會用您的筑發出一個世人——包括您我從來都未曾聽到過的強音……」

一聲雞鳴，使燕妮倉惶起身，匆匆整裝與高漸離吻別，奪門衝出，飄然而去，溶入凌晨前墨黑的夜色之中了。

次日，燕妮果然在始皇帝的一瞥之下送入內宮。

高漸離端坐於殿堂之上，滿朝文武鴉雀無聲。面對始皇帝，高漸離不卑不亢，如置身曠野。筑聲悠揚，剛柔相濟，波浪起伏，特別是筑聲中透出一種男性難以抗拒的女性的柔媚。始皇帝如醉如痴，拍案叫絕。當他正要重賞高漸離的時候，中庶子蒙嘉走到始皇帝身邊，這個得寵的佞臣，曾經因為受重賄轉達過荊軻晉見秦王的請求，險些被腰斬棄市，始皇帝聽信他有與神仙交遊的本領，才赦免了他。為了立功贖罪，他在始皇帝案前悄聲說：

「陛下！朝野上下，已有人私下議論，這個阿乙很可能就是荊軻的密友和同謀高漸離，就是他在易水邊擊筑為荊軻壯行。」

「啊？」始皇帝大不以為然。「筑聲柔媚如此，難道會出於暴徒之手麼？」

「陛下，擊筑者與陛下近在咫尺……萬一……」

始皇帝這才冒叫一聲：

「高漸離！」

高漸離一驚之後，坦然作答：

「唯，我就是高漸離。」

「陛下！」蒙嘉以手掌從空中劈下，示意：殺無赦。

始皇帝反而笑了。

「好！荊軻敢於亡命，你的筑為他、為燕太子丹立下過豐功偉績。可為什麼只有你擊筑才能有如此美好的樂音呢？使朕聽筑如見美色。按秦律，你罪大惡極，朕可以把你碎屍萬段！你的筑，連累過你的筑，又救了你一命。死罪可免，但……」始皇帝停頓了很久，他是在選擇一個合適的刑罰。「朕要矐瞎你的雙目，還要你天天在朕的身邊擊筑，拉下去，行刑！」

高漸離被五花大綁，伏身在一塊木板之上，上下眼皮被四根青銅小鉤拉開，使他的眼球凸出。一堆馬糞燃起的濃煙通過一根陶管直噴高漸離那雙明亮如星的眼睛。整整一夜，高漸離的眼睛瞎了，從五彩繽紛的世界沉入永遠的黑夜。多麼恐怖啊！在他被鬆綁的時候，他不得不以手扶壁去尋找自己的筑，他在那個濃煙之夜所想到的是一個字：死！毀筑絕聲而後自盡。但當他摸到細滑的筑頸和圓潤的筑肩的時候，他突然想到了燕妮！他感覺到了燕妮那粉頸、那秀肩、那酥胸、那細腰、那豐臀、那……他情不自禁地從心底裡湧出一股柔情。他的手無意中觸響了一根弦，發出一個短暫的「角」音（註五），眼前好像閃現出一線陽光。他那根擊筑的竹片竟會自動跳進他的右手掌心之中。他席地而坐，開始擊筑，使他感到意外的是，像是沒有失明時那樣準確。是呀！以前我也不是靠眼睛擊筑的，以前我也不是靠眼睛來看世界的，以前我也不是靠眼睛來識人識事的。他又隨心所欲地擊筑了，隨心所欲地撫摸著筑的十三根彈動的弦，——這是燕妮，他通過燕妮又能隨心所欲地來看這個色彩絢麗的世界了！他的心境又可以隨著筑聲而寧靜，而歡愉，而壯懷激烈……他聽見了燕妮的聲音：當您擊筑撫弦的時候，也是燕妮極樂極悲的時候，願筑兄把筑當做燕妮……我知道您會用您的筑發出一個世人——包括您我從來都未曾聽到過的強音……我懂，我懂，那是肅殺之音，那是最冷酷、最暴烈、最絕對、最堅決、也是最後的聲音……此後，高漸離隨著生存和殘忍欲望的漸漸復甦，他安靜了。

高漸離在咸陽宮的朝堂上，一次又一次為始皇帝擊筑。一個出於有心，一個出於無意，他們一次一次相互靠近。高漸離的耳朵本來訓練有素，雙目失明之後，他的耳朵由於負有視和聽的雙重使命，越來越靈敏了。他細心地實地考察著荊卿一擲而成千古恨的空間。他能聽出自己和始皇帝的距離，他能聽出始皇帝佩劍的長度，他能聽出侍立在始皇帝左右的文臣武將的呼吸，以及為了阿諛奉承撥弄舌尖的微響。他能聽出所有近臣除了佩玉，均手無寸鐵。他還能聽見那個迎著荊卿的匕首，用藥囊投擲荊卿，救過始皇帝一命的御醫夏無且，二百鎰黃金的賞賜使他渾身的骨頭輕多了，藥囊卻重多了，他在藥囊裡多加了幾塊可以入藥，又可以當做武器的石膏和虎骨。甚至還能聽見誰在交頭接耳，誰在抓耳撓腮……這些連始皇帝都聽不到、也看不到。高漸離除了凝固僵死的東西，一切他都能用聽覺「看」到。即使是一扇小小的風窗，他都能「看」到。當高漸離知道自己和始皇帝相距只在咫尺之間的時候，他偷偷在筑中塞了幾塊鉛。他十遍、百遍地回憶著七年前，在同一空間演出的那一幕極為莊嚴、又極為驚險的活劇，最終像一場孩子捉迷藏式的遊戲，結局又如此慘烈。首先是秦舞陽這個力可拔山的勇士，竟會在秦王面前變臉變色，股慄不已，使群臣感到怪異。但由於荊卿的自若和辯解，使秦王並未驚覺。

「大王，此人乃北方村夫，連一位百戶長也從未晉見過，大王！您是何等威嚴！請大王寬容他的愚昧和無知，允許他趨前一步，給大王獻圖。」

「來！」秦王不疑，反而十分得意。「村夫也怕帝王之威麼！哈哈……」

荊卿從秦舞陽手裡接過地圖，雙手捧給秦王，因勢逼近秦王。秦王從容展開地圖，出現的卻是一把鋒利閃光的匕首。迅猛的荊卿左手抓住秦王的衣袖，右手抓住匕首刺向秦王。秦王之死，應該是上天所注定！誰知道，在秦王受驚閃身躲避的時候，他的衣袖竟然會脫落。是織工？還是縫工鑄成了這個歷史錯誤呢？使荊卿一刺未中！秦王拔劍劍未出鞘，又是一個絕好的機會，接著發生了繞柱追逐的兒戲般的場面。秦國的法律規定：侍立殿上的文武大臣均不得攜帶兵刃。這就給御醫夏無且創造了一個立功受獎的良機，他用藥囊擊中了荊卿，使秦王得以拔出寶劍，立斷荊卿的左臂。荊卿獨臂以匕首投擲秦王，秦王閃躲，匕首噹啷一聲擊中銅柱，銅柱！這根銅柱為什麼恰好豎在此處呢？是當初建殿的工匠之過？還是蒼天之過！銅柱，要記住，殿上今日仍然有眾多的銅柱，可咀咒的銅柱！竟然代秦王發出一聲響亮的嘩笑。那個秦舞陽在哪裡？那個十三歲就敢於操刀殺人的匹夫在哪裡？那個村夫，在荊卿掖住秦王衣袖的時候，在秦王拔劍未出的時候，在荊卿與秦王繞柱追逐的時候，在秦王斬斷荊卿左臂的時候，在荊卿獨臂以匕首投擲秦王未中而中銅柱的時候……有多少雖然短暫、卻只需舉手之勞的良機啊！在哪裡？你在哪裡？如果你能在任何一個間隙裡伸一伸手，抬一抬腳或是大吼一聲，秦王政二十年以後的所有史籍將是另一番描述，秦舞陽的名字將與荊卿齊名列傳。但秦舞陽一直都大張著嘴，痴痴呆呆地僵立在一個角落裡不知所措，束手待斃！唉！匹夫永生永世也走不進大智大勇者的行列！如果燕太子丹稍有一些耐心，如果荊卿期待的那個朋友提前到達，如果捧著地圖與荊卿同步走進咸陽宮的是荊卿心目中的另一隻手，即使秦王斷其左臂，荊卿仍然還有一雙臂膀。即使荊卿的匕首誤中銅柱，他的副手也會拾起來再次投擲。即使秦王刺中荊卿八劍，他的副手仍然會赤手奪劍而斬殺秦王……但歷史是沒有如果的，所以歷史是勝利者和幸運兒的歷史！只能說：這是氣數！

清晨。內侍牽著高漸離進殿，坐在專為他設置的几案邊。少頃，他聽見綢緞的窸窣和皮靴的踢拖，「看」見始皇帝按劍走向寶座，傾聽李斯等權臣顯貴奏報政事，始皇帝發了一道一道諭旨，忽喜忽怒，喜怒無常。最後，始皇帝頷首微笑，轉向高漸離：

「高漸離！朕可以聽你的了！任何一個大臣的聲音都會讓朕心煩意亂，只有你的筑聲讓我愉悅，而且不需要朕的思考，從現在起朕可以只聽不說了……」

多麼近啊！從來都沒有今天這麼近，而且不能再近了，只有三個筑那麼遠。高漸離怦然心動，他沒有回答始皇帝。他舉起的不是擊筑的那隻左手，而是雙手猛地一下托起沉重的筑，身子像臥鹿一樣敏捷，隨之一躍而起，這時，他「看」見始皇帝的頭偏了一下，就在這一剎那間，他隨著目標的移動調整了方向。幾乎是在同時，他聽見燕妮在帷幕背後的一聲驚叫：

「銅柱！」

等高漸離聽到的時候，已經晚了，筑已擲出，他擲的是那樣果敢，是那樣兇猛，是那樣迅速，力加速，幾乎有千鈞的重量。噹啷一聲，筑碎如齏粉。又是那根留有荊卿刃痕的銅柱，曾經擋住過睜眼人荊軻的匕首，又擋住了瞎眼人高漸離裝了鉛的筑。所有在場的人同時都聽見過一聲女人絕望的哀鳴。

待等夏無且的藥囊擲出來的時候，始皇帝的劍已經高高揚起，首先將藥囊削為兩半。始皇帝瞪了夏無且一眼，嚇得這個想再得二百鎰黃金之賞的御醫便溺失禁。

高漸離「看」見了他自己的失敗，也聽見了燕妮的那聲驚叫和那聲哀鳴，他首先想到的是在筑碎的同時燕妮的心也碎了。他又從容地坐下來，以兩隻空洞的眼眶輕蔑地直視著始皇帝，臉上掛著譏諷的笑容。始皇帝瘋狂地大叫著挺劍刺入高漸離的胸膛，高漸離以滾燙的熱血噴向始皇帝，染污了始皇帝的錦袍。高漸離雙手抓住劍柄仰天長嘯：

「啊！普天之下心明眼亮的人們！面對一個盲人的盲動，你們是在笑還是在哭呢？」

當燕妮被侍衛從帷幕後拖出的時候，她大聲叫道：

「擊筑者！你的最後一擊是何等的輝煌啊！」

始皇帝沒讓她說出第二句話就用劍割斷了她的粉頸。

【註解】

(一)古樂器，似今日之箏，十三根弦。

(二)B調。

(三)E調。

(四)F調。

(五)C調。

三民叢刊書目

(60) 蝴蝶球傳奇　顏匯增著
・真實與虛構
(61) 文化啓示錄　南方朔著
(62) 日本這個國家　章陸著
(63) 在沉寂與鼎沸之間　黃碧端著
(64) 民主與兩岸動向　余英時著
(65) 靈魂的按摩　劉紹銘著
(66) 迎向眾聲　向陽著
・八〇年代臺灣文化情境觀察
(67) 蛻變中的臺灣經濟　于宗先著
(68) 從現代到當代　鄭樹森著
(69) 嚴肅的遊戲　楊錦郁著
・當代文藝訪談錄
(70) 甜鹹酸梅　向明著
(71) 楓　香　黃國彬著
(72) 日本深層　齊濤著
(73) 美麗的負荷　封德屏著
(74) 現代文明的隱者　周陽山著
(75) 煙火與噴泉　白靈著

(76) 七十浮跡　項退結著
・生活體驗與思考
(77) 永恆的彩虹　小民著
(78) 情繫一環　梁錫華著
(79) 遠山一抹　思果著
(80) 尋找希望的星空　呂大明著
(81) 領養一株雲杉　黃文範著
(82) 浮世情懷　劉安諾著
(83) 天涯長青　趙淑俠著
(84) 文學札記　黃國彬著
(85) 訪草（第一卷）　陳冠學著
(86) 藍色的斷想　陳冠學著
・孤獨者隨想錄
(87) 追不回的永恆　彭歌著
A・B・C全卷
(88) 紫水晶戒指　小民著
(89) 心路的嬉逐　劉延湘著
(90) 情書外一章　韓秀著
(91) 情到深處　簡宛著
(92) 父女對話　陳冠學著

93 陳冲前傳　嚴歌苓著
94 面壁笑人類　祖　慰著
95 不老的詩心　夏鐵肩著
96 雲霧之國　合山　究著
97 北京城不是一天造成的　喜　樂著
98 兩城憶往　楊孔鑫著
99 詩情與俠骨　莊　因著
100 文化脈動　張　錯著
101 桑樹下　繆天華著
102 牛頓來訪　石家興著
103 深情回眸　鮑曉暉著
104 新詩補給站　渡　也著
105 鳳凰遊　李元洛著
106 文學人語　高大鵬著
107 養狗政治學　鄭赤琰著
108 烟　塵　姜　穆著
109 河　宴　鍾怡雯著
110 滬上春秋　章念馳著
111 愛盧談心事　黃永武著
112 吹不散的人影　高大鵬著
113 草鞋權貴　嚴歌苓著
114 是我們改變了世界　張　放著
115 夢裡有隻小小船　夏小舟著
116 狂歡與破碎　林幸謙著
117 哲學思考漫步　劉述先著
118 說涼　水　晶著
119 紅樓鐘聲　王熙元著
120 寒冬聽天方夜譚　保　真著
121 儒林新誌　周質平著
122 流水無歸程　白　樺著
123 偷窺天國　劉紹銘著
124 倒淌河　嚴歌苓著
125 尋覓畫家步履　陳其茂著
126 古典與現實之間　杜正勝著
127 釣魚臺畔過客　彭　歌著
128 古典到現代　張　健著
129 帶鞍的鹿　虹　影著
130 人文之旅　葉海煙著

⑬1 生肖與童年

小民 著
喜樂 圖

十二生肖在每個農曆新年來臨時，都為年節的歡樂帶來一股高潮。這些可愛的動物們，為童年的生活增添了無限的趣味。本書紀錄了作者對於十二生肖的情感，和童年難忘的美好時光。加上喜樂先生細膩的插畫，讓生肖與童年的故事，一一鮮活起來。

⑬2 京都一年

林文月 著

京都是一個新舊互容的都市，有著高樓矗立及寬敞的街道，又存有古典風味的低矮木屋與不平的石板路。作者在京都的一年中，品味著這古都對文化保存、人情往來及文藝活動的諸般樣態，藉由她的生花妙筆，使讀者沈湎於京都典雅、優閒的情調。

⑬3 山水與古典

林文月 著

山水景致，勾起了幾許文人的多愁善感；而古典文學，又蘊含著多少古人的人生情懷。本書探討著古典作品和詩人之間的關係。筆調輕鬆而不輕浮；題材古典絕不枯燥。且邀您一同進入詩人的筆墨之間，翱遊在山水作品的世界裏。

⑬4 冬天黃昏的風笛

呂大明 著

旅居法國的作者呂大明女士，以其一貫典雅柔美的風格和精致細膩的筆觸，表達出她對生活、自然的樂觀態度。她如詩般的作品，仿如一幅幅精美瑰麗的圖畫，靜靜地訴說著對美好人生理想的浪漫情愫。

⑬⑤心靈的花朵

戚宜君　著

本書作者一生從事文化的傳播工作，積累數十年的工作經驗及閱讀習慣，創作出一篇篇詞美意深的勵志散文。除了用以傳達理性的知識和感性的情懷外，並深切期望本書能敲開你的心扉、溫暖你的心靈，進而耕耘你的心田，綻放出美麗的心靈花朵。

⑬⑥親　戚

韓　秀　著

人間真情不分種族國界，世間的溫暖存在每一角落。在有風有雨的日子裡，亦或在恬淡如鏡的歲月中走過，是否有如詩般美麗的故事令人難以忘懷？是否忘了去感激那些曾經陪著你、關懷你的人呢？靜下思慮，就讓韓秀的慈心慧語洗滌你久未感動的心。

⑬⑦清詞選講

葉嘉瑩　著

清詞之盛，號稱中興，其作者之多、流派之盛，以及其對詞集之編訂整理，對詞學之探索發揚，種種方面之成就，固已為世所共見。作者以其豐富的文學涵養，旁徵博引地賞析其所鍾愛的清詞，相信定能讓讀者流連忘返於清詞的世界中。

⑬⑧迦陵談詞

葉嘉瑩　著

本書為以詩詞涵養享譽國內外的葉嘉瑩教授，繼《迦陵談詩》之後又一精緻力作。從詩歌欣賞入門到分析溫韋馮李四家詞風，兼論晚唐五代時期在意境方面的拓展等，作者以其細膩的詩心，帶領讀者一起感受詞中的有情天地。

⑬⑨ 神樹

鄭義 著

曾以《老井》獲東京影展最佳編劇的作家鄭義，在因八九民運遭當局通緝而流寓異國之後，他以一個村落、一棵「神樹」，具體而微地映現當代中國的重重劫難。形象化的語言，原始潑辣的書寫，在魔幻詭麗的背後，透露出對生命與死亡的真實關懷。

⑭⓪ 琦君說童年

琦君 著

每個人都有童年，不管是苦是樂，回憶起來都是甜美的。善於說故事的琦君，與您一起分享她魂牽夢縈的故鄉與童年。篇篇真摯感人，字裡行間充滿了愛心與情義，在欣賞琦君的散文之餘，更別有一番溫馨感受，是一本老少咸宜的好作品。

⑭① 域外知音

張堂錡 著

本書作者張堂錡先生歷年來針對世界各國知名漢學家進行訪談，透過感性的筆觸，生動的文字敘述，道盡了這群域外知音漢學研究生涯的甘苦，因這一路執著不渝的採拾和耕耘，呈現繽紛絢麗的色彩，並給予中國人新的研究觀點，重新檢視自己的文化。

⑭② 遠方的戰爭

鄭寶娟 著

當地理上應該是遠方的戰爭，而我們已能同步掌握其狀況時，地球村的思維方式已不是口號，而是現實。以更宏大的視野看待這世界，以更深入的態度反省既存的觀念，將曾經事不關己的遠方納入思維，於是你會發現心可以更寬廣，生活也會更豐富。

⑭³ 留著記憶・留著光

陳其茂 著

作者的刻畫世界總讓人有無盡想像的空間，又傳遞著溫馨美麗的情感。此書收錄作者生活及其於國外遊歷時所記下的作品，點點滴滴，時而讓人會心一笑，時而讓人溫情滿懷，更有異國風光、園野之美呈現在版畫及真摯的文字裏，值得細細品味。

⑭⁴ 滾滾遼河

紀剛 著

那是個遙遠的年代，那是個古老得近乎神話的故事。大時代的洪流中，上演的是一幕幕民族興亡、兒女情長。今日的人們也許早已淡忘，但歷史永遠不會忘記他們。就讓本書來為你溫習，屬於那個時代的中國人以血淚寫成的不朽傳說。

⑭⁵ 王禎和的小說世界

高全之 著

以〈嫁妝一牛車〉、〈人生歌王〉等小說及劇本著稱於世的王禎和，擅長描繪臺灣社會中的倫常、愛情，以及患難互助的友情，筆觸真實感人，在臺灣文學史上有很重要的地位。本書以專業的分析及討論，帶您進入這位文學巨擘的筆下世界。

⑭⁶ 永恆與現在

劉述先 著

本書為當代思想泰斗劉述先教授，繼《哲學思考漫步》之後又一結集力作。透過文字，讀者不僅可以了解作者如何通過自己的哲學理念去面對當前政治社會的現實；更有甚者，也可在作者哲學思路的引領下，重新思考，再對現實有深一層的體悟。

⑭⑦ 東方·西方

夏小舟 著

東方古老神祕而透徹，溫情而淡漠；西方快樂的吉他演奏悲情的歌。長年浪跡於日本與美國的作者，如同一葉小舟，以其豐富的情感，敏銳地觀察異國生活情趣不同面貌，進而以細膩文筆記錄下來，使讀者能藉由閱讀和其心靈有最深切的契合。

⑭⑧ 嗚咽海

程明琤 著

作者以行世的闊步、觀想的深情，帶領讀者閱歷世界——一同憑弔瑪雅文明的浩劫災難；吟咏廬山的懸松傲柏；繫情塞歌維亞的夕輝斜映；漫遊唐吉訶德的故鄉。更以人文的關懷，心靈的透悟來探思文化、體驗人生、拓昇智慧。

⑭⑨ 沙發椅的聯想

梅新 著

擔任中副總編輯多年，梅新先生經歷了文化界的春去秋來，看多了人事的起伏，由他敏銳的觀察力所發抒成的文字，也更能扣緊時代脈動。本書包含作家訪談、藝文評論、生活自述，透過這些真摯生動的文字，我們彷佛見到一幅筆觸淡雅的文化群相。

⑮⓪ 資訊爆炸的落塵

徐佳士 著

在日新月異的電動玩具之外，您是否亦曾留意到資訊時代來臨在你我生活中所產生的新情境？在傳播媒體提供的聲光娛樂之餘，您是否關心其後所產生的文化衝擊？本書深入淺出為您剖析資訊社會中大眾傳播激盪下的文化省思，值得您細心體會。

⑮ 沙漠裡的狼

白樺 著

像在冷冽的冬夜裡啜飲著濃烈的茶，感受一種在蒼茫大地上，心海澎湃的震顫。那麼地古老、深沈，剎時間，恍若置身廣闊的大漠，一回首，就是長城。這是金鼎獎作家又一直指人性，內容深刻的作品，請您在一個適合沈思的夜晚，漫步中國。

⑮ 風信子女郎

虹影 著

一本能深刻引起讀者共鳴的小說，其必然與人世現實生活有著緊密的關連。本書作者秉持著對人的命運的關切，遠勝於對以往藝術形式的關注，賦予了文學創作的生命。從本書作者對人物刻劃描述的過程中，可窺知作者對此一理念的堅守。

⑮ 塵沙掠影

馬遜 著

生命的旅途中，有許多可掌握的機運，但似乎一半早已註定……。馬遜教授從故鄉到異國求學，最後來臺定居，繼而與佛結了不解之緣。滿懷豐富的情感，細膩的筆觸，深刻的寫下了旅赴歐美等地之點滴情事，而念舊懷恩之情愫亦時時浮現於文中。

⑮ 飄泊的雲

莊因 著

歲月的洗禮，在人們內心深處烙印著痛苦、悲哀、快樂與美好的回憶。由於時代的變動、戰爭的摧折，作者歷盡滄桑的輾轉遷徙，使那些漂流不定、幻化多變的過往，煥發出人生的智慧。就讓我們乘著飄泊的雲，領會「知足常樂，隨遇而安」的生活哲理。